EN FALLEN ÄNGEL

ROMANTISK URBAN FANTASY OM EN
FALLEN ÄNGEL OCH FÖRBJUDEN KÄRLEK

CARYSSA COLE

SHENANIGANS PRESS

INNEHÅLLSFÖRTECKNING

Kapitel ett

Careena

Kammaren pulserade av ett ljus så starkt att det sved i ögonen, men jag vägrade att titta bort. Ärkeänglarnas råd tornade upp sig över mig på sina troner av eld och stjärnljus, deras ansikten kalla, outgrundliga. Alla utom Rafail. Hans blick dröjde sig kvar vid mig som ett sår som vägrade sluta sig.

"Careena Seraphiel", skar Michaels röst genom tystnaden, vass som en klinga. "Du står anklagad för omättlig nyfikenhet. För att ha sökt det som måste förbli dolt. Nekar du till det?"

Jag rätade på axlarna. Hettan från deras närvaro pressade mot huden, men jag höll rösten stadig. "Jag sökte bara sanningen."

"Sanningen?" Gabriel lutade sig framåt och de gyllene vingarna flammade till. "Du lade dig i krafter långt bortom din rang. Du riskerar att rasera den balans vi svurit att skydda."

"Din arrogans förblindar dig", tillade Uriel, hens ton kallare än tomrummet mellan stjärnorna. "Tror du att du står över de lagar som binder alla himmelska varelser?"

"Det räcker." Rafails röst var mjukare, men den bar ändå. Hans sorg omslöt mig, kvävande. "Careena, snälla. Ångra dig. Visa ödmjukhet, och kanske ... kanske kan det finnas nåd."

Rafails vädjan dröjde sig kvar i luften, skör som ett spindelnät. Jag lät den falla.

"Ödmjukhet?" Min röst sprack som is under fötterna, skarp och spröd. "Ni talar om nåd medan ni sitter på troner huggna ur ryggarna på dem som vågade drömma bortom era burar."

"Careena." Michael reste sig och hans vingar vecklades ut med en lyster som sved i ögonen. "Vakta din tunga."

"Annars då?" Jag tog ett steg framåt och tvingade upp hakan. Ljuset brände mot huden, men jag ryggade inte tillbaka. "Ska ni brännmärka mig med rättfärdighet? Kedja mig med lydnad? Ni kallar det balans, men det är tyranni. Ni fruktar det ni inte kan kontrollera."

"Det räcker!" Michaels röst dundrade och fick själva luften att skallra. Hans svärd materialiserades, dess egg glödande vithet. "Du trotsar oss till och med nu. Ser du inte vidden av din dårskap?"

"Ser ni inte er egen?" fräste jag tillbaka. Mina knutna nävar öppnades och darrade vid sidorna, men jag stod fast. "Ni håller kopplet så hårt att ni har glömt hur det känns att vara fri."

Uriels blick skar genom mig, kallare än frost. "Du förvränger frihet till trots. Det finns ingen dygd i tanklöshet."

"Tanklöshet? Nej. Det här –" Jag gestikulerade mot den väldiga kammaren, de tornande lågorna från deras troner. "Det här är den sanna faran. Blind lydnad. Ett råd som är för rädd för att ifrågasätta sig självt."

"Careena, sluta", bad Rafail. Hans röst var mjuk, desperat. "Bränn inte allt. Snälla."

Jag mötte hans blick. För ett ögonblick kände jag tyngden av hans sorg. Den pressade mot mitt bröst, tung, kvävande. Men jag kunde inte sluta. Inte nu. "Du vet att jag har rätt, Rafail. Det vet ni alla. Men rättfärdighet är enklare än eftertanke, eller hur?"

Gabriel reste sig och hans vingar bredde ut sig som en storm. "Då lämnar du oss inget val."

Luften förändrades, blev tung. Jag tappade andan.

"Careena Seraphiel", förkunnade Gabriel och varje ord slog som en hammare. "Du döms härmed till exil bland de dödliga. Berövad dina privilegier. Förvisad från vårt rike i evighet."

"Må jorden lära dig den ödmjukhet himlen inte kunde", sa Uriel, hens ton utan medlidande.

"Vänta –" Rafails protest vacklade och svaldes av det stigande brummandet av kraft som samlades runt mig.

"Domen är fälld", förklarade Gabriel.

Ljus exploderade uppifrån, bländande och allomfattande. Hetta klöste mot huden. Mina vingar darrade, fjädrar spreds som aska. Smärta slet genom mig, skarp och oförlåtlig.

Och sedan – föll jag.

***

Vinden dånade i öronen, öronbedövande.

Jag kunde inte se – bara ljus, svidande och oändligt, som virade sig runt mig som kedjor. Mina vingar slogs instinktivt ut, fjädrar spreds ut i tomrummet. Smärta böljade genom dem, rå och elektrisk. Jag kämpade för att stabilisera mig, men fallets dragningskraft var obeveklig.

”Stadigt”, väste jag genom sammanbitna tänder. Ordet var inte menat för någon annan än mig själv.

Under mig virvlade molnen, mörka och tunga, för att sedan skingras när jag störtade igenom dem. Himlen öppnade sig, oändlig och väldig, målad i nyanser av guld och karmosinrött. Jorden.

Luften blev tjockare. Varje andetag brände. Mina vingar mötte motstånd, den skarpa värken från deras skadade kanter tvingade mig att bita ihop tänderna hårdare. Skimrande svarta fjädrar följde efter mig som fallande stjärnor.

”Håll bara ihop lite till”, mumlade jag, osäker på om jag menade mina vingar eller mig själv.

Marken rusade emot mig alldeles för snabbt. Träden suddades ut till ett hav av grönt, deras toppar klöste mot himlen. Instinkten tog över och jag korsade armarna över huvudet. Kollisionen var hård och oförlåtlig.

Grenar splittrades. Löv exploderade i en virvelvind runt mig. Min kropp slog i marken med en kraft som fick benen att skallra. Marken bildade en krater under mig, mjuk jord gav vika för tyngden av mitt fall.

För ett ögonblick, tystnad.

Jag låg där, bröstet hävde sig, och stirrade upp mot det brutna trädkronetaket ovanför. Himlen kikade fram genom gliporna, blek och känslolös. Mina vingar ryckte svagt mot smutsen, värkande men fortfarande fästa. Tack och lov för det lilla.

Jag pressade mig upp, grimaserade när varje muskel skrek i protest. Doften träffade mig först. Fuktig jord, vilda blommor, något sött och levande. Det var överväldigande, skarpt och kaotiskt efter århundraden av steril perfektion.

Skogen omgav mig, livfull och otämjd. Solljus fläckade marken och målade skiftande mönster på mossa och rötter. En bäck sorlade i närheten, dess röst mjuk mot det avlägsna fågelkvittret.

Jag drog darrande efter andan, darrigare än jag hade tänkt mig. "Så det här är jorden."

Orden kändes främmande på tungan, tyngre på något sätt. Jag tittade ner och borstade smuts från händerna. Min en gång fläckfria dräkt var sönderriven, randig av lera. Mina vingar vek sig klumpigt bakom mig, deras glöd dämpad men envist närvarande.

Det var inte himlen. Det var inte hemma. Men det var ... levande.

Något vred sig inom mig, delvis sorg, delvis trots. Jag lät fingrarna följa den grova barken på ett träd bredvid mig. Strukturen var främmande, ofullkomlig, verklig.

"Visst", sa jag tyst, till ingen annan än skogen. Min röst sprack, men jag vägrade att bry mig. "Om det är hit ni har kastat mig, ska jag göra det till mitt."

En fågel som satt på en gren ovanför lutade på huvudet och betraktade mig nyfiket. Dess fjädrar skimrade i blått i solen. Jag mötte dess blick och flinade svagt.

"Du verkar åtminstone inte ha något emot fallna änglar."

Luften var tjock här. Tung och fuktig, den klibbade mot huden. Jag pressade mig genom snåren, varje steg en påminnelse om att den här världen hade tänder. Grenar fastnade i håret. Törnen bet i handflatorna. Skogen bryddt sig inte om vem jag var eller vad jag hade gjort. Den visade ingen vördnad, ingen dom. Det var åtminstone något.

Jag stannade vid bäcken. Kallt vatten forsade över släta stenar, dess rytm stadig, obeveklig. Min spegelbild skimrade i strömmen. Mörka ögon stirrade tillbaka, orubbliga, skarpa av beslutsamhet. Mina vingar sträckte ut sig bakom mig och fångade det brutna solljuset. De glödde fortfarande svagt, violetta fraktaler krusade sig över svarta fjädrar. Ett fragment av vad jag var.

"Rättfärdigt tyranni", muttrade jag, orden bittra på tungan. "De kallar det balans, men de är rädda. Rädda för alla som frågar varför."

Min hand knöt sig hårt runt en liten gren jag inte hade insett att jag plockat upp. Den knäcktes och splittrades i mitt grepp. Jag lät den falla.

"Visst", sa jag, högre den här gången. "Om de vill ha bort mig, så får det bli så. Men jag ska hitta sanningarna de begravde. De som de anser är för farliga för oss att känna till."

Skogen svarade med ett prassel, löven viskade hemligheter jag inte kunde höra. Det var inte himlens öronbedövande tystnad. Det var levande, föränderligt, oförutsägbart. Det kunde jag arbeta med.

Ett ljud bröt ögonblicket – ett svagt flämtande. Jag ryckte upp huvudet.

Han stod precis bortom trädgränsen. En man. Dödlig. Hans bruna hår var rufsigt, hans kläder enkla – en blekt grön flanellskjorta, trasiga jeans. Hans vidöppna bruna ögon var fästa på mig, orubbliga. Nej, inte på mig. På mina vingar.

"Är du ...", började han, rösten dämpad, vördnadsfull.

"Vänd dig om", beordrade jag och tog ett steg tillbaka. Min ton skar som stål, vass nog att få honom att frysa till. "Nu."

Men givetvis lyssnade han inte. Dödliga gjorde aldrig det. Istället tog han ett långsamt steg framåt, hans blick svepte över mig som om han försökte pränta in varje detalj i minnet.

"En ängel", viskade han. Hans ansikte mjuknade, vördnad övergick i ett slags bräckligt hopp. "Du är en ängel."

"Inte längre", sa jag för mig själv. Mitt hjärta dunkade mot revbenen. Jag kunde inte låta honom se mig så här. Kunde inte låta honom minnas.

"Gå", befallde jag och lyfte en hand. Magi strömmade fram, varm och elektrisk, och krullade sig runt mina fingrar.

"Vänta –"

"Glöm."

Ordet slog som en klocka och vibrerade i luften mellan oss. Hans kropp stelnade, pupillerna vidgades när förtrollningen tog fäste. För ett ögonblick stod han där, svajade lätt, läpparna skildes åt som om han ville säga något mer. Sedan, långsamt, slappnade hans uttryck av.

"Gå hem", sa jag. Kraftens melodi flätades in i min röst och vävde sig in i hans tankar. "Det här hände aldrig. Du såg ingenting här."

Han blinkade. En gång. Två gånger. Sedan vände han sig om och snubblade tillbaka samma väg han kommit, hans steg ojämna men lydiga.

Jag såg efter honom tills han försvann bland träden, hans närvaro uppslukad av skogen. Mina vingar vek sig tätt mot ryggen, deras glöd dämpades när jag med viljans kraft gömde dem, dolde den sista resten av mitt himmelska jag.

"Människor", muttrade jag och skakade på huvudet. De var nyfikna. Alltför nyfikna. Då var vi två.

***

Luften skiftade – skarp, elektrisk. En närvaro.

Jag snurrade runt, mina bara fötter grävde sig ner i den fuktiga jorden, redo att frammana vilken magi jag än hade kvar. Skogen tystnade runt mig och höll andan. Och sedan steg han fram, hans silverfärgade hår fångade strimmor av månsken som skar genom trädkronorna. Hans vingar skimrade svagt, med en kall, metallisk glans.

Jag kände honom.

"Aurelius." Hans namn var gift på min tunga. Skyddsängeln över Fristaden, den högsta i rang av alla änglar som levde på jorden. Det viskades att han själv bara var ett steg under ärkeänglastatus.

"Careena", sa han, hans röst lika stadig och obeveklig som sten. "Du gör det här svårare än det behöver vara."

Jag rätade på mig och lade armarna i kors över bröstet. "Vad är svårare än att slitas bort från allt jag någonsin känt? Upplys mig."

"Trots", sa han skarpt. Hans genomträngande blick mötte min, orubblig. "Din olydnad har redan kostat dig din plats i himlen. Måste den kosta dig mer?"

"Måste den?" fräste jag tillbaka. Orden brände. Mina händer knöts vid sidorna, naglarna bet in i handflatorna. "Eller är det bara ännu ett hot insvept i plikt? Bespara mig predikan, Aurelius. Jag har hört allt förr."

"Uppenbarligen inte tillräckligt väl", sa han och steg närmare. Marken under honom knastrade inte ens. Alltför perfekt, alltför exakt. Han bar sig alltid som om han vore domen personifierad. "Du vägrar att se faran du utgör – inte bara för dig själv, utan för den balans vi upprätthåller."

"Balans." Jag skrattade. Det sprack i stillheten, skarpt och bittert. "Är det vad du kallar det? Att beröva mig mina vingar för att jag vågade ställa frågor? För att jag ville veta vad ni håller dolt bakom de där förgyllda grindarna?"

"För att du sökte kunskap som är dig förbjuden", rättade han med hård ton. "Kunskap som skulle kunna rasera det som håller samman existensen. Du tror att din nyfikenhet är ädel, men den är tanklös. Farlig. Ditt uppror kommer bara att leda till förödelse."

"Låt det då", sa jag och steg fram tills jag kunde se de svaga linjerna etsade i hans stränga ansikte. "Låt det leda vart det än måste. Jag kommer inte att sluta söka, Aurelius. Inte för ditt råd, inte för någon. Om det innebär förödelse, så får det vara så."

"Dårskap", sa han, hans röst låg nu, nästan mjuk. Men under mjukheten låg stål, obevekligt. "Du står vid kanten av en avgrund du inte kan förstå. Gå därifrån innan den uppslukar dig helt."

"Gå därifrån?" Jag lutade på huvudet, ett bittert leende ryckte i läpparna. "Det var starkt sagt, från någon som har tillbringat eoner med att gå på lina. Säg mig, Aurelius, tröttnar du aldrig på det? Får det dig aldrig att undra vad som finns bortom den kanten?"

"Det räcker." Hans vingar flammade till lätt, en blixt av silverljus som skar genom mörkret. Luften mellan oss stramades åt. "Det här är ingen lek, Careena. Mina varningar är inte tomma ord. Fortsätter du på den här vägen kommer det inte att finnas någon upprättelse för dig. Ingen återvändo."

"Bra", sa jag, min röst låg men stadig. "Jag vill inte ha upprättelse. Jag vill ha sanning. Och om det skrämmer dig, borde du kanske fråga dig varför."

Hans käke spändes, den svagaste skymten av något outgrundligt korsade hans ansikte. För ett ögonblick trodde jag att han skulle säga mer. Istället vände han sig om, hans vingar veks prydligt ihop bakom honom.

"Envis barnunge", muttrade han för sig själv, fastän jag visste att han menade att jag skulle höra. "Du kan inte fly undan tyngden av dina val. Den kommer att hitta dig, oavsett var du gömmer dig.”

”Låt den”, ropade jag efter honom. ”Då vet jag åtminstone att jag levde för något verkligt.”

”Kommer du?” Han tittade inte bakåt, och för ett ögonblick stod jag obeslutsam och undrade om jag bara skulle trotsa honom, ge mig av på egen hand. Men en blick i den riktning den dödlige mannen hade gått fick mig att bestämma mig; jag förstod ännu inte den här världen, eller hur jag skulle röra mig i den utan att dra till mig oönskad uppmärksamhet.

Åtminstone för stunden behövde jag vara med min egen sort. Med en suck släppte jag armarna från min trotsiga hållning och marscherade efter Aurelius, som hade nått en glänta och förberedde sig för att lyfta, med vingarna brett utspända.

Han sneglade inte på mig, bjöd inte på ett självbelåtet leende som sa att han visste att jag inte hade några andra alternativ, och för det gillade jag honom lite bättre.

Bara lite.

Aurelius tystnad var tyngre än vinden som ven runt oss. Hans silvervingar skar genom luften när han flög framför mig, en strimma av ljus mot de skuggiga bergstopparna. Jag följde efter, mina egna vingar värkte av ansträngningen att hålla jämna steg. Nedanför reste sig taggiga klippor som tänder, deras vassa kanter lovade ingen nåd om jag vacklade.

”Hur långt är det kvar?” Min röst bars lätt i den tunna bergsluften.

”Nära”, sa Aurelius utan att se sig om. Ordet var kort, hans ton kallare än den bitande vinden.

Jag bet ihop käkarna och pressade på hårdare, varje vingslag sände en dov värk genom axlarna. Himlen ovanför var mulen, tung av osläppt snö, och världen nedanför verkade sträcka sig ut i ändlöst grått. När Aurelius äntligen började sänka sig var jag mer lättad än jag ville erkänna.

Fristaden dök upp ur tomma intet, huggen in i bergssidan som någon bortglömd relik. Bleka stenmurar sköt ut från klippan, släta och anonyma. Inga baner, inga sigill, inga tecken på liv. Bara naken tomhet. En plats menad att ignoreras. På andra sidan kunde jag se en port, på den enda väg som kunde tas av dem som inte hade vingar, men Aurelius styrde inte ditåt. Portar betydde ingenting för dem med vingar. Istället dök han mot en avsats på sidan av ett högt torn, med en gapande valvbåge bakom som ledde in i fästningens hjärta.

"Välkommen till ditt nya hem", sa Aurelius när vi landade på den kala avsatsen. Hans vingar vek sig prydligt bakom honom, men hans ögon brann av fördömelse. "Försök att inte förstöra det här stället med din ... nyfikenhet."

"Charmigt", muttrade jag och klev förbi honom. Ingången var massiv, dess valvbåge gapade som mynningen på en grotta. Innanför var luften kallare, stillastående, som om den inte hade rörts på århundraden. Stengolvet var kallt mot mina bara fötter när jag gick djupare in, med Aurelius tätt efter.

"Dina gemak är åt det här hållet." Han pekade nerför en smal korridor. Väggarna var av samma bleka sten, osmyckade och livlösa. Varje steg kändes som att sväljas längre ner i någon ihålig, ändlös tomhet.

"Självklart är de det", sa jag för mig själv.

"Tala högre om du har något att säga", fräste han.

”Varför bry sig? Du kommer att ignorera mig ändå.” Jag väntade inte på hans svar, utan svängde in i korridoren han hade anvisat. Dörren till mitt rum var enkel, omöjlig att skilja från de andra. Jag tryckte upp den och klev in.

Det var värre än jag förväntat mig. En enkel säng med grova lakan, några kläder i ett trist grått tyg som hängde över sänggaveln. Ett litet bord och en stol. Kala väggar, kala golv. Inga fönster. Det enda ljuset kom från en svagt glödande glob inbäddad i taket. Den badade allt i ett kallt, sterilt sken.

”Mysigt”, sa jag torrt.

”Nöj dig med det”, svarade Aurelius från dörröppningen. ”Du har tur som ens har detta.”

”Förväntas jag tacka dig?” Jag vände mig mot honom och lade armarna i kors. ”För vad? För att ha berövat mig allt som gjorde mig till den jag är och stoppat in mig i den här graven?”

”Vem du är är precis problemet”, sa han. ”Men kanske kommer tiden här att påminna dig om vad du har glömt.”

”Håll inte andan.” Jag viftade bort honom. ”Stäng dörren när du går.”

Hans ögon smalnade, men han sa ingenting. Ett ögonblick senare klickade dörren igen och lämnade mig ensam.

Jag stod där ett tag och tog in allt. Tystnaden pressade mot öronen, för tjock, för tung. Jag korsade rummet, den grova stenen skrapade mot fötterna, och lutade mig mot väggen. Den var kall vid beröring, livlös. Precis som allt annat här.

Jag kunde fortfarande känna skogen från tidigare – mossans mjukhet under mina fingrar, solens värme på huden. Det här stället var raka motsatsen. De ville knäcka mig här. Beröva mig allt som var livfullt, allt som var levande.

"Kommer inte att hända", muttrade jag för mig själv.

Jag tryckte mig bort från väggen och gick fram och tillbaka i det lilla rummet. Mina fingrar strök längs bordskanten. Splittrat trä. Billigt, funktionellt. Jag hukade mig vid sängen och lät handen löpa över det grova tyget. Även de enklaste dödliga hem hade färg. Struktur. Liv.

Jag rätade på mig, beslutsamheten snodde sig i mitt bröst. De kanske hade kastat ner mig, låst in mig, men jag tänkte inte låta det här stället begrava mig. Jag tänkte inte blekna in i detta gråa. Vilken sanning de än dolde, vilka hemligheter de än fruktade – jag skulle hitta dem. Och jag skulle se till att de ångrade att de någonsin underskattat mig.

Jag ryckte den grå tunikan från där den hängde, slapp och livlös, över sängkanten. Materialet var grovt under mina fingrar, ett tyg som verkade suga åt sig rummets tristess. Det stank av foglighet. Av nederlag.

"Absolut inte", sa jag och skakade ut den.

Jag höll den på armlängds avstånd och kisade som om jag kunde bränna igenom den med ren viljestyrka. Min magi rörde sig under huden, het och rastlös, och längtade efter att släppas fri. Ett svagt brummande surrade i luften när jag fokuserade. Jag föreställde mig något fylligt, djärvt – något som skulle tala högre än några ord jag kunde slunga mot det här stället.

"Få se vad de tycker om det här."

Den svaga glöden började vid mina fingertoppar och spred sig som flytande ljus över det trista tyget. Tunikan skimrade, dess kanter krullade och vek sig när trådarna började skifta. Det trista gråa djupnade till karmosinrött och mörknade ytterligare tills det glödde med värmen från blod och eld. Sammet ersatte grovt linne, mjukt och frodigt under min beröring. Gyllene broderier ritade sig själva längs fållen och urringningen, intrikata mönster som blommade ut som rankor.

När det var klart tog jag ett steg tillbaka och höll upp plagget. Ett leende ryckte i mina läppar. "Tillräckligt bra."

Jag gled i klänningen, det svala tyget lade sig mot huden. Den smet åt runt kroppen, tung men tröstande. Spegeln ovanför tvättstället fångade min reflektion. Mitt korpsvarta hår föll löst runt axlarna, en skarp kontrast mot det livfulla röda. För ett ögonblick såg jag inte ut som någon förvisad. Någon som berövats sin kraft och kedjats till denna dystra exil. Jag såg ut som mig själv igen.

"Careena Seraphiel bleknar inte bort i skuggorna", mumlade jag och slätade ut sammetsvecken. "Låt dem viska."

Korridoren utanför var tyst när jag tog mig till matsalen. Luften doftade svagt av sten och aska, torr och kall. Mina klackar klapprade mot golvet vid varje steg, skarpt och beslutsamt. Jag höll huvudet högt, axlarna rakryggade, och utmanade vem som helst att stoppa mig.

När jag kom in i salen vacklade det låga sorlet av konversation. Huvuden vändes. Gafflar stannade i luften.

Jag gick långsamt och lät deras blickar landa på mig. De flesta av de landsförvisade bar samma dämpade tunikor, som om de redan hade kapitulerat för det här stället. Bruna, grå, vita. Blaskiga. Lätta att glömma. Deras ansikten flöt samman, uttrycken varierade från chock till ogillande. Några viskade bakom sina händer, deras röster knappt hörbara.

"Vem tror hon att hon är?"

”Kom precis, och ställer redan till med en scen.”

”Typiskt Careena.”

Jag ignorerade dem och valde en plats nära mitten av bordet. Mina vingar rörde sig något, kliade av lust att vecklas ut, men jag motstod impulsen. Ingen anledning att ge dem mer ammunition ikväll.

En man mittemot mig – en före detta dygd, att döma av hans fortfarande oklanderliga hållning – harklade sig. ”Är det här verkligen nödvändigt?” Hans blick for ner till klänningen, sedan tillbaka till mitt ansikte. Nedlåtenhet dröp från varje ord.

”Nödvändigt?” Jag höjde på ögonbrynen och stödde hakan i handen. ”Det som är nödvändigt är att överleva den här hålan. Klänningen är bara en bonus.”

Han rynkade pannan, men sa ingenting. Runt oss blev viskningarna tystare, även om blickarna dröjde kvar. Jag lät dem. Lät dem se mig. Lät dem minnas att jag inte hade kommit hit för att bli knäckt.

”Njut av er blaskiga lilla middag”, mumlade jag och sträckte mig efter maten framför mig.

Den första tuggan träffade min tunga som en uppenbarelse.

Mustig hetta blommade, rik och oväntad. Jag frös till, gaffeln svävande i luften, när smaken vecklade ut sig – lager av kryddor, örter, något rökigt. Dödliga kallade det ”gryta” i de enklaste ordalag, men det fanns inget enkelt med detta. Den var jordig och levande, olik den sterila ambrosian från himlens fester. Där hade mat varit en bisak, näring utan själ. Här sjöng den.

Jag slöt ögonen och tog en tugga till. En långsam värme spred sig genom mig, grundande, tillfredsställande. Hur hade jag aldrig känt till detta?

"Ler du?" Den före detta dygdens röst skar genom mina tankar. Förakt färgade hans ton, men jag brydde mig inte. Låt honom sjuda i sin gråa enformighet.

"Kanske", sa jag utan att se upp. Ytterligare en sked, den här gången med en bit mört kött som nästan smälte på tungan. "Det är gott. Du borde prova att njuta av något för en gångs skull."

"Njutning är inte direkt poängen här", kontrade han. "Vi är menade att uthärda, inte hänge oss åt nöjen."

"Uthållighet är överskattat." Jag lade ner min sked och lät smakerna dröja kvar på gommen. Min blick svepte över hans orörda skål. Beigefärgad buljong, orört bröd. Han hade inte ens försökt. "Du har redan kapitulerat, eller hur?"

"Careena", varnade han med låg röst.

"Säg inte mitt namn sådär", fräste jag. "Som om jag vore någon varnande saga. Som om du vore bättre för att du har accepterat den här exilen som din bur."

Han stelnade till, men jag vände mig bort från honom och valde istället att fokusera på nästa rätt. Ett fat med rostade grönsaker, karamelliserade i kanterna, deras sötma balanserad av något skarpt och syrligt. Jag spetsade en bit och tog en tugga, och nynnade svagt när smaken dansade över tungan.

"Är det alltid så här?" muttrade jag, mer till mig själv än någon annan. Den dödliga världen – deras mat, deras sinnesintryck – den var rå, oförutsägbar, ofullkomlig. Och ändå bar den på en livskraft jag aldrig tidigare upplevt. Varje tugga, varje doft, var en påminnelse om att den här platsen frodades av liv.

”Careena”, viskade en annan röst längre ner vid bordet. En kvinna den här gången. Hennes ton bar på en varning. Oro. ”Du drar till dig för mycket uppmärksamhet.”

”Bra”, sa jag högt nog för att hon – och alla andra – skulle höra. ”Kanske är det dags att vi slutar låtsas att vi bara är skuggor av vad vi var. Kanske är det dags att vi minns hur man lever.”

Några ansikten vändes mot mig, storögda. Andra tittade bort, skamsna eller kanske arga. Det spelade ingen roll. Jag var inte här för att vara osynlig. Alla här var änglar; det fanns inget behov av att dölja vad vi var.

Allteftersom måltiden fortskred provsmakade jag allt inom räckhåll. Bröd som fortfarande var varmt från ugnen, dess skorpa sprakade under mina fingrar. En syrlig fruktkompott som fick mina läppar att dra ihop sig innan sötman slog till. Till och med vinet, även om det var tunt, verkade fylligare tillsammans med maten. Varje tugga, varje klunk, nagelfor bitterheten från min förvisning.

Mot slutet hade min hunger lagt sig, men något annat hade tagit dess plats. En gnista. En insikt.

Om rådet trodde att de hade krossat mig, så hade de fel. De hade förvisat mig, ja. Berövat mig himlens perfektion. Men de hade också gett mig detta – denna stökiga, livfulla, kaotiska värld att utforska. Att njuta av. Att avslöja.

Jag lutade mig tillbaka i stolen, fingrarna strök över foten på min bägare. Runt omkring mig viskade de andra änglarna fortfarande, stirrade fortfarande. Deras dom spelade inte längre någon roll.

”Jorden har sina charmer”, mumlade jag för mig själv, ett litet leende ryckte i läpparna. ”Och jag tänker njuta av dem alla.”

Kapitel två

Careena

Luften var tung, fuktig av doften från åldrat pergament och sten. Jag landade ljudlöst och satte ner kängorna på det kalla golvet i Vatikanens arkiv. Mörkret svalde mig hel, förutom det svaga månskenet som silade in genom höga, smala fönster.

"Första uppdraget", mumlade jag för mig själv med knappt hörbar röst. "Bäst att inte klanta till det."

Skriftrullen. En enkel uppgift. In och ut. Aurelius sa det som om det inte ens skulle vara värt att anstränga sig. Ändå stod jag här, i hjärtat av den teokratiska makten i de dödligas rike – där hemligheter gömde sig bakom låsta dörrar och viskningar dröjde kvar i skuggorna.

Jag rörde mig snabbt, varje steg var beräknat. Rummet sträckte sig oändligt, med hyllor som tornade upp sig över mig på båda sidor. Manuskript och reliker låg orörda och utstrålade århundraden av historia och mystik. Mina fingrar snuddade vid en hylla när jag gick förbi, den grova ytan förankrade mig i nuet. *Håll fokus.*

Ett svagt hasande ekade någonstans framför mig. Jag stelnade till och höll andan. En vakt. Hans fotsteg var stadiga, avsiktliga. Jag tryckte mig in i skuggan av en pelare och lät mörkret helt och hållet omsluta mig. Min puls ökade takten, men bara en aning. Dödliga var förutsägbara. Lätta att undvika.

Vaktens ficklampa skar genom mörkret och dess ljuskägla svepte förbi där jag stod. Jag kände dragningen från mina himmelska krafter, sjudande precis under huden. Ett tyst surr, en påminnelse om vad jag kunde göra om jag behövde.

”Är det någon där?”, sa en röst högt, och jag andades ut. Sträckte ut mina förmågor och grumlade försiktigt vaktens sinne.

Det är ingen här. Bara ett drag som rör om i luften.

”Dragiga jävla ställe”, muttrade vakten, innan han vände på klacken och gick därifrån.

När fotstegen hade ebbat ut smög jag fram, tyst som en skugga. Min blick svepte mot den utsmyckade dörren i bortre änden av salen. Låst, utan tvekan. Dödligas lås utgjorde sällan något större problem.

Jag nådde den på några sekunder och knäböjde för att inspektera mekanismen. Enkel. Ålderdomlig. En relik som vaktade reliker. Ett svagt, snett leende lekte på mina läppar. Med en snärt med handleden dansade ett svagt ljussken längs låset, och det klickade upp.

”För lätt”, viskade jag och sköt upp dörren på glänt.

Innanför blev luften tyngre. Helig. Den sortens tyngd som klamrar sig fast i lungorna. Jag saktade ner stegen medan jag skannade av rummet. Hylla efter hylla, alla proppfulla med skriftrullar, tjocka böcker, artefakter. Någonstans bland dem fanns den jag sökte. Oansenlig, hade Aurelius sagt. Men kraftfull.

”Careena”, mumlade jag för mig själv och klev längre in. ”Övertänk inte det här. Hitta bara den jävla saken.”

Den svagaste vibrationen surrade mot mina fingertoppar när jag passerade en rad. Jag stannade och kisade med ögonen. Den var inte synlig, inte precis. Men jag kunde känna den. En puls. En viskning. Något som kallade på mig.

"Hittade dig", mumlade jag, och en liten gnista av triumf tändes i mitt bröst.

Men så, på avstånd, ekot av stövlar. Flera. Närmare den här gången. Jag spände käkarna, och mina fingrar knöt sig hårt. Det var det enkla uppdraget, det. Dags att röra på sig, snabbt, och ta sig ut härifrån innan jag var tvungen att göra något som kunde bli ihågkommet.

Skriftrullen pulserade under mina fingertoppar i samma ögonblick som jag rörde vid den. En låg, stadig puls, som ett hjärtslag. Det var inte bara pergament – det var levande. Värme strålade genom mina fingertoppar, spred sig upp i armen och lade sig till rätta i bröstet. För en sekund glömde jag att andas.

"Kraftfull" hade varit en underdrift.

Jag lät den glida ner i läderväskan som hängde över min axel, och surrandet ekade fortfarande svagt mot min sida. Ljudet av stövlar ekade närmare. Mina muskler spändes.

Rör på dig.

Jag vände mig om och smög tillbaka genom raderna av hyllor, noga med att hålla stegen lätta. Vakterna var nära nu, deras dämpade röster blandades med den tunga tystnaden i rummet. Jag tryckte mig mot den svala stenmuren och stod blickstilla tills de passerade dörren.

"För lätt", viskade jag igen, och mitt andetag var knappt hörbart. Den här gången smakade orden bittert.

Luften förändrades när jag klev ut i korridoren, och ett svagt drag snuddade vid mitt ansikte. Inga larm. Inga rop om "Inkräktare!" eller "Tjuv!". Bara tystnad, bruten endast av den stadiga rytmen av min egen andning. Något stämde inte. Uppdrag var inte menade att vara så här ... enkla. Särskilt inte mitt första.

Han testade mig. Aurelius måste testa mig.

Jag skakade av mig tanken och koncentrerade mig på att gå tillbaka samma väg jag kommit. Varje korridor flöt ihop med nästa, men jag rörde mig målmedvetet, min kropp mindes vägen även om mitt sinne inte gjorde det. Inom några minuter var jag ute och lyfte mot natthimlen, mina svarta vingar osynliga i mörkret.

"Du är tillbaka."

Hans röst nådde mig före honom själv. Jag landade i Fristadens centrala atrium, och den välbekanta tyngden av himmelsk energi tryckte ner mig som en tung svepning. Aurelius stod vid foten av marmortrappan, hans silverfärgade klädnad föll i veck omkring honom, med händerna knäppta bakom ryggen.

"Självklart är jag tillbaka." Jag rätade på mig och blängde på honom medan jag fällde ihop mina vingar. "Det var inte direkt svårt."

"Effektivt, alltså", sa han med en så avmätt ton att min käke spändes. Han rörde sig inte mot mig, hans genomträngande blick räckte för att nagla fast mig.

"Var inte nedlåtande mot mig, Aurelius." Jag slet väskan från min axel och drog fram skriftrullen. Den surrade högre, som om den kände av Fristadens energi. "Vad är det här?"

"En artefakt av betydelse." Hans blick for till skriftrullen och sedan tillbaka till mig. Lugn. Kontrollerad. Rasande irriterande.

"Det säger mig ingenting." Jag tog ett steg närmare och grep hårt om skriftrullen. "Du skickade iväg mig efter den här utan någon förklaring. Och nu nästan sjunger den i samma ögonblick som jag rör vid den. Tänker du förklara dig, eller ska du fortsätta tala i gåtor?"

"Careena." Hans ton blev skarpare, men han höjde inte rösten. Han höjde aldrig rösten. "Du har slutfört ditt uppdrag. Det är det som betyder något."

"Ge mig inte det där." Mina vingar vecklades ut en aning och fångade det svaga ljuset från atriets färgade glas. "Du visste att det var mer med det här – du vet alltid mer än du låtsas om. Vad är det jag håller i? Varför känns den ... levande?"

Aurelius rörde sig till sist och gick ner för det sista trappsteget tills han stod precis framför mig. Hans längd tvingade mig att luta hakan uppåt, men jag backade inte. Hans silverögon mötte mina, outgrundliga och kalla.

"Din uppgift var att hämta den", sa han jämnt. "Inget mer. Innehållet i den skriftrullen är inte din angelägenhet."

"Inte min angelägenhet?" Jag skrattade, ett skarpt och humorlöst ljud. "Du skickar mig till de dödligas rike – till Vatikanen, inte mindre – för något som känns som om det skulle kunna spräcka himlarna, och det är 'inte min angelägenhet'?"

"Ja." Hans röst var som järn. "För du är ännu inte redo att förstå dess betydelse."

"Redo?" Ordet väste fram ur mig som ett gift. "Jag tror vi båda vet att det inte är anledningen."

"Nog." Hans blick hårdnade ytterligare. "Pröva mig inte."

"Kanske du borde sluta pröva mig", kontrade jag, och mitt grepp om skriftrullen hårdnade. "Om du tror att jag bara kommer att följa order utan att ifrågasätta har du uppenbarligen inte lärt dig någonting om mig."

"Nog." Det enda ordet bar tyngden av ett befäl och tystade utrymmet omkring oss. Det svaga skenet från hans silvervingar intensifierades för ett ögonblick innan det slocknade igen. "Du har uppfyllt din plikt. Det är allt som betyder något."

"Nej, Aurelius." Min röst sjönk, skarp men tyst. "Det som betyder något är sanningen. Och du döljer den. För mig. För alla."

"Var försiktig, Careena", varnade han, och udden i hans ton var omisskännlig. "Din trotsighet är förutsägbar, men den har sina gränser – även här."

"Förutsägbar?" Jag tog ett steg tillbaka, med skriftrullen fortfarande svagt surrande i min hand. "Det får vi se."

"Vart tror ni att ni är på väg med den där?" Hans tysta röst fick mig att stanna tvärt.

"Vad tänker ni göra med den?", kontrade jag med en egen fråga.

"Ännu fler frågor, Careena? Tar de aldrig slut?" Han skakade på huvudet, och sedan steg han närmare och lade en hand på skriftrullen, ovanför min.

Jag tittade ner, förvånad, när den magiska pulsen tystnade.

"Den måste förstöras."

Min blick for upp för att möta Aurelius, och jag blinkade. "Förstöras?"

"Du sa det själv. Kraft nog att spräcka himlarna. Vissa saker är för farliga för att få existera."

För första gången sedan jag kom till Fristaden höll jag med Aurelius om något. Långsamt öppnade jag handen och lät honom ta skriftrullen från mig.

"Tack", sa han tyst.

Jag nickade, men jag kunde inte hejda frågorna som bubblade upp inom mig. "Var kom den ifrån? Vem gjorde den? Hur tänker ni förstöra den?"

Han gav ifrån sig ett ljud som kunde ha varit frustration. "Careena. Din uppgift är slutförd. Låt mig utföra min."

"Men ..."

"Nog", sa han, och den här gången förstärkte han ordet med en puls av himmelsk kraft stark nog att få mig att stappla bakåt. "Din uppgift är slutförd. Jag kommer snart att ha en ny uppgift till dig. Ge dig nu iväg."

Så mycket kraft. Mina fötter vände mig om och började gå, och jag var halvvägs ner i korridoren innan jag insåg vad han hade gjort och vände mig om, rasande ... men Aurelius var borta.

Fristadens fläckfria salar sträckte sig oändligt framför mig, en labyrint av kallt ljus och skyhöga valv. Mina vingar prasslade bakom mig, fjädrarna strök mot alabasterväggarna som om även de delade min oro.

Viskningarna började innan jag nådde huvudkorridoren.

"Hon ifrågasatte honom igen." En röst svävade från någonstans högt ovanför, skir som spindelväv men vass nog att skära.

”Alltid så trotsig”, mumlade en annan, närmare nu. Jag brydde mig inte om att titta upp för att hitta dem. Änglarna här konfronterade mig aldrig direkt.

”Tror hon att hon står över Hären?”

”Fallen bortom all räddning.”

Jag spände käkarna och lät deras ord rinna av mig som vatten – men vart och ett lämnade ett sting. Mina fingrar knöt sig, naglarna borrade sig in i handflatan. Låt dem prata. Låt dem håna. Jag hade redan fallit tillräckligt långt för att veta att marken inte var så skrämmande som de fick den att verka.

Ett par vakter stod i slutet av korridoren, deras gyllene spjut korsade i perfekt symmetri. De rätade på sig när jag närmade mig, deras blickar for till mitt ansikte innan de snabbt flackade bort. Inte ens de ville möta min blick länge.

”Careena Seraphiel”, sa en av dem, hans ton spröd av påtvingad respekt. ”Behöver du—”

”Ingenting”, fräste jag och svepte förbi dem utan att sakta ner. Deras tystnad följde mig, tjock och tung.

Atriet öppnade sig framför mig, och solljus strömmade in genom kristallfönster som kastade brutna regnbågar över de polerade golven. Änglar rörde sig i grupper här, deras röster höjdes i drillande harmoni – eller skulle ha gjort det, om de inte hade tvekat när jag kom in. Huvuden vändes. Blickar smalnade. Samtal tystnade och ersattes av det svaga prasslet av vingar och tyngden av fördömande som pressade mot min rygg.

”Hon hör inte hemma här.”

”Varför behåller Aurelius henne?”

”Kanske han tycker synd om henne.”

”Eller fruktar vad hon kommer att bli.”

Jag stannade mitt i rummet och tvingade mig själv att andas. Deras viskningar virvlade runt mig som rök, kväljande och kvävande. Mina vingar vecklades ut en aning, deras violetta nyanser fångade ljuset i en trotsig gest. Om de ville ha ett skådespel skulle jag ge dem det.

"Är det något ni vill säga till mig?" Min röst ljöd klart och skar genom viskningarnas sorl. Det tystade rummet omedelbart.

Ingen svarade. Självklart gjorde de inte det. Fegisar. Varenda en av dem.

"Det var det jag trodde." Jag vände mig om tvärt, och ekot av mina stövlar mot marmorn hördes när jag schasade iväg. Mitt hjärta bultade i bröstet, men inte av rädsla.

De kunde viska hur mycket de ville. Aurelius kunde undanhålla alla svar i existensen, men jag skulle hitta dem ändå. Jag var inte här för att spela lydig soldat, för att buga och skrapa för smulor av sanning medan Rådet drog i trådarna bakom sina förgyllda gardiner.

Nej, jag skulle skapa min egen väg genom detta nät av lögner. Och när jag gjorde det skulle de se hur fel de hade som tvivlade på mig.

Biblioteksflygeln tornade upp sig framför mig, höljd i skugga. I hjärtat av Fristadens bibliotek fanns rummen med helig kunskap. Förbjudna. Låsta. Vaktade.

Precis där jag behövde vara.

Jag stannade vid den välvda dörröppningen. Intrikata sniderier av himmelsk skrift prydde dess yta och glödde svagt som glödande kol. En varning. Eller ett hot. Luften sprakade av besvärjelser menade att stöta bort alla ovärdiga. Alla som jag.

Mina fingrar ryckte till vid min sida. Minnet av skriftrullen jag hade hämtat från Vatikanen brände hett mot min handflata. Kraften den bar på var inte menad att användas, det visste jag, men jag ville förstå så mycket mer. Hela natten hade jag legat vaken och undrat. Här kanske jag kunde hitta svaren jag sökte.

Jag rörde vid dörren. Värme bet i mina fingertoppar, vass som ett knivblad. Jag väste och tog ett steg tillbaka.

"Prövar du gränserna igen, Careena?"

Hans röst skar genom tystnaden som ljudet av en klocka. Kall. Avmätt. Jag vände mig långsamt om och lade mitt ansikte i neutrala veck.

Aurelius stod bakom mig, hans silverfärgade hår glänste även i det svaga ljuset. Hans klädnad skimrade svagt, tyngden av hans auktoritet pressade ner utrymmet mellan oss. Hans ögon borrade sig in i mina, outgrundliga som alltid.

"Nyfikenhet är knappast ett brott", sa jag och lade armarna i kors.

"Inte än." Hans blick for till dörren. "Men du beträder farlig mark."

"Sanningen är inte farlig." Jag lutade upp hakan. "Om man inte är rädd för den."

"Sanningen kräver disciplin", sa han och steg närmare. "Och du har ännu inte förtjänat det privilegiet."

Jag knöt nävarna och kämpade mot lusten att argumentera. Inte här. Inte nu. Hans spel var kontroll, och jag skulle inte ge honom tillfredsställelsen att se mig förlora min.

"Varför är du här?", frågade jag istället. "Du kom väl ändå inte bara för att läxa upp mig."

"Nej", sa han. "Jag kom för att ge dig ditt nästa uppdrag."

"Ännu ett ärende för att hålla mig sysselsatt? Vad omtänksamt."

"Nog." Hans ton hårdnade och avbröt min sarkasm. Han sträckte ut en hand, och luften mellan oss skiftade med tyst auktoritet. "Du ska skydda en konvoj av dödliga som hjälper dem som fördrivits av krig. Deras liv är sköra. Lätta att släcka utan ingripande."

"Dödliga", upprepade jag. Mina vingar spändes instinktivt. "Du vill att jag ska leka skyddsängel nu?"

"Exakt." Hans läppar pressades ihop till ett tunt streck. "Förklä dig bland dem. Led dem i säkerhet. Se till att inget ont drabbar deras arbete – eller deras liv."

"Barnpassning", muttrade jag för mig själv. Men jag mötte hans blick igen, och trotsighet sjöd under ytan. "Fint. Om inte annat så talar åtminstone inte dödliga i gåtor."

"Var redo i gryningen", sa han och ignorerade min pik. Med en sista blick på dörren vände han på klacken och försvann nerför korridoren, och hans klädnad följde efter honom som rök.

Jag stod kvar där en stund och stirrade efter honom. Besvärjelserna på dörren pulserade svagt bakom mig, hånfullt. Ännu en barriär. Ännu en sanning nekad.

"Inte för evigt", viskade jag och lät orden förankra mig. Sedan vände jag mig bort och gick mot mina kvarter. Om jag var tvungen att vada ut i kaoset av dödligas konflikter, skulle jag göra det på mina villkor. Och kanske – bara kanske – skulle jag hitta något verkligt mitt ibland deras sköra, flyktiga liv.

Den lilla pojkens hand darrade i min när vi korsade de krossade resterna av vad som en gång varit ett bytorg. Rök klöste i min hals, frän och skarp, blandad med den kopparaktiga bismaken av blod som dröjde sig kvar i luften. Jag höll min röst låg, stadig.

"Bara lite till", sa jag. "Du är så duktig."

Hans vida bruna ögon såg upp på mig, rödgråtna och sotiga. Han nickade men sa inget. Hans grepp hårdnade som om jag var det enda som höll honom fast vid den här världen. Kanske var jag det.

Framför oss rörde sig konvojen försiktigt genom rasmassorna, ansiktena bleka men beslutsamma. Utmattningen tyngde dem, men ingen vågade vackla. Dessa dödliga – så sköra, så bräckliga – och ändå fortsatte de framåt.

"Careena!" En kvinnas röst, hes men enträgen, ropade från fronten. Clara, kom jag ihåg. Ledaren för denna sargade grupp av hjälparbetare. Hon vinkade fram mig, hennes arm var strimmig av smuts. "Vi måste röra oss snabbare. Det pratas om patruller i närheten."

"Uppfattat", svarade jag, hennes brådska smittade av sig.

Jag överlämnade pojken till Claras vård och skannade horisonten. Mina sinnen sträckte sig bortom dödligas varseblivning, sökande efter surret av fara, de svaga krusningarna av illvilja som ofta föregick våld. Luften här surrade av oro, men inget omedelbart hotade. Inte än.

”Gå”, sa jag till Clara. ”Jag täcker baktruppen.”

Hon tvekade och kastade en blick på barnet som nu klamrade sig fast vid hennes sida. Något for mellan oss – outtalad tacksamhet, kanske – men hon slösade inte med orden. Med en nick vände hon sig tillbaka till de andra.

Jag följde efter, varje muskel spänd, varje fjäder på mina dolda vingar kliade av längtan att vecklas ut. Detta uppdrag handlade inte om mig. Det handlade inte om Aurelius eller hans oändliga prövningar. Det handlade om dem – de som blödde, som grät, som kämpade för att rädda liv i en värld som verkade fast besluten att gå under.

För första gången på längre tid än jag kunde minnas kände jag ... något. Mening. Stolthet.

När konvojen äntligen nådde säkerhet – en hastigt säkrad utpost omgiven av taggtråd och trötta soldater – dröjde jag kvar i utkanten. Tittade på. Clara och de andra arbetade outtröttligt, de lade om sår, delade ut förnödenheter och tröstade de krossade.

”Är du en av dem?”, frågade en ung flicka och skrämde mig. Hennes lilla ansikte kikade fram bakom en låda, hennes mörka ögon var nyfikna.

”Inte riktigt”, sa jag och mjukade upp min röst.

”Varför är du här då?”

”För att hjälpa”, svarade jag ärligt.

Hennes läppar ryckte till, nästan ett leende, innan hon pilade iväg.

”Nå?”, frågade Aurelius när jag återvände till Fristaden. Han stod med armarna i kors, och hans silverfärgade klädnad flödade som vatten omkring honom.

”Nå, vad då?”, kontrade jag och skakade av mig resterna av damm och aska som klamrade sig fast vid mig.

”Din bedömning av uppdraget.” Hans blick borrade sig in i mig, orubblig som alltid.

Jag tvekade. En del av mig ville vara spydig, att pika honom som jag alltid gjorde. Men sanningen trängde förbi mina försvarsmurar.

”Det var inte hemskt”, erkände jag. ”Att hjälpa dem – det ... betydde något.”

”Bra.” Hans svar var kortfattat, men en skymt av något som nästan liknade godkännande for över hans ansikte. ”Kanske ser du nu värdet i din exil.”

”Exil är inte direkt inspirerande”, muttrade jag.

”Se det som en förberedelse”, sa han med en röst len som sten. ”Du kanske finner ditt syfte än.”

Innan jag kunde pressa honom vidare vände han sig om, och hans nästa ord släckte allt kvarvarande hopp. ”Ditt nästa uppdrag väntar.”

”Redan?”

”Ja.” Hans ton blev iskall. ”Skriftrullar i biblioteket behöver katalogiseras. Du ska börja omedelbart.”

”*Katalogisera*?” Ordet skrapade mot min stolthet som rostiga kedjor.

”Ja.” Hans silverögon mötte mina, orörda. ”Är det något problem?”

”Självklart är det ett problem.” Mina vingar vecklades ofrivilligt ut, och de violetta kanterna fångade ljuset. ”Jag ledde nyss dödliga genom krigszoner, och nu vill ni att jag ska sortera skriftrullar? Ni slösar bort mig.”

”Lydnad är sällan glamoröst, Careena”, sa han jämnt. ”Men den är nödvändig. Du gör som du blir tillsagd.”

Jag stod där, med spänd käke och raseri sjudande under huden. Men jag svalde det. För nu. Jag visste redan att jag inte skulle få arbeta i de förbjudna avdelningarna jag var utestängd från, men kanske kunde jag förtjäna min väg in.

Doften av åldrat pergament tryckte mot mina sinnen, torr och spröd som dammet som täckte mina fingrar. Mina händer rörde sig över en skriftrulle vars kanter flagnade när jag rullade ut den med försiktighet, även om mitt tålamod tunnades ut. Biblioteket var tyst förutom det svaga prasslet av papper och det mjuka skrapet av lädersulor mot stengolv när jag bytte ställning. Hyllorna sträckte sig oändligt över mig, och deras skuggor skar taggiga linjer över väggarna.

”Nödvändig”, hade han sagt. Ordet ekade i mitt huvud och malde mot mina tankar med varje krumelur jag skannade. Nödvändig? För vem? Sannerligen inte för mig. Jag hade varit här i veckor med denna meningslösa uppgift. Mina vingar kändes spända mot ryggen, en värk född ur overksamhet och frustration.

Jag sköt in en annan skriftrulle på plats på ett polerat träställ. Titeln inristad i himmelska runor blev suddig under min blick. Katalogisera? Detta var inte ett arbete avsett för någon som hade lett dödliga i säkerhet, som hade smakat på mening. Nej. Det var sysselsättningsterapi. Ett koppel.

"Nog", muttrade jag och knuffade in nästa skriftrulle hårdare än nödvändigt. Det svaga surret av kraft inom den vibrerade upp längs min arm, obemärkt. Mina steg ekade när jag klev ut ur alkoven och glömde skriftrullarna. Fristadens korridorer slingrade sig framför mig, kalla och välbekanta, och jag följde min vredes lockelse.

Aurelius stod där han alltid tycktes stå – i händelsernas centrum, orörd av tid eller konsekvens. Hans silverfärgade hår fångade ljuset från de glödande väggfacklorna, hans närvaro var lika skarp och imponerande som ett draget svärd.

"Careena." Han tittade inte upp när jag närmade mig, hans fokus var fäst på någon eterisk karta utspridd över en piedestal. "Borde inte du vara på din post?"

Jag stannade tvärt med knutna nävar. "Detta är inte en post. Det är ett straff."

"Är det vad du tror?" Hans röst var lugn, beräknande. "Då har du kanske missförstått läxan."

"Läxa?" Jag steg närmare, och luften mellan oss var spänd av anspänning. "Kallar du det här en läxa? Att sortera dammiga reliker medan dödliga utkämpar krig och lider? Det är slösaktigt. Ni slösar bort mig."

Hans ögon lyftes då, genomträngande när de mötte mina. "Du förmodar dig veta bättre än Rådet? Än mig?"

"Jag förmodar ingenting." Min röst höjdes, och trotsighet vässade varje ord. "Men blind lydnad är inte utveckling, Aurelius. Det är stagnation. Hur ska jag kunna lära mig något begravd i skriftrullar som ingen har läst på århundraden?"

"Careena", sa han, lågt och stadigt, "du beträder farlig mark."

"Någon måste. Varför är du så rädd för frågor? För förändring?"

"För att frågor leder till uppror", fräste han, en sällsynt spricka i hans fattning. Hans silverblick mörknade, hård som stål. "Och uppror leder till förödelse."

"Bara om du vägrar att lyssna", kontrade jag. Mitt bröst snördes ihop, men jag vägrade att vackla. "Ni tror att kontroll är styrka, men det är rädsla. Och jag tänker inte låta din rädsla kedja mig."

"Kedjor, Careena?" Hans röst sänktes, farlig nu. "Förväxla inte vägledning med kedjor. Den väg jag stakar ut framför dig är menad att skydda dig – och andra – från den ruin din trotsighet inbjuder till."

"Eller så är den kanske menad att hindra mig från att se sanningen." Jag tog ytterligare ett steg framåt, och min röst sjönk för att matcha hans intensitet. "Du litar inte på mig. Erkänn det."

"Förtroende måste förtjänas", sa han kallt. "Och du har ännu inte bevisat att du förtjänar det."

"Kanske vill jag inte ha ditt förtroende", sa jag med en skärande ton, även om mitt hjärta bultade i bröstet. "Det jag vill ha är frihet."

"Frihet utan återhållsamhet är kaos", svarade Aurelius, hans ord slutgiltiga, oföränderliga. "Du kommer att återvända till din uppgift, Careena. Det är inte en förfrågan."

"Självklart inte", mumlade jag bittert och vände på klacken innan han kunde se hettan stiga i mina ögon. Tystnaden som följde brände hetare än någon flamma.

När jag gick därifrån nådde hans röst mig, tyst men tung. "Trotsighet kan kännas som frihet, men den har alltid ett pris. Kom ihåg det."

"Jag betalar det", viskade jag till den stilla luften. Elden i mitt bröst brann hetare nu och svedde bort allt tvivel. Jag tänkte inte leva fängslad av rädsla eller blind lydnad. Om de ville att jag skulle vara en utstött, så fick det vara så. Jag skulle omfamna det.

Jag drog av mig min klädnad och lät den falla till golvet, sedan vecklade jag ut mina vingar. De skimrade i det dunkla ljuset, korpsvarta fjädrar med skiftningar i violett. För första gången på alltför länge lät jag dem sträcka ut sig till sin fulla vidd. Mina muskler värkte av lättnad.

"Nog", sa jag högt, och ljudet studsade mot stenväggarna.

Jag vände mig mot en balkong där månskenet strömmade in genom ett välvt fönster. Utan att tveka sprang jag. Mina fötter nuddade knappt marken innan jag kastade mig ut i den ändlösa natten.

Vinden dånade i mina öron när jag dök, för att sedan skjuta uppåt med ett kraftfullt vingslag. Andan fastnade i halsen. Himlen, vidsträckt och vild, omfamnade mig. Stjärnorna ovanför verkade närmare, brann klarare, som om de välkomnade mitt uppror.

"Frihet", mumlade jag och smakade på ordet som något förbjudet och sött.

Nedanför krympte Fristaden, dess höga spiror och stela salar blev inget mer än skuggor. Aurelius, Rådet, reglerna – allt kändes avlägset. Obetydligt.

"Jag ska hitta sanningen", svor jag, min röst förlorad i den vinande vinden. "Oavsett vad det kostar."

Horisonten sträckte sig framför mig, oändlig och okänd. Och för första gången sedan min exil log jag.

Det kunde inte vara för evigt. Jag var inte redo; i mitt innersta visste jag det. Men jag lärde mig, hela tiden, om de dödligas värld, och en dag snart skulle dessa kedjor inte längre binda mig.

KAPITEL TRE
CAREENA

JAG STOD PÅ TRÖSKELN till Aurelius arbetsrum och luften var tung av rökelse och fördömelse. Hans kallelse hade varit abrupt, en puls av silverenergi som inte lämnade något utrymme för att vägra. Den brände fortfarande svagt under min hud. Jag skakade av mig känslan när jag klev in.

"Careena." Hans röst skar genom tystnaden som ett svärd. Han såg inte upp från skriftrullarna som låg utspridda över hans skrivbord. Hans silverfärgade hår glänste i det svaga ljuset, en perfekt matchning till de fläckfria vingarna som var tätt hopfällda bakom honom. Alltid så samlad. Alltid så ... perfekt.

"Väktare", svarade jag och lät titeln drypa av precis tillräckligt med sarkasm för att balansera på gränsen. Hans blick flög upp och smalnade. Jag mötte hans blick, orubblig.

"Stäng dörren."

Jag sparkade igen den med kängan och ljudet ekade genom marmorkammaren. "Vad är så brådskande att du var tvungen att släpa mig ur sängen?"

Aurelius rätade på sig och tornade upp sig över skrivbordet som en staty huggen ur själva fördömelsen.

”En häxcirkel i Frankrike har grävt fram något farligt. En besvärjelsebok med mörk magi – uråldrig, dödlig. Förstår du vad det innebär?” Hans ton var kort, klinisk.

”Katastrof, fördärv, slutet för allt”, sa jag och viftade med handen. ”Du är inte direkt subtil, Aurelius. Säg bara vad du behöver.”

”Håna mig inte.” Hans röst sjönk, stål under is. ”Det här är ingen lek, Careena. Den boken har potential att rasera de dödligas existens om häxorna fullbordar sina ritualer. Du ska infiltrera häxcirkeln, hämta boken och se till att deras planer omintetgörs ...”

”Utan att skada människor i onödan”, avslutade jag åt honom och korsade armarna. ”Ja, ja, Härskarans gyllene regel. Jag har hört den tusen gånger.”

”Kanske du borde lyssna för en gångs skull.” Han klev runt skrivbordet och tyngden av hans närvaro fyllde utrymmet mellan oss. ”Din nyfikenhet, din dumdristighet – de får inte komma i vägen den här gången.”

”Och där kom det”, sa jag med skärpa i rösten. ”Du litar inte på mig. Det har du aldrig gjort.”

”För att du inte ger mig någon anledning till det”, fräste han och hans silverfärgade ögon flammade till. ”Du beter dig som om reglerna inte gäller för dig. Det här uppdraget kräver precision, inte att du hänger dig åt dina ... impulser.”

”Hänger mig åt?” Mina vingar slog ut och skälvde av undertryckt ilska innan jag tvingade tillbaka dem. ”Tror du att jag tänker äventyra allt för att jag ställer frågor? För att jag inte blint följer order som en av dina lydiga små soldater?”

"Exakt", sa han orubbligt. "Din olydnad är förutsägbar, Careena. Och förutsägbarhet är farligt när man har att göra med sådana här krafter."

"Varför skickar du mig då?" kontrade jag och tog ett steg närmare. Doften av rökelse och gammalt pergament hängde i luften mellan oss. "Om jag nu är en sådan belastning, varför tar du inte hand om det själv? Ja just det – du står hellre här och läxar upp mig än att faktiskt *göra* något."

"Nog." Hans röst klingade som en klocka och tystade grälet innan det hann eskalera. Han andades ut häftigt, vingarna rörde på sig, det enda tecknet på hans frustration. "Du valdes för att du är kapabel. Trots dina brister är du skicklig. Men det här uppdraget är viktigare än din stolthet eller min. Kom ihåg det." Han höll fram en hoprullad skriftrulle, med information jag skulle behöva, antog jag. Jag tog motvilligt emot den.

"Okej", sa jag och vände mig bort innan jag hann säga något värre. "Jag ska hämta din dyrbara bok. Men förvänta dig inte att jag ber om ursäkt för att jag gör saker på mitt sätt."

"Bara misslyckas inte", sa Aurelius tyst. Det var ingen order. Det var något kallare. Något slutgiltigt.

Jag svarade inte. Dörren knarrade när jag drog upp den och klev ut i korridoren. Mina händer knöt sig vid sidorna, skriftrullen skrynklades i min handflata. Det här handlade inte om tillit eller tro. Det handlade om kontroll. Och jag vägrade att låta mig kontrolleras.

Vinden skar genom mig när jag sänkte mig, vass och kall mot huden. Skogen nedanför sträckte sig oändligt, mörk och levande, dess krontak bröts bara av den taggiga formen av herrgården framför mig.

Den tornade upp sig i gläntan som ett sår på jorden, helt i svärtad sten och med sneda spiror. Skuggorna klamrade sig fast vid den, tjockare än de borde ha varit, även i månskenet. Talismaner hängde från döda träd runt omkretsen – ben, metall, kristallfragment – alla surrade av svag energi. Skyddsrunor. De skulle inte stoppa mig, inte helt, men de skulle göra saker ... besvärliga.

Jag landade mjukt på fuktig jord och hukade mig. Luften här var tung, tjock av förruttnelse och magi. Varje andetag smakade fel, bittert och metalliskt. Jag tog ett steg framåt, noga med att hålla mina rörelser ljudlösa, och studerade talismanerna som hängde närmast mig. Var och en pulsade svagt, som ett hjärtslag i otakt med de andra. De var inte utformade för att hålla folk ute – de var varningar. Till vem, eller vad, kunde jag ännu inte avgöra.

"Charmigt", muttrade jag för mig själv. Min röst lät för hög, trots att den knappt var mer än en viskning. Jag rörde mig snabbt, vävde mig fram mellan träden och höll mig i skuggorna. Ju närmare herrgården jag kom, desto starkare blev dragningen från skyddsrunorna. Det var inte fysiskt – inte riktigt – men det tryckte mot mig som en ovälkommen hand och manade mig bort.

Jag ignorerade det. De var inte avsedda för varelser som jag; de hade ingen makt över himmelska väsen. Människor, däremot? Vilken människa som helst skulle ha sprungit skrikande för länge sedan. Vad som än pågick här var det ingen som skulle hitta det.

Huvudingången var utesluten. För många ögon. För mycket ljus. I stället cirklade jag till sidan och letade efter något mindre uppenbart. Ett sprucket fönster. En bortglömd dörr. Någonting som förbisetts. Det tog inte lång tid att hitta den – en smal källardörr, halvt dold under trassliga rankor. Gångjärnen var rostiga, träet svullet av år av regn. Perfekt.

Jag sträckte ut handen, fingrarna strök över dörrens yta och skickade en liten våg av kraft in i den. Precis tillräckligt för att lossa låset utan att dra till mig uppmärksamhet, för att befria de rostiga gångjärnen. Träet knarrade mjukt, och sedan gav det vika och svängde inåt. Ett svagt drag förde med sig doften av mögel och jord upp för att möta mig. Förtjusande. Jag rynkade på näsan av avsmak, ryckte sedan på axlarna och fällde ihop vingarna tätt bakom mig. Det skulle inte finnas plats att breda ut dem i det mörka utrymmet.

"Då kör vi", viskade jag och slank in.

Mörkret slukade mig hel. För ett ögonblick kunde jag inte se någonting, inte höra någonting annat än det svaga droppandet av vatten någonstans djupare in i källaren. Sedan anpassade sig min syn och former började ta gestalt – konturerna av hyllor, lådor, burkar fyllda med oidentifierbara substanser. Vissa glödde svagt, andra verkade absorbera ljuset helt. Jag rörde mig försiktigt och undvek allt som såg bräckligt ut – eller förbannat.

Trappan i andra änden av rummet ledde uppåt, in i hjärtat av herrgården. Jag tog dem långsamt, varje steg medvetet. Min kraft spred sig utåt i en tunn slöja när jag klättrade och grumlade sinnena hos alla i närheten. Det var inte perfekt – om någon stirrade direkt på mig för länge skulle de märka det – men det var tillräckligt för att sudda ut kanterna på deras medvetande. Tillräckligt för att klara sig.

Högst upp i trappan förändrades atmosfären. Luften blev varmare, med en anstrykning av rök och något sötare, nästan blommigt. Hallen var kantad av levande ljus, vars lågor fladdrade onaturligt. Skuggorna de kastade dansade över väggarna och bildade former som löstes upp i samma ögonblick som jag försökte fokusera på dem.

Jag rörde mig framåt, tyst och osedd, med blicken svepande över allt. Dörrar kantade korridoren, vissa öppna, andra tätt stängda. Från en hörde jag mässande – lågt och rytmiskt. Från en annan kom skratt, gällt och grymt. Inget av det spelade någon roll. Inte än.

Besvärjelseboken. Det var allt som betydde något just nu, även om jag skulle behöva ta ett snack med Aurelius när jag återvände till Fristaden med den. Den här häxcirkeln hade ofog för sig, och att bara konfiskera en besvärjelsebok skulle inte stoppa det.

Jag svängde in i det första öppna rummet. Hyllor sträckte sig från golv till tak, proppfulla med böcker och skriftrullar i varierande grad av förfall. Bord var överhopade med artefakter – dolkar, amuletter, masker. En kittel puttrade i hörnet och dess innehåll avgav ett svagt grönt sken. Jag motstod lusten att undersöka saken närmare. Inga distraktioner.

"Var är du?" mumlade jag och lät ett finger löpa längs ryggen på en särskilt gammal bok. Damm fastnade på min hand, grynigt och kallt. Boken var inte här. Ingen av dessa var rätt. Jag gick vidare.

Nästa rum var värre. Ben hängde från taket, hopknutna som groteska vindspel. En cirkel var inristad i golvet, fylld med symboler som skiftade när jag försökte läsa dem. Energin som strålade från den fick det att krypa i skinnet på mig.

"Inte här heller." Min frustration växte och spändes i bröstet. Tiden höll på att rinna ut. Jag behövde röra mig snabbare.

Rum efter rum, artefakt efter artefakt, och fortfarande inga tecken på boken. Jag stannade upp i en hall, tryckte ryggen mot väggen och slöt ögonen för ett ögonblick. Pulsen dånade i mina öron. Besvärjelseboken måste finnas här. Någonstans. Men var?

Ett svagt ljud bröt igenom mina tankar – ett knarr, avlägset men medvetet. Fotsteg. Någon var på väg.

Jag tryckte mig mot väggen, och skuggorna klamrade sig fast vid mig som en andra hud. Min andning saktade ner, kontrollerad. De kunde inte se mig, skulle inte se mig – det hade jag sett till.

En gestalt dök upp i slutet av hallen. Lång. Befallande. Hon rörde sig med inövad elegans, hennes mörka kåpa släpade efter henne, de arkana symbolerna som var broderade där skimrade svagt i det dunkla fackelskenet. Hennes hår, så mörkrött att det nästan såg ut som blod, glänste i det svaga ljuset. Selene Nightshade. Ledaren.

Jag kände det omedelbart – kraften som strålade från henne. Den var inte subtil. Den krafsade sig fram genom luften och snuddade vid mina sinnen som nålar. Mina fingrar ryckte till vid sidorna. Det här var farligt territorium, men jag hade inget val. Besvärjelseboken skulle inte hitta sig själv.

Hon stannade strax före rummet jag hade sökt igenom för några ögonblick sedan. Hennes huvud lutade sig något, som om hon kunde känna att något var på fel plats. Jag kunde inte riskera att hon hittade mig så här. Inte än.

Jag lät illusionen skimra över mig som en slöja och förvandlade mig. Mina vingar försvann först och mitt svarta hår skiftade till en mer oansenlig brun nyans. Min hy förblev mörk och smälte perfekt in i det svaga ljuset. Och mitt namn ... Lilith. En viskning på mina läppar. Ett nytt ansikte för ett nytt spel.

"Vem är där?" Selenes röst skar genom tystnaden, gäll och låg. En utmaning insvept i silke.

Jag steg fram, noga med att hålla mina rörelser hotlösa men målmedvetna. Hennes ögon snäppte omedelbart till mig, gröna blixtar som naglade fast mig.

"Förlåt mig", sa jag och fyllde min ton med ödmjukhet – något sällsynt för mig. "Det var inte meningen att tränga mig på."

"Tränga dig på?" Misstänksamhet flimrade över hennes drag. Hon studerade mig som om jag vore ett pussel hon inte hade bestämt sig för om hon skulle lösa eller förstöra. "Och vem var du nu igen?"

"Lilith", sa jag mjukt, böjde på huvudet och tryckte lätt mot hennes sinne. *Du känner mig. Jag är bekant.* "Ditt arbete här ... det är extraordinärt." Jag lät blicken dröja kvar i hallen runt oss och fejkade vördnad.

Selenes läppar kröktes, knappt. Det var inte riktigt ett leende. "Smicker kommer du ingenstans med, Lilith."

"Inte smicker", kontrade jag snabbt. "Beundran." Jag steg närmare, precis tillräckligt för att verka ivrig men inte dumdristig. "Jag vill lära mig allt. Att utöva verklig makt." Jag lät de orden hänga mellan oss, tunga av innebörd.

Hennes ögon smalnade, sökte efter sprickor hos mig. Jag höll mitt uttryck öppet, hungrigt, uppriktigt. Hon gillade kontroll – jag kunde känna det på sättet hon höll sig. Om jag spelade på det...

"Makt", upprepade hon, med en nästan road röst. "Du talar som om du vet vad det ordet betyder."

"Inte än", medgav jag och sänkte blicken kort innan jag mötte hennes igen. "Men jag är villig att offra vad som än krävs."

Det fångade hennes uppmärksamhet. Något omisskännligt blixtrade till i hennes uttryck – beräkning. Hon lutade sig något framåt och hennes röda hår föll över ena axeln.

"Vad som än krävs?" ekade hon mjukt. Hennes röst var som en klinga dold i sammet.

"Ja", sa jag bestämt.

"Intressant." Hon vände sig då om och gestikulerade åt mig att följa efter. Jag gjorde det och höll mina steg behärskade trots mitt snabbare hjärtslag. Hon ledde mig in i ett annat rum, stort och kallt, med väggar klädda med fler hyllor och underliga artefakter. Ett stort bord dominerade mitten, täckt med skriftrullar och ljus.

"Säg mig, Lilith", började Selene och lät fingrarna löpa längs kanten på bordet. "Vad vet du om uråldriga texter? Om de krafter de befaller?"

"Väldigt lite", medgav jag försiktigt. "Men jag har hört viskningar om vad du hittade. En bok, eller hur?" Jag lade huvudet på sned och lät nyfikenhet glimma i mina ögon. "Något ... kraftfullt."

"Viskningar", sa hon med hånfull ton. "Är det vad som förde dig hit? Skvaller?"

"Sanning", rättade jag. Jag steg närmare, försiktig så att jag inte gick för långt. "Om ryktena är sanna är den inte bara kraftfull, eller hur? Den är farlig. Dödlig."

Selenes genomträngande blick låstes fast i min. För ett ögonblick trodde jag att hon skulle slå mig till marken där jag stod. Men sedan log hon – inte varmt, inte vänligt. Rovlystet.

"Dödlig är inte ens i närheten av att beskriva det." Hon gick till en av hyllorna och hennes fingrar strök över en bunt skriftrullar. "Den här boken innehåller kunskap äldre än din fantasi kan förstå. Ord som omformar verkligheten. Men sådana saker har ett pris."

"Vilket pris?" frågade jag och lät genuin nyfikenhet sippra igenom.

"Styrka", sa hon helt enkelt. "Offer. Ingen svag själ skulle kunna hoppas på att utöva den utan att bli uppslukad. Är du svag, Lilith?"

"Aldrig", sa jag och höll hennes blick.

Selenes blick smalnade. "Du är ivrig, Lilith. Men iver är inte nog."

"Lär mig då", sa jag och sänkte rösten till en viskande vädjan. "Låt mig bevisa mig själv."

Hennes läppar kröktes till något vasst och oläsligt. Hon svarade inte. I stället vände hon sig bort, hennes kåpa svepte bakom henne när hon rörde sig mot andra sidan av rummet. Ett utsmyckat skåp stod där, dess yta snidad med symboler som utstrålade svaga spår av magi. Min puls ökade.

"Inte än", mumlade Selene, nästan för sig själv. Hennes hand svävade nära skåpet men rörde det inte. Hon sneglade tillbaka på mig, hennes gröna ögon skar som glas. "Makt måste förtjänas. Du är inte redo att se vad som döljer sig därinne."

Fan.

Jag böjde på huvudet och fejkade underkastelse medan tankarna rusade. Om hon inte ville visa mig, skulle jag behöva hitta den själv.

"Självklart", mumlade jag och backade för att smälta in i rummets skuggor. Selenes uppmärksamhet gled någon annanstans – mot en av häxorna som stod i närheten, en senig kvinna som såg knappt stark nog ut för att hålla i bägaren i sina händer. En svagare länk.

Perfekt.

Jag fokuserade och lät min kraft surra precis under huden. Luften runt mig verkade krusas när jag viskade en subtil förtrollning. Häxan stelnade till. Hennes ögon blev glasartade.

"Tala", befallde jag och vävde in suggestionen i hennes sinne som en tråd genom tyg.

Kvinnan flämtade till och darrade som om hon överväldigats av någon osynlig kraft. Hennes röst steg, ihålig och darrande. "En skugga faller ... blod fläckar stjärnorna ... kärlet vaknar!"

"Profetia!" ropade en annan häxa och rusade fram.

"Tystnad!" fräste Selene, även om hennes fokus redan höll på att flyttas till skådespelet. Rummet exploderade i kaos när häxcirkeln samlades runt den darrande kvinnan.

Jag smög undan, obemärkt, med lätta och snabba steg, och tryckte en tyst besvärjelse mot Selenes distraherade sinne. *Glöm Lilith. Hon är ingen. Hon var aldrig här.*

Skåpet var inte låst. Det behövdes inte – jag kunde känna skyddsrunorna surra mot mina fingertoppar. De väste som hoprullade ormar och varnade mig ... men återigen, de var inte avsedda för min sort, och de skulle inte stoppa mig. Jag fortsatte och nystade försiktigt och tyst upp deras magi.

Inuti låg skriftrullar staplade huller om buller, dammiga och sköra. Min hand strök dem åt sidan tills jag kände den – en liten läderinbunden bok, kall och fuktig vid beröring.

Jag drog fram den och höll den i det svaga skenet från ljusen. Lädret var svärtat, nästan förkolnat, men pulserade svagt som om det levde. Mörka ådror slingrade sig över ytan och bultade i takt med någon ondskefull rytm.

Den blödde.

Känslan sipprade in i min handflata, varm och blöt, som om boken själv livnärde sig på min närvaro. Jag svalde hårt och tryckte in den i min jacka innan jag hann tänka för mycket på vad jag just hade rört vid.

Med bultande hjärta lade jag min handflata över skåpet. Med ett djupt andetag kastade jag illusionen. Skriftrullar flyttade på sig, föll naturligt på plats och dolde helt bokens frånvaro.

”Careena”, muttrade jag för mig själv och torkade händerna på jackan. ”Tappa inte nerverna nu.”

Bakom mig höjdes Selenes röst över tumultet. Tiden var på väg att rinna ut.

”Något är fel.” Hennes röst var mjuk men fylld av stål. Hon rörde sig mot skåpet, hennes gröna ögon smalnade som klingor som skar genom dimma. ”Jag känner ... en störning.”

Hennes hand svävade över illusionen jag hade skapat – en perfekt imitation av bokens viloplats, ända ner till dess onaturliga puls. Jag knöt nävarna, varje muskel spänd som en ståltråd. Om hon rörde vid den, om hon bröt förtrollningen –

"Selene?" ropade en röst från andra sidan dörröppningen. En av häxorna, osäker, nervös.

"Inte nu", fräste Selene utan att vända sig om. Hennes fingrar snuddade vid illusionens kant. Mitt hjärta bultade. Tiden tänjdes ut, varje sekund tyngre än den förra.

"Selene, du måste se det här", insisterade häxan, nu närmare.

Selenes läppar pressades ihop till ett tunt streck. Hon lät handen falla och rätade på sig, hennes kåpa svepte elegant bakom henne när hon vände sig om. "Det här är bäst att det inte är ännu ett slöseri med min tid."

Hon lämnade rummet och dörren stängdes mjukt efter henne. Jag rörde mig inte. Inte än. Luften kändes fortfarande skarp, som glas redo att splittras runt mig.

När hennes fotsteg försvann andades jag långsamt ut. Bröstet brände av att ha hållit andan för länge. "För nära", viskade jag, mer för mig själv än för någon annan.

Besvärjelseboken pulserade igen mot mina revben, starkare den här gången, som om den visste att vi inte var säkra än.

"Tyst", väste jag åt den, som om den kunde höra mig. Kanske kunde den det.

Röster ekade nerför korridoren. För många. De letade nu. Distraktionen jag hade orsakat tidigare hade tunnats ut och misstänksamheten tätnade i dess ställe. Jag duckade in i ett skuggigt hörn och strök med fingrarna längs den kalla stenväggen för att hålla balansen.

"Inkräktare." Ordet drev genom luften som gift. De visste att någon var här. Selenes sinne var för starkt; hon skulle inse att någon hade manipulerat, minnas Lilith.

Jag andades långsamt ut och slöt ögonen. Det välbekanta surrandet av min änglakraft rörde sig i mina ådror. Skuggor kröp upp längs väggarna runt mig, sträckte ut sig, vred sig, böjde sig för min vilja. Jag lät dem svepa sig runt mig och höljde mig i ett mörker så komplett att det svalde till och med ljud.

"Hitta henne!" En annan röst ljöd, gäll och befallande. Kängor stampade förbi mig, så nära att jag kunde ha sträckt ut handen och fällt dem. Jag stod still, gömd i skuggornas veck. Deras facklor fladdrade och ljuset mattades onaturligt när de närmade sig mitt gömställe.

"Fortsätt", muttrade en, oroligt. "Skyddsrunorna skulle ha stoppat henne vid det här laget."

Deras röster försvann när de fortsatte nerför hallen. Jag väntade tills de svängde runt hörnet innan jag slank ut, tyst som en ande. Mörkret följde mig som en lojal följeslagare och skyddade mig från insyn när jag tog mig ut samma väg som jag hade kommit.

Nattluften slog emot mig som en smäll, skarp och kall. Jag slank ut genom den spruckna källardörren, stängde den bakom mig och kom ut i skogsgläntan. Mina kängor krasade mot spröda löv när jag duckade bakom en klunga träd.

Då såg jag dem.

En ring av häxor stod runt en rytande brasa, deras skuggor höga och förvridna i det fladdrande ljuset. Rök ringlade upp och bar med sig doften av brinnande örter – skarp, jordig och fel. Deras röster höjdes tillsammans och mässade på ett språk som stack i utkanten av mitt medvetande. Jag hade den himmelska förmågan att förstå alla dödliga språk, men det tog flera långa ögonblick för mig att plocka fram förståelsen för detta, för ingen hade talat detta språk på årtusenden innan jag ens kom till.

Fornegyptiska.

Jag rynkade pannan och grep hårdare om besvärjelseboken under min jacka. Egyptiska besvärjelser? Här? I en fransk skog? Orden vällde ur häxornas munnar i samklang, hårda och gutturala, inget som de flytande latinska besvärjelserna jag hade hört inne i herrgården tidigare. Det här var annorlunda. Äldre. Kraftfullt.

Mina vingar kliade under illusionen som höll dem dolda. Brasans lågor flammade till i blått för ett ögonblick, sedan grönt, och kastade kusliga skuggor över häxornas ansikten. En av dem steg fram och höll upp en dolk. Dess blad glänste, svart och taggigt som obsidian.

"Varför?" muttrade jag för mig själv. Mina fingrar strök över bokens läderbindning under min jacka. Den pulserade svagt, nästan som ett hjärtslag. Jag svalde hårt.

Fokusera, Careena. Stick härifrån.

Men mina fötter rörde sig inte. Mina ögon var låsta på häxorna. De åkallade något – någon. Min nyfikenhet brände hetare än lågorna, men jag tvingade mig själv att titta bort.

"Inte ditt problem", viskade jag, även om orden kändes ihåliga.

En av häxorna vände sig plötsligt om, hennes huvud ryckte till mot kanten av gläntan. Mot mig.

Jag stelnade till. Hade hon sett mig? Nej, det kunde inte vara möjligt. Min skuggmantel höll. Ändå dröjde hennes blick kvar, hennes mörka ögon smalnade som om hon kände något precis utom räckhåll.

"Fortsätt med ritualen", skällde en annan häxa. "Vi har ont om tid."

"Någon iakttar oss", väste den första med låg röst.

"Omöjligt. Skyddsrunorna förhindrar det." Men den andra häxan sneglade ändå mot träden, och en oro spred sig över hennes ansikte.

Jag andades långsamt ut och drog mig tillbaka in i skuggorna. Besvärjelseboken bultade hårdare mot min sida och krävde nästan uppmärksamhet. Jag ignorerade den. Inte här. Inte nu.

Mässandet blev högre och byggdes upp till ett crescendo. Jag använde ljudet för att dölja min reträtt och smög längre in i mörkret. Mitt hjärta bultade i bröstet, varje steg var medvetet och tyst. Selene skulle inte nöja sig med att leta inne i herrgården särskilt länge.

"Nästan ..." Min fot fastnade i en rot och jag snubblade och tog emot mig mot ett träd. Barken skrapade min handflata.

"Försiktigt, för fan", muttrade jag. Besvärjelseboken verkade surra roat.

Fornegyptiska besvärjelser i en fransk skog. Offergåvor. Kraft hämtad från uråldriga, bortglömda gudar.

Något större pågick här. Något värre än vad till och med Aurelius hade varnat för.

Bakom mig upphörde mässandet abrupt. Tystnaden klingade högre än något ljud. Jag vågade inte vända mig om.

"Fortsätt", manade jag mig själv och drev på framåt. Ett steg, sedan ett till. Skogsbrynet var nära. Jag kunde se den svaga konturen av grusvägen bortom. Frihet. Jag skulle ge mig upp i luften så fort jag fick tillräckligt med utrymme

för att breda ut vingarna, och då skulle de aldrig hitta mig
...

"Hitta henne!" Ropet kom från gläntan, följt av knäp-
pandet av kvistar och prasslet av rörelse.

De hade spritt ut sig. Letade.

Dags att springa.

Kapitel fyra

Alyster

Luften dallrade som en hägring, tung av magi. Den sort som stack mot huden och varnade en att trampa varsamt. Jag steg in i gläntan där Maeves hov väntade, och varje steg knastrade mjukt på smaragdgrön mossa. Höga träd krökte sig inåt, deras grenar sammanflätade som katedralvalv och med ett svagt, självlysande sken. Högdrottningen satt i dess mitt, hennes tron uthuggen ur svart kristall, taggig som hennes humör.

”Ni är sen”, skar Maeves röst genom tystnaden. Den var len, men det fanns stål under ytan.

”Er kallelse kom plötsligt, min drottning.” Jag bugade djupt och höll blicken fäst vid marken. Att se rakt på henne för tidigt skulle kännas som att stirra in i solen – bländande, farligt och sannolikt brännande.

”Plötsligt?” Hennes skratt ekade, sprött och kallt. ”Kanske har ni blivit långsam, Alyster.”

”Aldrig.” Jag rätade på mig och tvingade mig att möta hennes blick. Ljust silverfärgade, kallare än vinterfrost, och de naglade fast mig. Hon såg eterisk ut, en överjordisk perfektion insvept i viltblont hår som föll likt månsken. Men skönhet betydde föga när man visste vad som dolde sig bakom den – en hänsynslöshet som slipats under århundraden.

”Bra.” Maeve reste sig och hennes klänning släpade efter henne, skimrande som flytande stjärnljus. ”För jag har ett uppdrag åt er. Ett som kräver ... precision.”

”Vad som helst, min drottning.” Orden lämnade min mun utan tvekan. Det gjorde de alltid.

”Något dyrbart har stulits från mig.” Hennes ton hårdnade. ”En trollbok. Äldre än detta hov, äldre än ni. Dess kraft är oöverträffad. Och nu? Nu är den borta. Tagen.”

”Av vem?” Vem skulle våga stjäla från feernas högdrottning? Det var bortom allt förnuft – tjuven skulle få betala med sitt liv när hen blev fast, och fast *skulle* hen bli.

”Det är ännu oklart.” Hennes läppar formades till ett svagt leende, ett hån mot värme. ”Men detta vet jag: den har korsat över till människornas värld. Jag vill ha tillbaka den, hel.” Hon tystnade och lät tyngden i sin befallning sjunka in. ”Ni ska finna den. Och ni ska föra den till mig.”

”Till varje pris?” frågade jag, trots att jag redan visste svaret.

”Till varje pris.” Hon tog ett steg närmare och luften runt henne sprakade av energi. Hennes hand snuddade vid min kind, förrädiskt mjuk. ”Gör mig inte besviken, min riddare.”

”Som min drottning befaller.” Jag tvingade mig själv att inte rygga tillbaka för hennes beröring. Hennes leende breddades, belåtet, och hon vände sig bort som om hon redan avfärdat mig.

”Gå”, sa hon, hennes röst en åskviskning. ”Gör mig inte besviken.”

Drottningens ord ekade fortfarande i mitt sinne när jag smög genom hennes palats vindlande salar. Hennes befallning var som ett knivblad mot min rygg, vasst och obevekligt.

"Tagen", hade hon sagt. Av vem? Svaret låg precis utom räckhåll, men stanken av förräderi hängde tung. Endast en av feerna skulle kunna ta sig igenom våra skyddsbarriärer så obemärkt. Ändå hade jag inte uttalat det. Maeve behövde inga misstankar – hon behövde resultat.

Luften i mina gemak var tung av den välbekanta doften av järnträdsrök från eldstaden. Jag rörde mig snabbt, drog upp lådor och öppnade skåp, med händer som strök över verktyg jag kände bättre än min egen spegelbild. En väska väntade på det slitna ekbordet, halvpackad.

Först örterna – torkad rönn för skydd, krossad månblomma för klarhet. Deras dofter blandades, skarpa och jordiga. Sedan flaskorna. Varje dryck glimmade svagt, en skärva av fångat ljus: en för att hela, en för att bränna, en för att dölja. Jag placerade dem varsamt bredvid örterna.

Min dolk kom härnäst. Polerat fesilver, och dess egg fångade skenet från elden och blixtrade till som om den hade en egen vilja. Få i detta rike tilläts bära silvervapen, men jag, som en av högdrottningens betrodda riddare, var en av dem. Jag hade burit denna dolk så länge att den inte bara var ett vapen – den var en förlängning av mig själv. Dess tyngd kändes fullkomligt naturlig i min hand när jag prövade eggen innan jag sköt ner den i dess skida.

Till sist, manteln. Mörk som tomrummet mellan stjärnorna, och förtrollade trådar invävda i tyget skimrade svagt i ljuset. Den skulle hindra dödligas blickar från att dröja sig kvar för länge, och deras sinnen skulle glida av mig som vatten från en hal sten.

Jag slängde väskan över axeln och stod stilla ett ögonblick. Min blick for mot spegeln vid väggen. Silverögon stirrade tillbaka och sökte efter något jag inte längre kunde sätta namn på.

”En av våra”, mumlade jag för mig själv i det tomma rummet. Pusselbitarna passade ihop för prydligt. För perfekt. Men vem? Och varför?

Det spelade ingen roll. Inte än. Först och främst trollboken. Drottningen hade befallt; så skulle det bli.

Jag rättade till manteln runt mina axlar, steg mot dörren och manade fram min magi för att bryta igenom slöjan mellan världarna. Tiden var inte på min sida – det hade Maeve gjort smärtsamt tydligt. Det tog bara några minuter för den sökande magin jag kastade att finna en port på andra sidan, ett gränsland i människornas värld. En spricka för mig att slinka igenom.

Porten öppnades med ett surrande, levande av uråldrig energi. Kanterna skimrade, en porlande slöja av ljus som pulserade i takt med mina allt snabbare hjärtslag. Jag rättade till väskan som hängde över min axel, hårdnade greppet om dolken vid min höft och tog ett steg framåt.

Kyla.

Det var det första som slog mig – en bitande, onaturlig kyla som rev i min hud när jag passerade genom barriären. Jag tappade andan, mina sinnen vacklade, och sedan –

Ljud.

Människovärlden överföll mig i vågor. Motorer vrålade, röster krockade, avlägsen musik dunkade som en krigstrumma. Luften var tjock av rök och något fränt som brände i halsen. Ljus – för starkt, för hårt – spillde från alla håll och kastade taggiga skuggor på höga grå strukturer som reste sig över mig likt själlösa jättar.

Jag snubblade fram på hård sten. Inte jord. Inte gräs. Sten, livlös och oförsonlig under mina stövlar. Min mantel fladdrade runt mig, dess förtrollning redan i färd med att avtrubba dödligas blickar från min närvaro. De skulle inte se mig, inte helt och hållet – men deras värld såg allt. Varje skavank. Varje spricka. Den skrek av obalans.

"Vidrigt", muttrade jag för mig själv, även om ingen kunde höra. Min röst kändes liten här, uppslukad av kaoset.

En kvinna snuddade vid mig. Hennes kappa stank av kemikalier och fuktig ull. Hon såg inte upp. Ingen av dem gjorde det. Hundratals dödliga rörde sig runt mig, med sänkta huvuden och frånvarande blickar, bundna till glödande apparater i sina händer. Jag iakttog dem ett ögonblick, och en känsla av obehag snörde åt sig i bröstet. Till och med Maeves hov – kallt och obarmhärtigt – rymde mer liv än detta.

Fokusera.

Jag bet ihop käkarna och trängde undan det växande obehaget. Det här stället var inte mitt hem, men det behövde det inte vara. Det var ett slagfält, inget mer. Hitta trollboken, lämna tillbaka den, tjäna drottningen. Det var allt.

Och ändå ...

Formelboken. En viskning av kraft drog i utkanten av mina tankar, frestande, påstridig. Vilka hemligheter rymde den för att driva någon att riskera Maeves vrede? Vad för slags magi besatt den, som Maeve var så desperat att få tillbaka? Frågorna surrade som myggor, omöjliga att vifta bort. Jag tryckte ner dem och låste in dem bakom murar av plikt och lojalitet.

"Inte din ensak", sa jag skarpt till mig själv. "Du vet ditt syfte." Någonstans mitt i detta kaos fanns mitt mål.

Någonstans väntade svar – oavsett om jag ville ha dem eller inte.

"Ett steg i taget", muttrade jag. Och medan jag rörde mig in i folkmassan höll jag handen stadigt på fästet till min dolk.

Doften av rostade kastanjer slog emot mig först, varm och jordig. Den blandades med den flottiga odören av friterad mat och den svaga metalliska stanken av avgaser. Gatan levde av larm – försäljare som ropade över varandra, det enstaka tutandet från en bil, fotsteg som slog mot sprucken trottoar. Människor rörde sig i strömmar, knuffades, med nerböjda huvuden eller försjunkna i samtal.

Jag slank lätt mellan dem, obemärkt, min mantels förtrollning dämpade min närvaro precis tillräckligt för att hålla irrande blickar borta. En försäljare fångade min uppmärksamhet – en senig man med ett gluggförsett leende som krängde krimskrams från en trävagn. Hans varor gnistrade i det svaga solljuset, billiga ädelstenar på lädersnören, ärgade ringar hopade i skålar. Men det var inte glittret som drog mig dit, det var surrandet under ytan. Magi, svag men omisskännlig.

"Intressant samling", sa jag när jag närmade mig och lät charmen smyga sig in i min röst som honung. Försäljaren såg upp, och hans leende blev bredare, trots att hans axlar spändes en aning.

"Något som fångat ditt intresse?" Hans ton var vänlig, men det fanns en vaksamhet bakom den. Han hade känt samma sak som jag – tråden av magi. Han visste bara inte vem, eller vad, han hade att göra med.

"Kanske." Jag plockade upp en ring och vände på den mellan fingrarna. Den bar ingen verklig kraft, bara en viskning av en förtrollning som sedan länge falnat. "Men jag är mer intresserad av information."

"Information är inte billig", sa han och lutade sig mot sin vagn.

"Som tur är, är inte jag det heller." Jag mötte hans blick och lät en illusion sippra ut i luften mellan oss. Hans pupiller vidgades, och han tappade andan när magin kröp runt honom som rök. "Du har hört rykten om ett ställe som heter *Whispering Tomes*." Det var den enda information drottningen hade gett mig för att påbörja min jakt, en papperslapp jag funnit i min ficka när jag lämnade hennes tronsal, som smulades sönder till aska i samma stund jag läste orden.

"Whis ... Whis ..." Hans läppar snubblade över orden när illusionen arbetade sig in i hans sinne. "Bokhandel. Gammalt ställe. I hörnet av Ashby och Green. Ägaren är lite ... udda."

"Udda hurå?"

"Vet saker. Konstiga saker." Hans röst sjönk till ett mummel och hans flin försvann. "Frågar inte vem som köper vad, om du förstår vad jag menar."

"Perfekt." Jag släppte honom ur illusionen med en blinkning. Hans kropp sjönk ihop, och förvirring flimrade över hans ansikte när jag vände mig om för att gå. Han skulle inte minnas vårt samtal – eller mig – innan jag hunnit försvinna in i folkmassan.

Ashby och Green var inte långt borta. Tio minuters promenad, kanske mindre. Butiksfasaden var oansenlig, inklämd mellan en tvättomat och ett kafé. Skylten ovanför dörren var nött och sliten, guldtexten knappt läsbar: *Whispering Tomes*.

En klocka plingade mjukt när jag steg in. Luften doftade av gammalt papper och rökelse, tjock och kväljande. Hyllor tornade upp sig över mig, proppfulla med böcker som lutade sig farligt, deras ryggar spruckna och blekta. En kvinna satt bakom disken, hennes skarpa ögon kikade över glasögon med metallbågar. Hon såg upp när jag kom in, hennes uttryck neutralt men värderande.

"Kan jag hjälpa till?" frågade hon, med avhuggen röst.

"Det beror på", sa jag och lät dörren stängas bakom mig. Jag närmade mig långsamt, noga med att hålla mina rörelser avspända och hotlösa. "Jag letar efter något som såldes nyligen. En trollbok. Den tillhörde inte personen som sålde den."

Hennes ögon smalnade och misstänksamhet stramade åt hennes drag. "Vi handlar inte med stöldgods här."

"Bra att veta." Jag log och lutade ena handen lätt på disken. "Men just den här boken ... den var inte stulen när den kom hit, eller hur? Eller så kanske du inte ställde för många frågor."

"Hör på, jag har inte–" började hon, men jag lät illusionen skölja över henne innan hon kunde avsluta. Hennes röst vacklade och hennes kropp blev stilla när min magi tog grepp.

"Var är boken nu?" frågade jag mjukt.

"Jag sålde den." Hennes röst var långsam, drömmande.

"Berätta vem som köpte den", sa jag, varje ord spetsat med kraft.

"En ung kvinna", mumlade hon. "I tjugoårsåldern. Mörkt hår. Nervös. Betalade kontant."

"En adress?"

"Hon gav ingen. Men hon prenumererade på vår e-postlista."

Jag hade ingen aning om vad det var och var tvungen att pressa henne. Hon förklarade, och jag rynkade pannan och undrade högt om det fanns något sätt att spåra en så vag elektronisk signatur.

"Kanske." Hon sträckte sig efter tangentbordet framför sig, skrev snabbt och nickade några minuter senare. "Ja ... jag har det. E-postadressen är kopplad till ett konto på sociala medier, och hon har taggat samma plats många gånger. Det ligger i Frankrike."

"Tack." Jag drog tillbaka illusionen och såg hur hon blinkade snabbt och skakade på huvudet som om hon vaknade ur en dröm.

"Något annat jag kan hjälpa till med?" frågade hon med rask ton, omedveten om luckan i sitt minne.

"Inte idag", sa jag och tog ett steg tillbaka mot dörren. "Men du har varit till stor hjälp."

Utanför mötte stadens larm mig igen, men mina tankar var på annat håll. En mänsklig köpare. En kontantaffär. Varför skulle någon sälja en artefakt med sådan kraft för så lite? Tjuven – om det nu var en fe – hade riskerat allt för att föra trollboken till den här världen, bara för att byta den mot struntsummor. Det gick inte ihop.

Såvida det förstås inte var något mer som pågick. Något som jag ännu inte hade sett.

"Ett steg i taget", muttrade jag för mig själv. Men oron dröjde kvar och kröp ihop lågt i magen som rök när jag förberedde mig på att återvända till feernas rike. Frankrike. Jag kunde inte ta mig dit som människor gjorde; utan pass skulle jag behöva skapa en ny port från feernas rike.

Lyckligtvis skulle det inte ta lång tid.

Luften doftade av lavendel och solvarm jord när jag steg genom en annan port, denna ledde till en övergiven lada i södra Frankrike, inte långt från den plats kvinnan i bokhandeln hade gett mig. Den gröna landsbygden framför mig var en skarp kontrast till smutsen i staden jag just hade lämnat.

Jag rättade till remmen på min väska och kände den betryggande tyngden av mina verktyg inuti. En vindpust svepte förbi och slet i min mantel. Den förde med sig något annat — magi. Svag men omisskännlig. Häxkraft. Min käke spändes.

Stigen framför mig var enkel nog. Grusvägar kantade av cypresser sträckte sig framför mig och slingrade sig lättjefullt upp i kullarna, med solen som sjönk lågt bakom dem i ett glödande sken av orange. Men det fanns ingen tid för beundran. Varje steg förde mig närmare källan till den magin, och närmare vad jag misstänkte skulle bli en strid.

"Varför häxor?" muttrade jag för mig själv. Tjuvens spår hade redan tagit för många underliga vändningar. Först den mänskliga köparen, nu detta. Maeves trollbok borde ha varit inlåst, oåtkomlig. Ändå var jag här och jagade skuggor över världarna som någon novis till spårare.

En starkare kraftpuls träffade mig när jag nådde toppen av en kulle. Jag stannade och andades in skarpt. Den var tyngre nu, tjock i luften som ett oväder på väg att bryta ut. De dolde den inte längre.

Framför mig bredde herrgården ut sig i fjärran, helt i mörk sten och med taggiga silhuetter mot den mörknande himlen. Den tornade upp sig, uråldrig och trotsig, omgiven av höga häckar och smidesjärnsgrindar. Rök steg upp bakom murarna, och ett svagt orange ljus fladdrade. En brasa.

"Subtilt", viskade jag, med läppar som kröktes i ett snett leende. Häxor visste aldrig när de skulle hålla igen.

Jag rörde mig försiktigt och höll mig i skuggorna när jag närmade mig. Varje steg var avsiktligt, mina sinnen på helspänn. Marken under mig surrade av energi, gammal och vild. Deras skyddsbarriärer var starka, men inte ogenomträngliga. Om jag behövde skulle jag kunna bryta dem.

Närmare nu, hukade jag mig bakom ett tätt snår vid kanten av deras ägor. Brasan dånade i mitten av innergården. Gestalter cirklade runt den, iklädda kåpor och huvor, och mässade i låga, gutturala toner. Magi dansade i luften, skarp och elektrisk. Den ringlade sig runt elden, vred och knäppte som en levande varelse.

Men det var inte häxorna som fick bröstet att dra ihop sig. Det var den andra närvaron.

Himmelsk.

Jag tappade andan. Den var svag, begravd under lager av häxkraft, men den fanns där. Ren och kall, som silver som skar genom rök. En *ängel*.

Vad gjorde en ängel *här*?

Jag rörde mig, med musklerna spända, och blicken svepte över innergården. Häxorna fortsatte att mässa, omedvetna. Deras brasa spottade gnistor högt upp i luften och dränkte det svaga skimret av vingar som skar genom mörkret bortom dem.

Där.

En skugga skalades av från kanten av herrgården, tyst och avsiktlig. Jag drog efter andan när jag fick syn på glimten av fjädrar – mörka som midnatt, med blå kanter som skimrade svagt i eldskenet. En ängel. Inte här för häxornas fest. Nej, den var på jakt.

På jakt efter *mitt* byte. Jag kunde nästan känna smaken av den mörka magin den bar på, väldigt annorlunda från den ljusa, skarpa himmelska magin som strålade från den.

"Inte ikväll", mumlade jag för mig själv.

Den bevingade gestalten rörde sig snabbt och slank förbi skyddsbarriärerna med en lätthet som fick min käke att spännas. Antingen hade den varit här förut, eller så kunde dess magi mäta sig med häxornas. Inget av alternativen gladde mig.

Jag sköt ifrån min hukande position och höll mig lågt. Skogen tornade upp sig framför mig, med grenar som krafsade mot himlen. Skuggor svalde ängeln hel när den pilsnabbt rörde sig mellan träden. Jag följde efter, varje steg försiktigt, ljudlöst. Jorden kändes levande under mina stövlar, dess energi surrade i samklang med min. Mina fesinnen skärptes och följde varje rörelse, varje vindpust.

Vinden bar med sig det svaga rasslet av vingar. Nära. För nära för att ge upp nu.

Jag slank runt ett snår av björnbärsbuskar, och fingrarna strök över barken på ett närliggande träd. Dess rötter viskade tillbaka till mig på uråldriga språk och vägledde min väg. Min mantel böljade bakom mig, dess förtrollningar dämpade min närvaro ytterligare. En skugga som jagade en skugga.

Grenar knäcktes framför mig. Den ökade farten, nästan desperat. Kände den av mig? Eller sprang den mot något annat?

"Dumma varelse", muttrade jag med ett bistert leende. "Du springer inte ifrån mig."

Rop bakom oss: knäppet från en gren. Ängeln stelnade till.

Min chans.

Jag rusade framåt, med musklerna spända som en fjäder när jag hoppade. Marken blev en suddig fläck under mig. Ängelns huvud vände sig om, mörkt hår som fångade det svaga månskenet, vingarna breddes ut och sänktes, redo att lyfta. För sent.

"Fick dig", väste jag genom sammanbitna tänder och kastade mig fram.

Mjukt kött gav vika under mina händer när vi slog i skogsmarken hårt, och jag kände en stunds förvåning; ängeln var en kvinna. Inte för att det spelade någon roll. Stöten tog andan ur mig, men jag släppte inte taget. Hennes vingar veks klumpigt under oss, och fjädrar yrde som aska. Hon vred sig, snabbt och vasst, en armbåge på väg mot mina revben.

Jag fångade den, med nöd och näppe.

"Släpp mig", spottade hon ur sig, hennes röst låg och skärande.

"Nej. Släpp boken."

Hennes blick mötte min. Midnattssvart, men brinnande av beslutsamhet. Igenkänning flimrade där – hon visste varför jag var här. Precis som jag visste varför hon var det.

"Du är i vägen för mig", morrade hon.

"Din?" Mitt grepp hårdnade om hennes handled. "Det var roligt."

Hon flyttade sin vikt och försökte rulla runt oss. Ett knä stötte mot min sida. Styrkan bakom det överraskade mig. Ingen mjuk himmelsk elegans här – den här ängeln slogs fult.

"Ligg still", varnade jag.

"Tvinga mig."

En utmaning gnistrade mellan oss, elektrisk och explosiv. Innan jag hann låsa fast henne ordentligt, knuffade hon till hårt och använde sina vingar som hävstång. Vi föll igen, kraschade genom löv och jord, lemmar intrasslade, hennes fjädrar som strök mot mitt ansikte som skuggor.

"Envis", muttrade jag, halvt för mig själv.

"Fe", sköt hon tillbaka, som om det var en förbannelse.

Jag flinade trots mig själv. "Smickrad."

Blå eld glittrade vid hennes fingertoppar; himmelsk magi. Om hon träffade mig med den, skulle jag förmodligen inte resa mig igen. Jag grep efter hennes handleder och slog ner hennes händer mot marken tills elden slocknade.

"Inte ikväll", sa jag, min röst lugn, nästan road.

"Sluta slösa tid då", bet hon av, hennes andedräkt varm mot min hud.

"Med nöje."

För det korta ögonblicket svävade våra ansikten nära varandra och våra andetag blandades. Ett hjärtslag av stillhet i stormen. Sedan kastade vi oss mot varandra igen, striden var långt ifrån över.

Kapitel fem

Careena

Trollformelsboken var tyngre än jag hade förväntat mig trots sin ringa storlek och tyngde ner mig inuti jackan. Den pulserade svagt mot mina revben, som om den levde, som om den visste att jag inte borde ha stulit den. Jag ignorerade oron i bröstet. Den var min nu. Jag hade överlistat häxorna och jag skulle ta med boken tillbaka till Fristaden, där Aurelius säkert skulle ha planer för den.

En skarp vindpust prasslade i träden ovanför mig, sval mot mitt ansikte. Skogen doftade fuktigt, jordigt och rikt på magi – farlig magi. Mina vingar ryckte till och längtade efter att spännas ut och bära mig upp mot skyn, men träden stod ännu för tätt. Jag behövde komma ut på öppen mark.

Rop hördes bakom mig – häxorna var på väg. Mina läppar kröktes till ett leende när jag bröt mig ut ur skogen och in på en smal väg, där öppningen i trädkronorna ovanför mig var precis tillräckligt bred för att mina vingar skulle kunna vecklas ut. Ingen skulle kunna fånga mig när jag väl tagit till skyarna.

Jag hukade mig, med vingarna utbredda och redo för avfärd, när håren på nacken reste sig. Något rörde sig – en skugga mörkare än de andra, som rörde sig snabbt mellan träden. Magen knöt sig. Någon var här. Tittade. Nej, på väg hit.

Figuren körde rakt in i mig innan jag hann reagera. En suddig skepnad av guld och silver slog luften ur mig och jag föll hårt till marken, med löv som krasade under mig. Mina revben skrek i protest när boken pressades mot dem.

"Släpp mig!", fräste jag och tryckte tillbaka mot tyngden som höll nere mig. Vem det än var så var hen stark – för stark för att vara människa.

"Nej. Släpp boken", väste en låg röst nära mitt öra. Manlig. Len, befallande.

Det skulle inte hända. Jag bet ihop, svankade med ryggen och spände benen för att välta oss. Han svor när vi tumlade runt i smutsen, en härva av lemmar och raseri.

Jag fick en skymt av honom i månskenet, och luften fastnade i halsen. Hår som smält guld, silverögon vassa som knivblad. Fae.

Vad i himlens namn gjorde en *fae* här?

"Varför vill du ha den?", spottade jag ur mig.

"Ge den till mig, ängel", sa han med en kort, irriterad ton. Det var ingen förfrågan.

"Svara mig först", fräste jag tillbaka och vred mig ur hans grepp. Jag tryckte ett knä mot hans revben och knuffade till med all min kraft. "Vad bryr sig en fae om häxmagi?"

"Det angår inte dig." Hans flin blixtrade till, vasst nog att skära sig på.

"Du är envis." Hans röst var låg, nästan road, även om hans andhämtning var snabb. "Det ska du ha."

”Håll tyst”, fräste jag och flyttade min tyngd för att pressa ner hans arm under mig.

Han vred sig under mig, snabbare än jag hade förväntat mig, och vände på oss igen. Jag tappade tålamodet och sträckte mig efter min magi, kände hur det brände när den samlades i mina fingerspetsar. Jag behövde bara ett ögonblick; bara för att få bort honom från mig så att jag kunde lyfta och komma utom hans räckhåll. Bara tillräckligt med magi för att kasta honom av mig ...

Den där faen måste ha sett glimten av magi som samlades i mina händer, för han grep tag i båda mina handleder och tryckte ner mina händer mot smutsen tills jag flämtade av smärta och magin fladdrade till och slocknade.

”Var försiktig nu”, mumlade han, och rösten var en knivsegg av varning. Hans silverblick låstes i min, obeveklig. ”Om du använder magi här hittar de oss båda.”

”Lär mig inte hur jag ska göra.” Min röst vacklade, precis tillräckligt för att irritera mig. Han hade dock inte fel. Häxornas magi kändes som statisk elektricitet i luften runt oss – väntande, vaksam. Om någon av oss så mycket som viskade en trollformel skulle de slå ner som gamar.

”Kämpa smartare då, ängel”, sa han, självbelåtet.

”Varför bryr du dig om den här dumma saken?”, pressade jag fram och försökte sparka mig fri från hans grepp. Han svarade inte. Typisk fae-arrogans.

Jag skulle kunna avsluta det här. Tanken slog mig hårt, kall i sin klarhet. En enda urladdning av min sanna kraft, och han skulle inte vara något mer än en hopknycklad hög vid mina fötter. Jag skulle inte ens behöva röra honom. Bara ett ord, en enda frigörelse – och jag skulle vinna.

Mina fingrar ryckte till. Boken pulserade svagt mot mitt bröst, som om den hånade mig för att jag tvekade.

”Vad är det frågan om?”, hånade han, med sitt vassa, irriterande flin. ”Börjar du tappa modet?”

”Fortsätt du prata”, morrade jag. ”Se vad som händer.”

Men jag rörde mig inte. Kunde inte. Konsekvenserna skulle vara katastrofala. Min nåd var inte någon leksak att slänga omkring med – den var straff, dom, ett vapen smitt för heliga krig, inte småaktiga slagsmål i skuggiga skogar. Om jag använde den här skulle varje häxa på flera mils avstånd känna det. De skulle komma rusande. Och Rådet – nej, jag kunde inte tänka på det nu.

”Vem är du egentligen?”, sa jag för att förhala tiden, och försökte tänka.

”Alyster Vayir. Riddare av Fae.” Han flinade, och hans silverögon glimmade. ”Jag är på ett uppdrag jag inte kan ge upp, ängel. Ge mig boken och gör det lätt för dig, för annars kommer jag att behöva jaga dig i en evighet.”

Hans ord var nästan nonchalanta, men jag kunde se det dödliga allvaret i hans blick. För ett ögonblick vacklade jag – skulle det verkligen spela någon roll om jag återvände till Aurelius och sa att den där faen hade hunnit före mig till boken? Göra det till Aurelius problem igen?

Jag kunde nästan se besvikelsen i väktarens ansikte. Han skulle förmodligen skicka ut mig igen för att hitta den jävla saken, fast den här gången skulle jag vara tvungen att jaga och slåss mot den här dumma faeriddaren på hans egen hemmaplan.

”Tick-tack”, sa Alyster och lutade sig närmare. Hans andedräkt snuddade vid mitt öra och sände en rysning längs ryggraden. ”Börjar du bli trött än?”

”Inte en chans.” Jag vred mig och lade hela min tyngd i rörelsen. Min armbåge träffade honom under revbenen. Alyster grymtade och hans grepp lossnade precis tillräckligt. Jag slet mig loss och rullade upp på knä i en enda flytande rörelse. Mina vingar vecklades instinktivt ut, och en våg av kraft strömmade genom mig när de fångade månskenet som trängde igenom grenarna ovanför.

"Inte lika mallig nu, va?", spottade jag ur mig och hoppade upp i luften innan han hann återhämta sig. Den svala nattvinden bet i mitt ansikte, men det var inget jämfört med hettan som fortfarande brände i mitt bröst. Jag hade vunnit.

Trollformelsboken var inte pressad mot mig.

Paniken slog mig som en sten i magen. Hysteriskt tittade jag ner och förväntade mig att se den i Alysters hand. Istället stod han nedanför och stirrade upp på mig med en bister min inristad i sina alltför perfekta drag. Tomhänt.

"Var är den?", morrade jag, med vingarna som slog hårt medan jag svävade ovanför honom.

"Vad menar du?" Hans bisterhet djupnade. *"Tappade du den?"*

"Håll tyst." Mitt hjärta bultade när jag skannade marken, där varje skugga förvreds till något olycksbådande. Inget tecken på boken. Men han måste ha den. På något sätt hade han den.

Utan att vänta på att han skulle röra sig eller flina igen dök jag. Vinden dånade förbi mina öron och dränkte allt utom det skarpa fokuset på min nedstigning. Han hann knappt reagera innan jag kolliderade med honom och tacklade oss båda ner i smutsen. Löv och kvistar knäcktes när vi rullade runt, med trassliga lemmar och vingar som fastnade i rötter och snår.

"Ge mig den!", väste jag och pressade ner honom under mig. Jag knöt nävarna i framsidan av hans tunika och ryckte honom närmare tills våra ansikten bara var centimeter från varandra. Hans silverögon glittrade, irriterande lugna trots kaoset.

"Varför kollar du inte dina egna fickor först?", flinade han. Det fick mig att vilja slå honom – och kanske också kyssa honom, vilket bara gjorde mig ännu argare.

"Sluta förhala." Mitt grepp hårdnade. Mina vingar spreds ut bakom mig, och de mörka fjädrarna snuddade vid löven. "Var är den?"

"Festligt", sa han med en alldeles för jämn ton för någon som låg på rygg. "Jag tänkte precis fråga dig samma sak."

Han ljög inte. Insikten var som en kall stril av vatten längs nacken. Änglar kan inte ljuga, och vi kan känna när andra ljuger; den här faen talade sanning. Han hade inte boken.

"Fan!" Mina vingar kändes tunga bakom mig när jag pressade mig upp på knä och frenetiskt sökte av marken.

Den var inte där.

"Var är den?", morrade jag, med en röst så låg att den skar genom natten. Pulsen bultade i min hals medan fasan snärjde sig hårdare.

"Letar du efter något?" Alysters röst kom någonstans ifrån till vänster om mig, len som glas. Han stod redan upp och borstade av smuts från sin tunika som om vi inte precis hade tumlat runt i halva skogen.

"Lek inte med mig", sa jag och reste mig. Mina vingar lade sig tätt mot ryggen, med fjädrarna resta. "Du hade den."

"Gjorde jag?" Hans silverögon glittrade och fångade det svaga månskenet. Han lade huvudet på sned, med en hånfull oskuldsfullhet som dröp från varje ord. "För jag minns tydligt att du flög iväg med den för bara några sekunder sedan."

”Så *var är den*?“ Orden brast ut ur mig innan jag kunde hejda dem. Jag knöt händerna, och naglarna grävde halvmånar i handflatorna.

Han rynkade pannan och släppte äntligen fasaden. Hans blick flyttade sig förbi mig och skannade den skuggiga undervegetationen. En glimt av oro korsade hans ansikte. ”Den är inte här.”

”Självklart är den inte här”, fräste jag. ”Tror du jag skulle slösa tid på att tackla dig om den var det?”

”Tja”, sa han torrt, ”du verkar njuta av att kasta dig över mig, så–”

”Fokusera, fae.” Jag avbröt honom och tog ett steg närmare. ”Häxorna kommer att leta. Om de hittar oss innan vi hittar den där boken–” Jag lät meningen hänga i luften, oavslutad.

Saker och ting skulle bli ännu stökigare än de redan var.

”Dina hot är ju charmiga i sig”, muttrade han och böjde sig ner för att rota igenom en hög med nedtrampade löv, ”men jag har den inte heller. Så om den inte fick ben och gick sin väg ...”

”Eller försvann helt och hållet”, sa jag, och magen drog ihop sig. Magi – häxmagi – dröjde kvar i luften, svag men skarp, den sortens magi som pyrde lågt och kontrollerat tills den blossade upp till något dödligt. Den kom närmare.

”Vapenvila”, sa jag, och ordet smakade bittert på tungan.

”Ursäkta?” Han rätade sig halvvägs upp, med ett höjt ögonbryn.

”Bara tills vi hittar den”, sa jag och tvingade fram orden. ”Jag samarbetar med dig. Men bara för att jag hellre har att göra med dig än en hel häxcirkel.” Mina vingar spreds ut en aning när jag tog ett steg tillbaka, och gav honom utrymme men var fortfarande på min vakt. ”Överens?”

Han rätade sig helt och borstade av händerna. För en gångs skull var hans flin borta, ersatt av något vassare. Beräknande. Hans silverögon låstes i mina. "För stunden", sa han mjukt. Sedan, efter ett ögonblicks tystnad, återvände hans flin. "Men om du hugger mig i ryggen, ängel–"

"Spara på dramatiken", avbröt jag honom och vände mig tvärt mot den djupare skogen. "Vi har inte tid."

"Överens", sa han igen, tystare den här gången. Och för första gången sedan jag hade tacklat honom fanns det inte ett spår av munterhet i hans röst.

Undervegetationen skrapade mot mina handflator när jag kröp och undersökte varje centimeter av den mossiga marken. Löv fastnade på mina fingrar, fuktiga och kalla, medan doften av jord och förruttnelse fyllde mina näsborrar. Månskenet trängde knappt igenom trädkronorna ovanför och förvandlade allt till nyanser av grått och skugga.

"Något än?", hördes Alysters låga röst några meter bort.

"Ser du mig hålla i den?", fräste jag och borstade av smuts från mina knän när jag reste mig. Mina vingar rörde sig rastlöst bakom mig, och det kliade i dem av längtan att få flyga igen, men det var ingen idé nu. Inte när trollboken kunde vara var som helst – och inte när häxorna var så nära att jag nästan kunde känna deras magi pressa mot min hud.

"Känslig." Han lät road, men när jag vände mig om för att blänga på honom var hans uttryck lika vasst som hans tonfall hade varit tidigare. Bra. Åtminstone var han inte dum nog att skämta om det här.

"Fortsätt leta", sa jag med spänd röst. "Vi börjar få ont om tid."

Han muttrade något för sig själv – antagligen en förolämpning – men återgick till att välta på stenar och sparka igenom lövhögar. Hans rörelser var medvetna, precisa, varje svep med händerna avslöjade precis hur mycket han ville ha den där boken. Fae var inte kända för sitt tålamod, och jag tvivlade på att den här var ett undantag.

Jag hukade mig igen och drog fingrarna genom en annan jordfläck. En svag vind rörde om i träden och bar med sig viskningar av skratt – låga, hånfulla och omisskännligt nära.

Hjärtat drog ihop sig. "De är här."

"Inte än", sa Alyster och rätade tvärt på sig. Han skannade skuggorna med sina kusligt ljusa ögon, med spända axlar. "Men det kommer de att vara."

"Det var ju det jag just–" Jag avbröt mig själv och skakade på huvudet. Ingen tid för gräl. Jag rörde mig längre in i skogen, höll mig lågt och sökte. Trollformelsboken var inbunden i tungt läder, dess kanter slitna och fläckiga av ålder; även om den var liten borde magin som strålade från den ha gjort den lätt att hitta, men på något sätt hade den försvunnit. Som om den hade slukats hel av mörkret självt.

"Kanske fick den ben trots allt", muttrade Alyster och bröt tystnaden.

"Roligt." Min röst kom ut vassare än avsett. Han svarade inte.

Grenar rev i mina vingar när jag trängde mig igenom undervegetationen. Skogsmarken var en härva av rötter och skuggor, och mina stövlar halkade mer än en gång på fuktig mossa. Bröstet värkte vid varje andetag, och frustrationen brände hetare än utmattningen. Trollformelsboken måste vara här. Den kunde inte ha försvunnit upp i rök.

"Något?", ropade jag över axeln, med låg men skarp röst.

"Inget", kom Alysters svar någonstans bakom mig, närmare än jag hade förväntat mig. Hans tonfall irriterade mig – inte panikslaget, inte oroligt. Bara lugnt. För lugnt.

"Vi måste dela på oss", tillade han. Månskenet föll ner på hans gyllene hår och fick honom att se ut som någon eterisk prins. "Vi slösar tid på att täcka samma mark."

"Ska vi dela på oss? Så att du kan sticka iväg med den om du hittar den först?" Jag smalnade ögonen och korsade armarna över bröstet.

"Ja, för det är ju uppenbart att jag gillar att bli jagad av häxor på min fritid", fräste han tillbaka, och hans silverögon glimmade som isskärvor. "Litar du så lite på mig?"

"Inte det minsta."

"Bra. Då förstår vi varandra." Han flinade, men det nådde inte hans ögon. "Du tar norr; jag tar söder. Fem minuter. Om du inte har hittat något då, möts vi här igen."

"Visst", fräste jag, även om varje instinkt skrek emot att vända ryggen åt honom. Men vilket val hade jag? Tiden rann iväg, och Selenes häxcirkel skulle inte förbli distraherad länge till.

Jag vände på klacken och marscherade mot den mörkare delen av skogen, och bet tillbaka lusten att argumentera vidare. Mina vingar snuddade vid trädstammar när jag rörde mig och fångade spöklika viskningar av månsken genom trädkronorna. Skuggor dansade över marken – precis tillräckligt för att få mig att titta en extra gång på varje flimmer, varje rörelse.

"Dö inte", ropade Alyster efter mig, hans röst spetsad med torr humor.

"Har inga planer på det."

Skogen verkade bli tystare ju djupare jag gick, den vanliga kören av insekter och prasslande löv ersattes av en kuslig stillhet. Mina fingrar ryckte vid mina sidor, och det kliade i dem av lust att frammana ens ett flimmer av kraft, men jag höll tillbaka. Ingen magi. Inte än. Inte om jag inte ville tända en fyrbåk rakt mot min position.

"Kom igen", muttrade jag och sökte av marken efter någon glimt av bokens förgyllda kanter. Löv krasade under fötterna, och deras spröda ljud var alldeles för högt i tystnaden.

Och sedan – "Careena!"

Hans rop skar genom natten, vasst och brådskande.

Jag stannade mitt i ett steg, och hjärtat gjorde ett skutt. Något i hans tonfall talade om fara, inte upptäckt. Jag virvlade runt och rusade i den riktning han hade gått. Det tog mig inte lång tid att hitta honom. Alyster stod framför mig, hans silverögon brann av angelägenhet, men ingen trollbok i sikte.

"Var är den?", krävde jag och marscherade mot honom. Min röst skar som en kniv genom stillheten. "Säg att du hittade den."

"Careena, vi måste ge oss av. Nu." Han sträckte sig efter mig, men jag ryggade tillbaka och blängde.

"Inte utan boken", fräste jag. Pulsen bultade i mina öron. Tyngden av misslyckande rev i mig. "Du tappade den, eller hur? Det här är ditt fel."

"Mitt?" Hans skratt var vasst och humorlöst. "Det är du som flög iväg medan du klamrade dig fast vid den som ett byte. Om någon tappade den så är det du."

"Våga inte–" Mina vingar rörde sig bakom mig, och fjädrarna reste sig när ilskan blossade upp i mitt bröst. "Om du inte hade tacklat mig–"

"För all del, fortsätt skrika. Det besparar dem besväret att spåra oss."

”Sluta undvika ämnet!”, väste jag och pekade med ett finger på honom. ”Du bryr dig inte ens om vad som står på spel här, eller hur? Du bryr dig bara om–”

”Nog”, morrade Alyster, och hans vassa ton tystade mig. Hans blick flackade förbi mig och smalnade. Något primalt fladdrade över hans ansikte. ”Vi har värre problem.”

”Försök inte byta–” började jag, men då kände jag det: marken darrade under mina stövlar. Ett djupt, gutturalt morrande vibrerade genom luften bakom mig, så lågt att det verkade få mina revben att skallra.

Jag vände mig långsamt om, med en fasa som virvlade i magen som något levande.

Ögon brann i mörkret – två nålstick av smält rött, som lyste starkare när de närmade sig. Massiva klor skrapade mot sten, varje steg var medvetet, avmätt. Sedan trädde den fram ur skuggorna.

Helveteshunden var enorm, dess svarta päls tovig och strimmig av något trögflytande som glänste i det svaga månskenet. Dess käkar hängde öppna och blottade rader av ojämna tänder, medan saliv droppade ner på skogsmarken med ett fräsande. Rök krullade sig från dess näsborrar, och doften av svavel var tjock i luften.

”Rör på dig”, sa Alyster med spänd röst.

Jag kunde inte. Mina fötter rotade sig i jorden, varje nerv skrek åt mig att springa, och ändå stod jag kvar. Mina vingar ryckte till, halvutbredda, som om de var osäkra på om de skulle skydda eller fly.

”Careena”, skällde Alyster, högre den här gången. ”Spring!”

Helveteshunden morrade, och musklerna spändes. Och sedan kastade den sig fram.

Kapitel sex

Careena

Bestens morrande splittrade tystnaden, lågt och gutturalt, som stenar som maldes mot varandra. Pulsen bultade i öronen på mig när den kom fram ur skuggorna – massiv, klumpig, med mörk päls som var hal av något som glänste som olja. Dess ögon brann i en djupröd färg, två glödande kol som var fastlåsta vid mig. En helveteshund.

"Håll dig borta", varnade jag, även om min röst vacklade. Luften runt mig skimrade svagt när jag frammanade min himmelska magi. Ett blekt, violettblått sken spred sig över mina händer. Jag fokuserade och kände det välbekanta surrandet av kraft som rullade ihop sig inom mig.

Hunden tvekade inte. Den kastade sig fram.

Jag hann knappt reagera. Dess klor rev genom luften där jag hade stått ögonblicket innan och splittrade sten när jag kastade mig åt sidan. En skarp smärta flammade till längs min axel när jag landade hårt på marken. Gruset skar in i handflatorna. Besten sladdade till, vände sig om på kraftfulla bakben och morrade.

"Okej då", muttrade jag och bet ihop. "Få se hur du hanterar det här."

Jag sköt fram handen. Ett spjut av ljus sköt ut från min handflata, sprakande av gudomlig energi. Det träffade hunden rakt i bröstet. Under ett ögonblick tillät jag mig att hoppas.

Sedan fräste ljuset till och dog. Bara ... upplöstes.

Hunden ryckte inte ens till.

"Det där var nytt", flämtade jag och kämpade mig upp på fötter.

Den anföll igen, snabbare den här gången. Hetta vällde från den i vågor, kvävande när den minskade avståndet. Mina vingar fladdrade instinktivt fram, men jag höll dem tätt mot ryggen. Att flyga skulle inte rädda mig här. Inte i ett sådant trångt utrymme.

"Careena!" Alysters röst skar genom kaoset, avlägsen men enträgen.

"Upptagen!" fräste jag och undvek ännu ett svep av de där klorna. Revbenen skrek i protest, men jag kunde inte sluta röra mig.

Hunden cirklade nu runt mig, långsamt, medvetet. Dess läppar drogs tillbaka och blottade ojämna huggtänder täckta av blod – eller värre.

"Tänk", väste jag för mig själv och grep tag i min handled där de sista resterna av min magi fortfarande sprakade svagt. "Kom igen nu, tänk."

Men inget kom. Inget användbart. Min himmelska kraft – mitt främsta vapen – var värdelös mot den här saken.

Och den visste det.

En suddig strimma av guld och silver skar genom min periferi. Alyster.

"Gå undan!" skrek jag, men han var redan där och gled in mellan mig och helveteshunden som en skugga.

"Håll dig vid liv", svarade han, med en röst lika vass som hans klinga.

Hans dolk blixtrade till i det svaga ljuset, snabbt och precist. Han rörde sig med dödlig elegans och högg mot bestens flank. Bladet träffade rätt – men gled sedan av, lika ofarligt som en kvist som knäcks mot sten. Gnistor flög och hunden vacklade inte ens till.

"Det var ... olyckligt", muttrade Alyster och hans silverögon smalnade. Han förflyttade tyngdpunkten till främre delen av fötterna, redo för ett nytt anfall.

"Olyckligt?" pressade jag fram, med tung andhämtning. "Det är en vandrande ugn med en rustning som matchar. Sluta vara så slug och ..."

Helveteshunden kastade sig fram. Alyster väjde undan och rörde sig precis utom räckhåll, men inte tillräckligt långt. En klo större än mitt huvud rev över hans bröst och slet igenom läder, kött och ben.

"ALYSTER!"

Han stapplade bakåt, flämtande. Blod forsade från såren och färgade hans tunika mörk. Hans vänstra arm hängde slappt, söndertrasad från axel till handled. Ändå höll han balansen, med dolken darrande i sin friska hand.

"Inte idealiskt", väste han, och hans läppar ryckte till i ett svagt leende.

"Sluta prata!" Min röst sprack. Paniken vällde fram, het och ovälkommen. "Du blöder överallt!"

"Har noterat det", sa han, knappt hörbart. Men hans blick förblev fäst vid besten, trotsig även när blodet samlades i en pöl vid hans fötter.

Helveteshunden morrade, lågt och gutturalt, med sina smälta ögon nu fixerade på honom. Den kände lukten av svaghet, av sårbarhet. Den kunde smaka den.

"Gör inte ..." Andan fastnade i halsen när den anföll igen, dödlig och skoningslös.

Helveteshundens smälta andedräkt svedde luften när den störtade mot Alyster igen. Den här gången kunde han inte röra sig tillräckligt snabbt. Hans knän vek sig; blodförlusten hade gjort honom långsammare.

"NEJ!" skrek jag och kastade mig mellan dem utan att tänka. Mina handflator flög upp, men min magi fräste till och dog värdelöst mot dess helvetiska skinn. En bortkastad gnista av ljus flammade upp och försvann, och lämnade mig försvarslös.

Alysters dolk föll till marken vid mina fötter. Värdelös. Jag rörde mig inte. Kunde inte. Bestens morrande vibrerade genom mina ben. Jag var inte stark nog för det här – inte som jag var nu. Men jag tänkte inte låta den ta honom. Inte när han just hade kastat sig mellan mig och faran.

"Tänk, för fan", väste jag tyst för mig själv. Min blick for till Alysters dolk. Enkel, alldaglig, dränkt i hans blod. Det borde inte ha spelat någon roll. Den var inte himmelsk, inte gudomlig. Den var inte tillräcklig.

Men kanske ... kanske den kunde bli det.

"Förlåt mig", viskade jag, utan att veta vem jag talade till. Himlen? Mig själv? När jag fattade beslutet blev luften runt mig tung, elektrisk. Skapelsekraften rörde sig inom mig, rå och otyglad – de hade inte tagit den ifrån mig när de förvisade mig.

"Bränn inte ut dig själv", väste Alyster. Alltid slug. Alltid irriterande, även när han höll på att förblöda.

"Håll tyst, fe." Mina händer slöt sig om dolken. Hetta strålade ut från mitt innersta, brännande, dragande, och böjde själva tiden. Klingan stönade under trycket, vreds och tänjdes ut. Ljus strömmade från sprickorna som bildades längs dess yta. Guld och vitt. Ren skapelsekraft.

"Kom igen nu", mumlade jag och bet ihop. "Håll ihop."

Dolken exploderade i ett bländande sken, blindande och våldsamt. När skenet avtog höll jag den – inte längre ett enkelt blad, inte längre jordiskt. Dess fäste glänste med änglalika runor, och klingan surrade av knappt återhållen eld. Den pulserade i mitt grepp, levande med ett syfte – men det var inte mitt. Hur länge hade faeriddaren burit detta blad? Tusen år? Oavsett hur länge det hade varit, hade han fyllt det med tillräckligt av sin vilja och ande för att det inte skulle lyda min hand, ens efter sin förvandling. Jag kunde inte använda det. Fen skulle behöva göra jobbet.

"Här." Jag sköt det mot honom och hukade mig för att möta hans slocknande blick. "Ta det här."

"Det där är absurt ljust." Hans mungipor ryckte till, svagt och retsamt, trots att han knappt orkade lyfta huvudet.

"Ta det, Alyster!" Min röst sprack av brådska. "Du är den enda som kan avsluta det här!"

Hans friska hand sträckte sig ut, darrande. När hans fingrar slöt sig om fästet flammade svärdet upp igen, starkare den här gången, som om det kände igen honom. Hans axlar rätades upp en aning; styrka återvände där det inte funnits någon.

"Ser ut som att du har överträffat dig själv, ängel", sa han hest, och ett svagt leende ryckte i hans läppar.

"Tappa det bara inte", fräste jag och tog ett steg tillbaka när helveteshunden vrålade, redo för sitt sista anfall.

Alyster mötte dess anfall rakt på, med det änglalika svärdet flammande i sitt grepp som en skärva av rent solljus.

"Kom an då, din jävel", morrade han genom sammanbitna tänder. Hans fotfäste vacklade en aning, men han återfann balansen och svingade uppåt precis när besten kastade sig mot honom. Klingan sjöng när den skar genom luften.

Den träffade rätt.

Helveteshunden gav ifrån sig ett läte som var både ett vrål och ett skri, gutturalt och utomvärldsligt. Dess svarta päls antändes, och lågor slickade upp längs dess massiva kropp. Eldslågor dansade i dess tomma, röda ögon innan de mattades av till aska. Varelsens form kollapsade inåt, förtärd av helig eld tills inget återstod utom den skarpa stanken av bränt och ett svagt skimmer i luften där den hade stått.

Alyster stapplade bakåt och svärdet gled ur hans grepp. Det skramlade till mot marken och mattades av till ett mjukt sken. Han svajade, med ena handen tryckt mot såren över bröstet och blod som sipprade mellan hans fingrar.

"Stanna kvar hos mig", sa jag och rusade fram. Min röst lät lugnare än jag kände mig. Inombords slet paniken i mig. För mycket blod. Sedan vek sig hans knän.

Jag fångade honom innan han träffade marken, hans tyngd var stor mot mig. "Alyster?"

"Behöver bara ... ett ögonblick", muttrade han, även om hans andedräkt var ytlig och snabb. Hans hud var blek, alltför blek, och hans gyllene hår var tovigt av svett och blod.

"Det är inget alternativ." Jag sänkte honom försiktigt ner, mina händer redan på väg att sväva över hans sår. Energi rörde sig inom mig, trög och motvillig. Jag bet ihop. Ingen tid för tvekan.

"Ängel, gör inte …"

"Håll tyst." Min röst sprack. "Jag heter Careena." Det var han värd att få veta, värd att få veta mitt namn, om han skulle dö här i mina armar efter att ha räddat mig från den där helvetesbesten.

Jag slöt ögonen och fokuserade på det gudomliga ljuset djupt inom mig. Det svarade trögt, fladdrande som en döende låga. Jag hade använt för mycket för att skapa det himmelska bladet, och här på jorden fylldes kraftkällan på långsamt. Alltför långsamt. Ändå steg kraften, samlades i mina handflator och flödade över hans sargade kött.

Värmen spred sig, surrande av himmelsk resonans. Hans andning stabiliserades något, och såren slöts under skenet. Min syn blev suddig i kanterna; ansträngningen tog hårdare än jag hade förväntat mig. Mina sista energireserver flödade ut och förseglade de värsta av hans sår.

När ljuset tonade bort sjönk jag ihop bredvid honom, flämtande. Han rörde på sig och testade försiktigt sin arm.

"Bättre", mumlade han.

"Bra", sa jag med svag röst. "Försök att inte dö igen nu då."

"Skulle inte drömma om det", svarade han, med ett svagt men irriterande närvarande leende, och för ett ögonblick låg vi bara där på den kalla marken och försökte återfå energin för att kunna röra på oss.

Stanken av svavel kom först. Sedan viskningarna – låga, gutturala och allt högre.

Jag stapplade upp på fötter med skrikande muskler. Alyster låg fortfarande ner, hans bröstkorg höjdes och sänktes alltför långsamt. Luften sprakade av energi, tjock och kvävande. Mina vingar ryckte mot min rygg, rastlösa, redo.

"Careena." Hans röst var en viskning, knappt hörbar.

"Gör det inte", sa jag skarpt och spanade mot trädgränsen. Skuggorna rörde sig onaturligt, förvridna. "De är här."

Alysters hand grep svagt om svärdsfästet. Han försökte sätta sig upp, bara för att svära tyst och sjunka tillbaka ner.

"Ligg still", beordrade jag.

"Som om jag har något val", muttrade han, men till och med hans sarkasm lät ansträngd.

Viskningarna övergick i skratt. Hånfulla. Alltför nära.

"Fint", morrade jag. Mina händer gled in under hans armar och drog honom upp. Han väste av smärta, men jag stannade inte. Ingen tid för mildhet. Jag vecklade ut mina vingar precis när den första gestalten klev ut ur skuggorna – en kvinna klädd i svart, med ögon som glödde i en onaturlig grön färg.

"Flytta på dig eller dö", spottade jag ur mig åt henne. Hon log, med tänder vassa som krossat glas.

"Modiga ord, fallna ängel", spann hon. Bakom henne dök fler gestalter upp, deras former skiftade och flimrade mellan mänskliga och något mycket värre.

"Håll i dig", viskade jag till Alyster och slog armarna om honom.

"Vänta, vad gör du ...", började han, men sedan var vi i luften.

Marken försvann under oss med en vindpust. Mina vingar slog hårt, och varje rörelse sände smärtstötar genom min rygg. Alysters tyngd drog i mig, tyngre än jag väntat mig. Under oss skrek häxorna, deras röster höjdes i ett disharmoniskt ylande. Något fräste förbi mitt öra – magi, vild och okontrollerad. Alltför nära.

"Careena", stönade Alyster, hans huvud hängde mot min axel. Hans blod trängde in i min tunika, varmt och klibbigt.

"Inte nu", fräste jag och tvingade mig själv högre upp. Träden suddades ut under oss, ett hav av svart och silver i månskenet. Mina andetag kom hest, vart och ett svårare än det förra. Häxornas rop tonade bort, men jag saktade inte ner. Inte förrän jag såg det – ett fallfärdigt torn som stack upp över skogens krontak. Skydd, hoppades jag.

Slottet tornade upp sig, taggigt och mörkt mot natthimlen. Dess fallfärdiga torn krafsade mot stjärnorna som skelettfingrar. Jag landade hårt på den övervuxna borggården, mina vingar fälldes tätt mot ryggen när jag hukade mig för att stadga mig. Alysters tyngd var som en blyvikt på mina axlar, hans blod trängde igenom mina sönderrivna ärmar där jag höll honom under armarna.

"Stanna kvar hos mig", muttrade jag och släpade honom mot närmaste valvbåge. Hans huvud hängde, det gyllene håret klibbigt av svett och randigt av rött. Ett lågt stön undslapp hans läppar, men han gjorde inget motstånd.

Luften därinne luktade fuktig sten och förruttnelse. Mina stövlar skrapade mot trasigt kakel när jag släpade in honom i vad som en gång kan ha varit en stor sal. Månljus silade in genom spruckna väggar och glittrade på krossat glas och rostiga järnljushållare. Det var inte säkert – inte på riktigt – men det fick duga för stunden.

"Careena ..." Hans röst var knappt en viskning. Svag.

"Tyst." Jag sänkte ner honom på en fläck av mossbeklädd golv och knäböjde bredvid honom. Mina händer svävade över hans bröst, darrande. Såren var djupa – djupare än jag hade trott. Djupa revor över muskler och ben. Hans tunika var i trasor, klibbig av blod. Jag bet mig så hårt i läppen att jag kände smaken av koppar.

"Krångla ... inte till det." Han försökte le, men det övergick i en grimas. "Jag har haft värre."

"Inte så länge jag är med." Jag pressade mina handflator platt mot hans hud och frammanade de sista fladdrande ljusgnistorna inom mig. De sprakade som döende glöd, motvilliga och tunna. Värme spred sig under min beröring när magin tog fäste och sydde ihop kött stygn för plågsamt stygn. Varje kraftstöt dränerade mig ytterligare. När jag var klar var min syn suddig och mina lemmar kändes som bly.

"Bättre?" frågade jag och sjönk tillbaka på hälarna.

"Marginellt." Alyster satte sig långsamt upp och ryggade tillbaka av smärta. Hans silverögon mötte mina, skarpa även genom smärtans dimma. "Fast jag tror du är på väg att svimma själv."

"Inte än." Jag tvingade mig upp och svajade. "Vi måste prata."

"Prata?" Han höjde ett ögonbryn och lutade sig tillbaka mot väggen. "Är du säker på att det är rätt tidpunkt?"

"Ja." Jag korsade armarna och ignorerade hur mina knän hotade att ge vika. "Formelsamlingen ..."

"Ah. Den där förbannade saken igen." Han andades ut genom näsan och lutade huvudet bakåt. "Vad är det med den?"

"Vet du vad det är?" Jag klev närmare, min röst sänktes. "Språket, symbolerna – de är egyptiska. Uråldriga. Och inte bara ceremoniella. Det här är farlig magi. Magi menad att binda gudar eller krossa dem.”

”Gudar.” Han skrattade till, men det fanns ingen humor i det. ”Ditt slag eller mitt?”

”Båda, kanske.” Jag tvekade och studerade hans ansikte. ”Du visste, eller hur? Vad det var. Vad den kunde göra.”

”Nej.” Hans blick flackade, men jag kände ingen lögn hos honom; ett obehag med sanningen kanske, men han ljög inte för mig. ”Jag skickades för att hämta den. Inget mer.”

”Skickad av vem?” Min ton var kort. Det fanns inte tid för gåtor. Inte med häxor som sannolikt jagade oss och den där helveteshundens lik fortfarande brinnande någonstans i skogen.

Han sköt ifrån sig och reste sig, med ena handen vilande mot den taggiga stenen. Hans silverögon glittrade, skarpa även i hans trötthet. ”Bokens rättmätiga ägare. Den blev stulen – från drottning Maeve själv. Fefolkets högsta drottning.”

Orden träffade mig som ett slag. Jag stelnade till. ”Säger du att den där saken tillhör *henne*?” Mina fingrar knöt sig till nävar vid mina sidor. ”Tyckte du inte det var värt att nämna tidigare?”

Mina tankar rusade, och jag pusslade ihop fragment av kunskap jag samlat på mig under århundraden. Uråldrig egyptisk magi. En levande formelsamling. Stulen från fedrottningen. Det här var inte bara farligt; det var katastrofalt.

”Din tur”, sa han och bröt tystnaden. ”Varför är du ute efter den?”

”Fristadens väktare skickade mig.” Erkännandet kändes tyngre än jag förväntat mig. ”Jag är fallen, men det betyder inte att jag är en avfälling. Jag utför uppdrag för Fristaden, saker som behöver göras, uppgifter som mina färdigheter är särskilt lämpade för. Väktaren skickade mig för att hämta boken från häxcirkeln."

"Nåväl, häxcirkeln har den inte längre." Alyster spred ut händerna. "Uppdrag slutfört, eller hur?"

"Åh, det skulle vara bekvämt för dig, eller hur? Att jag bara går iväg och låter dig plocka upp den?"

"Det verkar vara bekvämt för oss båda", kontrade han.

"Fint försök, men nej. Jag måste återlämna boken till Fristaden."

"Och jag måste återlämna den till Maeve, så vi verkar ha hamnat i ett dödläge." Han rätade på sig helt nu, ryggade tillbaka något men vägrade att visa svaghet. "Men just nu har vi ett mer omedelbart problem. Ingen av oss har den förbannade saken, och vi behöver varandra för att hålla den borta från andras händer. När vi väl har den i säkert förvar kan vi diskutera vem som får ta den vart. Eller, vid helvetet, så låter vi din väktare och drottning Maeve argumentera om saken sinsemellan, för jag känner redan att jag är långt ute på djupt vatten. Okej?"

Hans ord hängde i luften, fyllda med outtalade konsekvenser. Att lita på honom kändes som att balansera på en knivsegg, men jag hade inget annat val. Inte om jag ville slutföra det här uppdraget.

"Okej", sa jag slutligen och sträckte fram handen.

Han tvekade bara ett ögonblick innan han grep den med sin egen, hans grepp var fast och varmt trots den kvarvarande skakningen av utmattning. "Försök att inte ångra det, ängel."

"Detsamma, fe." Men vi skulle ingenstans ikväll. Vi behövde båda vila, och häxcirkeln var där ute i skogen och letade efter oss. Imorgon skulle det finnas tid nog att gå tillbaka och hitta var boken hade fallit under vår kamp, för den måste finnas där någonstans.

Det var den bara tvungen.

Skogen stank fortfarande av blod och aska.

Jag landade lätt, satte ner Alyster på fötterna, och vi gick tillsammans över till den bit mark där vi två hade kämpat föregående natt. Hans hand vilade på fästet till det himmelska svärdet vid hans höft, och hans silverögon skannade den ärrade marken med rovdjursliknande fokus.

"Ser du något?" frågade jag med låg röst.

"Inte än." Han knäböjde vid en fläck med uppriven jord och borstade bort skräp med snabba, precisa rörelser. Morgonljuset fångades i hans gyllene hår och fick det att se ut som smält guld. "Men något känns ... fel."

"Fel hur då?"

"Som om luften håller andan."

Jag rynkade pannan. Han hade inte fel. Till och med fåglarna hade tystnat. Det kittlade på min hud, resterna av gårdagens magi surrade fortfarande svagt i mina ådror. Helveteshundens kropp var borta – försvunnen – men brännmärkena och de upprivna spåren den lämnat efter sig fanns kvar. En dyster påminnelse om hur nära vi hade varit att förlora.

"Den är inte här", var jag tvungen att konstatera, efter nästan en timme. Vi hade genomsökt varje centimeter av marken. "Någon plockade upp den, det måste de ha gjort."

"Vem som än tog boken lämnade inte mycket efter sig", sa Alyster och reste sig smidigt från där han hade suttit på huk och tittat på ... ett tassavtryck? "Men ingen försvinner bara spårlöst. Inte från mig."

"Stora ord", muttrade jag och klev över en krossad rot. "Hoppas du kan leva upp till dem."

"Alltid, ängel." Han log svagt, och sträckte sig sedan ner i väskan som hängde över hans axel och drog fram en liten flaska. Långsamt, medvetet, hällde han en ström av blekgrönt pulver på marken och formade en figur. En kraftruna. Ett lågt surrande fyllde luften när runan blev komplett och vibrerade genom min bröstkorg.

"Kommer det här att explodera?" frågade jag och tog instinktivt ett steg bakåt.

"Bara om du distraherar mig", svarade han snabbt, med ryckande läppar. Sedan försvann humorn från hans ansikte och ersattes av skarp koncentration.

Surrandet fördjupades. Blekgröna skuggor samlades från runan och virvlade uppåt som rastlös rök. Kanterna på gläntan verkade suddas ut och förvrängas inåt som om de drogs mot honom. Jag höll mig på avstånd och iakttog noggrant. Jag visste inget om faemagi förutom att den sades vara för vild, för oförutsägbar – men Alyster hanterade den som ett svärd: kontrollerat, medvetet, förödande.

"Där har jag dig", mumlade han plötsligt.

Det var suddigt till en början, färgerna flöt in i varandra. Sedan skärptes det – en gestalt som pilar genom stridens dimma. Liten. Snabb. En strimma av roströd päls och vassa, listiga ögon. I dess käftar, den omisskännliga formen av formelsamlingen.

"En räv?" Alyster rynkade pannan.

"Det där är inget vanligt djur", sa jag. Magen knöt sig när jag studerade hur räven rörde sig – onaturligt, flytande, nästan för precist. Ögonen glittrade av mänsklig intelligens. "En hamnskiftare?"

"Utan tvekan", sa Alyster bistert. "Den visste vad den tog. Det här var inte slumpartat."

"Perfekt", muttrade jag tyst för mig själv. Självklart kunde inget med det här uppdraget vara enkelt. "Någon aning om vart den tog vägen?"

"Ge mig ett ögonblick." Han lutade på huvudet, med ett frånvarande uttryck när han fokuserade på besvärjelsen. Bilden skiftade och följde varelsens väg. Den rusade genom träden, dess rörelser snabba och medvetna, innan den försvann in i undervegetationen.

"Österut", sa Alyster och borstade av sig händerna. "Det är dit spåret leder."

"Då följer vi det", sa jag bestämt. "Sätt fart, innan spåret kallnar."

"Oroa dig inte. Jag kommer inte att tappa bort det", sa Alyster med ett litet, hånfullt skratt. "Spårning är en av mina specialiteter."

Jag höjde ett ögonbryn, fascinerad av påståendet. "Jaså? Berätta mer."

"Min familj ... vårt efternamn, Vayir, betyder jordens gåva. Vi har en samhörighet med allt som växer och lever. Inte ens en riktig räv skulle kunna fly utan att lämna ett spår som jag kan följa. Denna hamnskiftare – han är av jorden ännu mer än jag, men jag kan känna spåren av hans passage i själva marken. Han kan inte undkomma mig."

Undervegetationen var tät och rev i mina ben när jag trängde mig fram. Alyster gick före mig, med märkligt tysta steg. Löv och sköra kvistar knastrade under mina stövlar, men han verkade inte ge ifrån sig ett ljud. Med jämna mellanrum stannade han, hans silverögon smalnade som om han kände en doft i luften.

"Är du säker på att det här är rätt väg?" frågade jag med låg röst.

"Säker", sa han utan att vända sig om. Plötsligt hukade han sig, och strök med fingrarna över en mossfläck på ett fallet träd. Ett svagt, blekgrönt skimmer spred sig utåt från hans beröring, som ringar på vattnet.

"Titta." Han pekade på en svag inbuktning i mossan – ett tassavtryck. Det glödde svagt, en rest av magi som klamrade sig fast vid spåret.

"Fortfarande färskt", mumlade han och reste sig snabbt. "Den är inte långt borta."

"Då rör vi oss snabbare", manade jag och kastade en blick över axeln. Häxorna var inte här än, men de var oss på spåren, precis som vi spårade rävskiftaren. Deras närvaro tornade upp sig som stormmoln vid horisonten, tung och tryckande även om de inte syntes till.

"Tålamod, ängel", svarade Alyster och bjöd på ett av sina irriterande leenden. "Spårning handlar inte om hastighet; det handlar om precision."

"Säg det till dem när de sliter oss i stycken", svarade jag snabbt, men han hade redan vänt sig bort, med blicken låst vid spåret.

Han gick framåt igen, långsammare nu. Jag följde efter, mina vingar kliade av längtan att vecklas ut och flyga, men skogens tak var för tätt. Skuggor förvreds mellan träden, och luften kändes vass mot min hud, nästan metallisk. Magi hängde tung här – vild och uråldrig.

"Här", sa Alyster plötsligt och stannade så snabbt att jag nästan krockade med honom.

"Vad?" viskade jag, men han viftade med en hand och gestikulerade åt mig att vara tyst medan han lade handen på marken och andades långsamt ett ögonblick, med slutna ögon.

Jag var tyst och såg honom arbeta. Hans uttryck förändrades inte, men jag märkte spänningen i hans käke, den lätta ryckningen i hans fingrar. Efter ett ögonblick slog han upp ögonen.

"Hamnskiftaren", sa han och reste sig smidigt. "Dess form är inte konstant. Den byter ständigt skepnad."

"Toppen", muttrade jag. "Så den kan vara vad som helst."

"Vad som helst som är listigt nog att stjäla boken och dölja sina spår." Han lutade på huvudet, och ett svagt leende lekte på hans läppar. "Listigare än de flesta jägare, faktiskt."

"Det där hjälper inte. Kan du följa den?"

"Självklart." Hans röst bar på den där irriterande självsäkerheten, den sorten som fick mig att vilja slå honom och lita på honom i lika hög grad. Han steg förbi mig och borstade undan en lågt hängande gren. "Spåret är svagt, men det finns där."

"Visa vägen då." Jag gestikulerade åt honom att gå och följde efter honom.

Han tvekade inte, hans rörelser var flytande och precisa när han vävde sig igenom skogen. Jag följde efter, mina sinnen ansträngda för varje tecken på rörelse eller magi. Varje skugga kändes levande, varje vindpust ett hot.

"Careena", sa Alyster mjukt och sneglade bakåt. "Du är spänd."

"Jasså, undra varför."

”Slappna av.” Han bjöd på ett svagt leende, den sorten som kunde ha varit lugnande om det inte vore så självgott. ”Om den ville lägga ett bakhåll för oss hade den gjort det redan.”

”Det där är inte tröstande.” Jag knuffade undan en gren och blängde på hans rygg. ”Och sluta le sådär. Det är läskigt.”

”Noterat.” Han skrattade tyst, och hans fokus återvände framåt. Hans takt saktade ner när vi nådde en glänta, där träden öppnade sig och avslöjade mjuk, nedtrampad mossa. Han knäböjde, fingertopparna strök över den störda marken.

”Här.” Han pekade på ett svagt avtryck i jorden – tassavtryck, avlånga och ojämna. De skimrade svagt av kvarvarande magi. ”Den skiftade igen, mitt i steget.”

”Till vad?” Jag hukade mig bredvid honom och studerade spåren. De såg ut att tillhöra något större än en räv den här gången. En varg, kanske? Det var oklart.

”Svårt att säga.” Alyster reste sig, hans blick svepte över trädgränsen som om han förväntade sig att tjuven skulle materialiseras. ”Men den är fortfarande på väg österut.”

”Mot floden.” Jag rynkade pannan. Det var inte bra. Alltför många ställen att tappa bort spåret på där.

”Exakt.” Han sneglade på mig, en gnista av utmaning i ögonen. ”Tror du att du kan hänga med?”

”Försök med mig då”, sa jag och började redan röra på mig. Låt honom le bäst han ville – jag tänkte inte låta den här saken komma undan. Jag kastade en längtansfull blick mot himlen och undrade om jag kunde flyga ovanför och låta Alyster kalla ner mig om han hittade tjuven ... men nej. Om han stötte på häxorna skulle han kunna behöva min hjälp för att slåss mot dem. Med en suck drog jag mina vingar tätt mot kroppen för att skydda dem från skada och gav mig av igen, i fefolkets spår.

Kapitel sju

Rafail

Skogen suddades ut runt omkring mig, en suddig strimma av grönt och brunt när mina tassar träffade marken i snabb följd. Käkarna värkte där jag höll i trollboken, men jag tänkte inte släppa den. Min rävhamn gjorde det lättare att springa, men svårare att hålla fast i saker.

Jag kunde inte stanna. Inte än.

Doften av fuktig jord fyllde mina näsborrar, blandad med den skarpa odören av tall. Grenar klöste mot mina sidor och lågt hängande kvistar piskade mig i ansiktet när jag rusade genom undervegetationen. Någonstans bakom mig, avlägset men inte tillräckligt avlägset, dånade floden – en grym påminnelse om hur nära jag hade varit att bli inträngd i ett hörn.

"Fortsätt framåt", muttrade jag, även om käken inte fungerade som den skulle i den här hamnen och orden kom ut som föga mer än ett morrande runt boken.

Mina öron ryckte till och vred sig mot varje ljud, varje prassel. En ekorre som klättrade uppför ett träd. En fågel som lyfte. Mina egna hjärtslag som bultade för högt, för snabbt. Jag hatade hur bräcklig den här kroppen kändes.

Liten. Utsatt. Men jag hade valt den för dess snabbhet, och snabbhet var allt som betydde något nu.

Häxorna skulle inte ge upp så lätt. Inte ängeln heller. Eller faen. De ville alla ha den – boken. Men nu var den min. Min eftersom jag behövde den mer än de någonsin skulle kunna göra.

Förbannelsen surrade under min hud, en ständig påminnelse om vad jag flydde från. Vad jag flydde *för*. Hundratals år. Ändlösa skiftningar. Aldrig helt människa, aldrig helt ... någonting. Boken var min enda chans. Det enda som stod mellan mig och en evighet av att vara fången som jag var nu.

Marken sluttade nedåt framför mig, ojämn och hal av mossa. Jag hoppade över en fallen trädstam och klorna skrapade efter fäste när jag landade hårt på andra sidan. Mitt bakben halkade till och jag snubblade. Under ett hjärtstoppande ögonblick gled boken loss.

Nej.

Jag slöt käkarna fastare om den, kände hur tänderna sjönk in i det uråldriga läderomslaget, innan jag rusade framåt. Ingen tid att förlora. Inget utrymme för misstag.

En glänta öppnade sig framför mig, solljuset vällde in genom träden i gyllene strimmor. Jag tvekade en halv sekund – för oskyddat – men mina lungor brände och benen skrek efter vila. Bara ett ögonblick. Bara tillräckligt för att hämta andan.

Jag gled in i gläntan och kollapsade på sidan med boken under mig. Världen kantrade och snurrade en aning medan jag kämpade för att få ordning på andningen. Mina instinkter skrek åt mig att fortsätta, att hitta skydd, men utmattningen vann. Jag behövde vila. Trots den hårda marken under mig gled mina ögonlock igen och sömnen kom snabbt.

Doften av rostat kött nådde mina näsborrar först. Sedan skratten – skarpa, hånfulla, för högljudda för sitt eget bästa. Det vred sig i min tomma, värkande mage. Jag kröp ihop längre in i skuggorna och fingrarna slöt sig hårdare om kniven gömd i min ärm.

"Håll ögonen öppna", muttrade jag för mig själv. Min andedräkt bildade ett moln i den kalla nattluften, knappt en viskning. "Snabba händer. Snabba fötter."

Tre män satt hopkrupna runt en eld i gränden nedanför mig, deras ansikten orangefärgade av lågorna. Ett spett snurrade långsamt över hettan, fett droppade ner i glöden. De brydde sig inte om att titta upp. Varför skulle de? Ingen såg mig någonsin komma. Jag var liten, vig, snabb på fötterna. Den bästa barntjuven i Aten.

Jag rörde mig ljudlöst, ett steg i taget, stövlarna snuddade knappt vid takkanten. Kanten på taket var hal av frost, men jag höll balansen. Precis som alltid. Pulsen dunkade stadigt i mina öron när jag nådde hörnet och förberedde mig på att hoppa ner.

"Nu eller aldrig", sa jag till mig själv.

Landningen skakade om mina knän, men jag rullade med i rörelsen och sträckte mig redan efter kniven. Den närmaste mannen ylade till när jag rusade förbi honom, med bladet blixtrande. Ett djupt snitt genom spettets rep och köttet föll loss.

"Hörru!" skrek han och kravlade sig på fötter.

"Tack för maten", sköt jag tillbaka och sprang redan. "Ta honom!"

Tunga fotsteg dundrade bakom mig. Mina ben brände när jag spurtade genom de slingrande gatorna och klämde det ångande köttet mot bröstet. Det var inte första gången jag hade stulit mat. Det skulle inte vara den sista heller. Hunger gjorde en djärv. Desperat. Dum.

Jag dök in i en alkov och lyssnade medan männen dundrade förbi, deras svordomar försvann i fjärran. Köttet var fortfarande så hett att det brände mina fingrar, men jag slet i mig det ändå. Fettet gjorde min haka glansig och saltet sved på mina spruckna läppar. Det spelade ingen roll. Det var mitt nu.

Det höll mig vid liv. Det var allt som betydde något.

Några veckor senare hittade jag tornet. Det sades att den gamle mannen som bodde där hade guldmynt staplade som tegelstenar. Jag hade hört viskningarna på marknaden – "rik jävel" si och "samlar på allt" så. Det var inte svårt att hitta. Att lista ut en väg in var knepigare.

"Bara gå in, ta vad du kan och försvinn", muttrade jag medan jag klättrade uppför den yttre muren. Mina naglar skrapade mot stenen, kniven instucken hårt i bältet. "Snabba händer. Snabba fötter. Samma som alltid."

Fönstret nära toppen var olåst. Lätt. För lätt. Jag slank in, mina stövlar landade tyst på det polerade trägolvet. Rummet luktade gammalt pergament och örter, dammet låg tjockt i luften. Hyllor fullproppade med böcker täckte väggarna, men jag brydde mig bara om kistan i hörnet.

Guld. Tillräckligt för att äta i månader. Kanske år. Tillräckligt för att lämna den här staden för alltid.

"Tänk inte för stort", sa jag till mig själv och knäböjde vid kistan. Mina fingrar arbetade snabbt och fann låsets svaga punkt. "Ta bara vad du kan bära."

Locket knarrade när det öppnades och avslöjade glimten av mynt under det. Mitt hjärta slog en volt.

"Lilla girigbuk, är ni inte det?"

Jag stelnade till.

Rösten kom från överallt och ingenstans på en och samma gång. Låg och len, som honung spetsad med gift. En skugga rörde sig i kanten av rummet och slingrade sig samman till formen av en man. Hans klädnad skimrade mörkt och hans ögon glimmade klarare än eld.

"Trodde ni att ni kunde stjäla från mig?" frågade mannen och steg närmare.

Jag hade kniven i handen innan jag ens hann tänka på att ta fram den. "Håll er borta", varnade jag.

Han skrattade, ett skarpt och grymt skratt. "Åh, barn, ni har ingen aning om vad ni just har gjort."

Hans hand höjdes och fingrarna kröktes till en kloliknande gest. Luften runt omkring mig tjocknade och tryckte ner mig som en storm. Mina lemmar låste sig och paniken steg het genom mina ådror.

Magi!

Det här var ingen vanlig rik gammal man. Det här var en *magiker*!

"Vänta–"

"Kanske en läxa är på sin plats", sa han och avbröt mig. "Något passande för en tjuv som är så förtjust i att smita undan." Han plockade upp en liten bok från ett ställ, öppnade läderomslaget och bläddrade igenom sidorna. "Ah, ja. Den här. Perfekt."

Besvärjelsen träffade mig som en hammare, slog in i mitt bröst och spred sig utåt. Min hud brände, benen flyttade på sig på sätt de inte borde. Smärtan tog andan ur mig och jag föll ihop på golvet, flämtande.

"Njut av ert nya liv", sa magikern, hans röst var nu avlägsen, nästan road.

Världen blev suddig runt mig när förvandlingen återigen grep tag i min kropp. Mina tassar – nej, händer – grävde i jorden, klöste i rötter och stenar medan jag flämtade efter luft. Den skarpa doften av tall fyllde mina näsborrar, för skarp, för stark. Mina ben knäcktes som torra kvistar, de bröts och omorganiserade sig med olidlig precision.

"Inte nu", morrade jag, även om ljudet kom ut som ett mellanting mellan ett gnyende och ett vrål. Min röst höll redan på att försvinna, fångad någonstans mellan människa och best.

Skogen krängde och svajade när min syn splittrades i färger jag inte var menad att se. Varje skugga, varje flimmer av rörelse blev ett hot. Mitt hjärta dundrade i öronen och drev urinstinkter till ytan. Spring. Jaga. Göm dig.

Jag kämpade emot det. Jag kämpade alltid emot det.

Min hud böljade som vatten under tryck, päls sköt ut i fläckar som brände hett, sedan kallt. En svans piskade bakom mig innan den försvann. Mina händer vreds tillbaka till tassar, sedan fingrar igen.

"Fokusera." Ordet var knappt hörbart, men den blotta ansträngningen att forma det höll mig kvar. För tillfället.

Detta var förbannelsen. Århundraden senare, och den slet fortfarande igenom mig som första gången. En påminnelse om att jag inte längre ägde min kropp. Den tillhörde besvärjelsen, kaoset som levde under min hud.

I åratal – ja, årtionden – hade den kontrollerat mig helt. Ena stunden var jag människa, nästa en räv, en falk, en varg. Ingen varning. Ingen anledning. Bara rå, obeveklig förändring. Jag kunde förlora dagar, ibland veckor, fången i någon djurhamn, driven av instinkter jag inte kunde förstå.

Jag hade glömt hur det var att bara vara jag. Att vakna i samma skepnad som jag hade somnat i. Att hålla fast vid en enda tanke utan att den dränktes av dånet från instinkter som inte var mina.

Det hade tagit århundraden att kämpa tillbaka en viss kontroll. Små segrar till en början: att hålla kvar mänsklig form i en timme, sedan två. Att kämpa sig igenom smärtan för att skifta när jag ville, inte när förbannelsen krävde det. Men även nu var det inte perfekt. Ögonblick som detta påminde mig om priset jag fortfarande betalade.

Förvandlingen saktade till slut ner, min andning var ansträngd. Mina fingrar – åter mänskliga – darrade när jag drog mig upp. Skogen var tyst, förutom prasslet från löven ovanför och det avlägsna hoandet från en uggla. Nattluften var sval mot min svettdränkta hud, men min puls rusade fortfarande, vild och ostadig.

Jag pressade en hand mot bröstet och kände hjärtats dån under förhårdnade fingrar. ”Fortfarande här”, muttrade jag, även om jag inte var säker på om jag försökte övertyga mig själv.

Förbannelsen hade inte vunnit. Inte än. Men den väntade alltid.

Jag låg stilla och samlade styrka, fingrarna krökta runt trollbokens mjuka, slitna läder. Tänkte tillbaka på kvällen innan. Inget hade gått som jag hade förväntat mig, och ändå hade jag på något sätt kommit undan – ja, sprungit undan – med boken.

Vinden bar med sig den svaga doften av bränd salvia och järn. Häxor.

Jag kröp lågt, min rävhamn smälte in i undervegetationen. Herrgården tornade upp sig framför mig – skarpa vinklar av svärtad sten i silhuett mot månskenet. En ensam lykta flimrade i ett högt fönster. Skuggor rörde sig bakom den, för snabbt för att kunna urskiljas.

Trollboken fanns här. Den hade varit borta från världen i århundraden; jag hade trott att den var förstörd, och sedan för några veckor sedan hade jag vaknat mitt i natten med varje hårstrå på kroppen stående rakt ut. Den var tillbaka; boken som magikern hade använt för att förbanna mig. Den enda chansen jag hade att bryta förtrollningen.

Jag hade följt dess spår utan att tveka. Vi var sammanlänkade, den där boken och jag. Och den här gången skulle jag ta den och lista ut hur jag skulle bryta den här förbannelsen.

En plötslig förändring i luften fick min päls att resa sig. Inte bara häxor. Något annat.

En gestalt smet iväg från herrgården, vingarna hopfällda tätt mot ryggen. Kolsvarta, kanterna skimrade svagt i violett. En ängel. Av alla varelser jag inte hade väntat mig att se här, stod en ängel säkerligen högst upp på den listan. Hon rörde sig målmedvetet ut i natten, på väg mot trädgränsen.

Och hon hade boken. Jag kunde känna det.

Jag tog ett steg tillbaka, klorna skrapade i jorden. Det här var inte bra. Änglar stal inte från häxor om de inte hade en dödslängtan – eller värre, en plan. Oavsett vilket tog hon det som var mitt.

Jag följde efter.

Hon kom inte långt innan någon stoppade henne. Faen dök upp som om han var född ur skuggorna själva – lång, gyllenehårig, med ögon som fångade månskenet som silvermynt. Han gick rakt på henne precis när hon höll på att fälla ut sina vingar för att lyfta.

De drabbade samman innan jag hann ta ett andetag till. Faen rörde sig som vatten, idel elegans och precision. Ängeln, rå energi, hennes slag obevekliga. De talade knappt medan de slogs. Bara ljudet av knytnävar och händer som träffade kött, vingslag och enstaka ansträngda grymtningar.

Jag höll mig lågt och cirklade i en vid båge. Mitt hjärta bultade i bröstet, men jag tvingade mig själv att fokusera. Det här var min chans. Medan de var för upptagna med att döda varandra behövde jag bara –

Där. Boken hade glidit ur ängelns jacka under deras brottningsmatch och landat i gräset mellan dem. Ingen av dem verkade märka det, de rullade till och med bort från den medan de slogs. Perfekt.

Jag rusade framåt, tassarna tysta mot jorden. Ett språng och mina käkar slöt sig om läderbindningen. Den smakade bittert, spetsad med gammal magi. Jag stannade inte för att tänka på det. Stannade inte alls. Vände bara om och sprang.

Skogen for förbi mig i en suddig virvel av grönt och svart. Mina tassar nuddade knappt marken innan jag hoppade igen, vävde mig fram genom snår och duckade under låga grenar. Trollboken svängde klumpigt mellan mina käkar, dess tyngd rubbade min balans. Bitter magi sved på tungan, skarp och metallisk, men jag vågade inte släppa taget.

Bakom mig svaga ekon av rop. Avlägsna, men inte tillräckligt avlägsna. Ängeln och faen skulle snart inse vad som hänt. De skulle komma efter mig. Men för tillfället var natten min.

Jag pressade mig hårdare, andan brände i bröstet. Rävens kropp var gjord för detta – lätt, snabb, tyst. Varje muskel arbetade tillsammans, varje språng var beräknat. Jag kunde ha sprungit i mil om jag hade varit tvungen. Och det gjorde jag.

Ljudet försvann, svalt av skogen. Nu bara prasslet av löv och mitt hjärtas stadiga rytm. Jag saktade ner när jag nådde en glänta, blekt månsken spred sig över fuktigt gräs. Det var inte mycket, men det var tillräckligt långt borta. För nu.

Det var fortfarande mörkt när jag vaknade av att boken obekvämt grävde in i mina revben. Jag rullade över och plockade upp den, stirrade på läderomslaget, ärrat och uråldrigt, nu skadat av några hål där mina tänder hade punkterat det. Efter alla dessa år kändes det nästan inte verkligt.

Gläntan doftade jord och mossa, rent och obönhörligt. Det påminde mig om platser jag hade besökt för århundraden sedan – när skogar täckte världen och städer bara var viskningar vid horisonten. Då hade jag inte vetat vad jag sprang mot. Bara vad jag sprang från.

Det började med hunger. Alltid hunger. En pojke som var för smart för sitt eget bästa, som smög sig in på platser där han inte hörde hemma. Ett misstag, ett felsteg, och mitt liv förändrades för alltid.

"Allt för vad?" Mitt skratt var bittert, även för mina egna öron. Ljudet bars in bland träden och försvann nästan omedelbart.

Den här boken innehöll svaret. Den måste göra det. Jag hade tillbringat livstider med att jaga kunskapsfragment, spåra viskningar om besvärjelser som kunde bryta häxornas förbannelse. Ingen av dem fungerade någonsin. Den här gången skulle det bli annorlunda. Det måste bli annorlunda.

Jag knuffade mig upp, benen darrade under mig när jag blickade tillbaka åt det håll jag kommit från. Inga tecken på förföljare än. Inte för att det betydde något. De skulle inte ge upp så lätt. Särskilt inte ängeln.

"Låt dem komma", sa jag, mest för att övertyga mig själv, och sträckte mig efter magin, djupt inom mig. En varg den här gången, större och snabbare än räven. Mina klor skrapade i jorden när jag grep tag i boken igen, försiktig så att jag inte skadade den. Smaken av magi dröjde sig kvar, men jag ignorerade den. Det fanns ingen återvändo nu.

På ett eller annat sätt skulle jag bryta den här förbannelsen. Även om det skulle döda mig.

Byns ljus skar genom träden som taggiga stjärnor, flimrande i mörkret. Jag smög närmare, tassarna tysta på den fuktiga jorden. Mitt hjärta bultade hårt, stadigt som ett trumslag. Trollboken hängde i mina käkar, dess tyngd drog i min nacke. Den smakade gammalt läder och något svagt metalliskt – magi, kanske. Eller bara århundraden av händer långt girigare än mina.

En bil stod stilla vid byns utkant, parkerad under en hängande gatlykta. Perfekt. Inga staket, inga kameror som jag kunde se. Bara rader av halvdöda buskar längs den spruckna asfalten.

Jag rusade framåt, vävde mig mellan skuggorna. Luften stank av bensin och gammalt bröd. Någonstans längre ner på gatan surrade en tv svagt bakom neddragna gardiner. Tyst. Nästan för tyst.

"Lugnt och fint", tänkte jag. Ett steg i taget. In och ut. Hitta en gammal bil, något jag kunde tjuvkoppla, och sedan skulle jag vara härifrån snabbare än till och med faen kunde följa.

Det tog inte lång tid att hitta en gammal Peugeot, parkerad fyllesnett vid trottoarkanten. Jag flinade. Det här skulle bli en smal sak.

Jag släppte boken vid mina fötter och skiftade, pälsen smälte till hud, benen knakade på plats. Smärtan sköt genom mig, kort men bitande. Sekunder senare satt jag där på huk, helt mänsklig.

"Okej", viskade jag och böjde på mina stela fingrar. "Få se vad du går för."

Jag sträckte mig efter handtaget. Låst. Självklart. Jag spände käkarna, men hade inte tid att svära. Med snabba händer fiskade jag fram ett tunt blad ur fickan och sköt in det i springan vid fönstret. Metallen skrapade svagt, men inte tillräckligt högt för att dra till sig uppmärksamhet. Nästan där–

Skall. Högt, frenetiskt och nära. Jag ryckte upp huvudet. Två hundar – stora, bara tänder och muskler – anföll från skuggorna, deras ögon glödde av ursinne.

”Skit.” Jag grep tag i boken och sprang, barfota fötter slog mot asfalten. Hundarna var snabba, morrande, deras klor skrapade mot vägen. För snabba. Jag pressade mig hårdare, lungorna brände, trollboken grävde sig in i min sida.

Deras skall slet i mig, vassa som knivar. Paniken rusade het och vild och svalde förnuftet. Min kontroll brast. Förvandlingen slog till innan jag kunde stoppa den.

”Inte nu–” Min röst bröts till ett morrande. Mina steg vacklade när min kropp vreds, benen knäcktes, omformades. Päls exploderade över min hud. Mina händer kröktes till klor mitt i steget, vilket fick mig att falla framstupa på alla fyra. Boken tumlade framför mig.

Smärta böljade genom varje nerv, men jag kunde inte sluta röra mig. Inte här. Inte nu. Vargen vaknade till liv, instinkterna skrek högre än tanken. Skallen kom närmare och nafsade efter mina hälar.

Jag ryckte åt mig boken med käkarna och sprang, den här gången snabbare, vildare. Mina klor rev upp jorden när jag vek av från vägen och störtade tillbaka in i skogens trygghet. Träden svalde mig hel och skallen försvann bakom mig.

Marken var en suddig fläck under mig. Varje kliv skickade stötar genom mina ben, men jag saktade inte ner. Skogen tryckte på tätare, grenar klöste i min päls. Min andedräkt kom flämtande, het luft brände in och ut ur mina lungor. Trollbokens läderomslag smakade bittert mellan mina tänder, tyngden var klumpig men nödvändig.

Bakom mig hade skallen tystnat. Men jag litade inte på det. Inte än.

Aldrig någonsin.

Vargens instinkter steg, och manade mig att fortsätta springa. Att pressa på tills världen suddades ut till ingenting. Men min kropp – mänsklig eller djurisk – hade sina gränser. Och mina skrek.

Jag vek av åt vänster, djupare in i skogen. Undervegetationen blev tätare, varje steg snärjde mig ytterligare. Ett björnbärssnår rev upp min sida, vasst som glas. Jag ryckte knappt till. Smärta var en gammal vän.

En glänta öppnade sig framför mig, månskenet spillde silver över den fuktiga jorden. För öppet. För oskyddat. Jag morrade lågt och tvingade mig framåt. Träden svalde mig igen, skuggorna lindade sig tätt som en andra hud. Mina tassar fann mjukare mark, mossa dämpade mina steg.

Till slut fick jag syn på den – en ihålig stock, halvrutten men tillräckligt bred för att krypa in i. Skydd. Det var inte mycket, men det fick duga. Jag slank in, kröp ihop lågt och trollboken föll ur mina käkar. Min bröstkorg hävde sig med varje andetag, darrande av ansträngning.

Trygg. För nu.

Vargen morrade mjukt och vandrade rastlöst i bakhuvudet. Den ville alltid ha mer – mer avstånd, mer säkerhet, mer blod. Jag tryckte ner instinkten och slöt ögonen. Fokusera. Tänk. *Förvandlas.*

Smärtan slog till snabbt, skarp och välbekant – som knivar som skar genom muskler och ben. Min kropp vred sig i stockens trånga hålighet, lemmarna vek sig när de sträcktes ut, knäcktes, omformades. Andningen väste mellan sammanbitna tänder. Hettan pulserade under min hud, för mycket hetta, som om jag hade satts i brand inifrån och ut.

"Kom igen", pressade jag fram, med pannan mot det fuktiga träet. "Bara få det överstökat."

Den lyssnade inte. Det gjorde den aldrig.

Jag bet tillbaka ett skrik när min ryggrad knäcktes på plats. Pälsen drog sig tillbaka och lämnade efter sig rå, öm hud. Mina händer – åter mänskliga – skakade mot marken, naglarna grävde sig ner i mjuk mossa och jord för att förankra mig. Till slut, efter vad som kändes som timmar men kanske var minuter, låg jag där, svettig och flämtande. Människa. För nu.

"Fortfarande vid liv", muttrade jag, med hes röst. "Det är alltid något."

Trollboken låg där jag hade tappat den, kanterna kladdiga av lera. Jag sträckte mig efter den med darrande fingrar och drog den närmare. Läderomslaget var tyngre än det såg ut, strävt under min beröring. Gammal magi klamrade sig fast vid den, svag men omisskännlig, som statisk elektricitet som kittlade luften. Att hålla i den fick det att dra ihop sig i bröstet, en blandning av hopp och fasa som vred sig samman.

"Klanta inte till det här", sa jag till mig själv. "Inte efter allt."

Jag slog upp den. Första sidan stirrade tillbaka på mig, hånfull i sin tystnad. Symboler jag inte kände igen fyllde pergamentet – böjda linjer, små teckningar, invecklade former staplade på varandra. Det sjönk i magen på mig.

"Hieroglyfer?" viskade jag och lutade mig närmare. Bläcket skimrade svagt i det dunkla ljuset, guldet glimmade i varje streck. Egyptiska, om jag minns rätt.

"Självklart", sa jag bittert och slog igen boken. Ett skratt bubblade upp, skarpt och humorlöst. "Varför skulle det vara enkelt?"

Århundraden av jakt efter den här saken. Århundraden av blod, svett och springande tills benen gav vika – och nu? Nu kunde den lika gärna ha varit skriven i en annan dimension. Mitt grepp om boken hårdnade, knogarna vitnade.

"Typiskt", muttrade jag och stirrade på det stängda omslaget. Vargen rörde på sig igen, rastlös, men jag ignorerade den.

Okej. Dags för en ny plan.

Boken dunsade ner i min packning med ett dovt ljud. Jag drog åt remmarna, tänderna sammanbitna mot det stela lädrets motstånd. Hieroglyferna simmade i mitt huvud och hånade mig med sina hemligheter. Jag hade inte tid att slösa på att tycka synd om mig själv. Inte när varje sekund förde förföljarna närmare.

"Tänk", muttrade jag för mig själv och kröp ihop i den ihåliga stock som hade varit min korta fristad. Skogen runt omkring mig surrade av liv – syrsor som spelade, löv som prasslade i vinden. Normala ljud, men de gick mig på nerverna. Mina öron ansträngde sig för att uppfatta något onaturligt: vingslag som skar genom luften, mjuka fotsteg, viskade besvärjelser.

Inget än. Men det skulle inte förbli så.

"En ängel och en fae", sa jag tyst. "Och häxor." Mina läppar vreds till ett bistert leende. "Fantastiskt. Vad blir nästa? Drakar?"

Jag sköt ifrån marken och reste mig, musklerna värkte. Mina ben kändes som bly, men jag kunde inte stanna nu. Byn var inte långt borta och det var nästan dagsljus. Människor ställde inte frågor – inte sådana jag inte kunde undvika, i alla fall. Och det fanns alltid någon som visste något, någon som var villig att byta kunskap mot mynt eller tjänster. Jag behövde bara hitta rätt någon.

"Hieroglyfer", muttrade jag igen och smakade på ordet som aska. Det kryllade inte direkt av egyptologer nuförtiden. Men någon där ute måste veta. Någon kunde översätta den – eller åtminstone peka mig mot nästa brödsmula på detta förbannade spår.

Ett knäppande ekade någonstans bakom mig. Jag frös till, varje muskel spändes. Andan hölls inne. Hjärtat bultade. Ett annat ljud följde – ett svagt prassel, för avsiktligt för att vara vinden. Min puls ökade.

"Redan?" Min röst hördes knappt över en viskning. "Fan också."

Jag förflyttade min vikt och testade fotfästet under mig. Lös jord, spridda löv. Inte idealiskt, men det fick duga. Om de hade spårat mig så här långt skulle de inte sluta. Så mycket visste jag. Faens flin blixtrade till i mitt minne, vasst och hånfullt. Ängelns svarta ögon, kalla som is. Och häxorna? De spelade aldrig juste.

"Okej", andades jag och kastade en sista blick på stocken bakom mig. Ingen återvändo. Ingenstans att gömma sig. Jag rättade till packningen på mina axlar och rusade framåt, så tyst jag kunde. Skogen svalde mig hel, grenar klöste mot mina armar och mitt ansikte. Varje steg kändes som en chansning – för högljutt, för klumpigt – men jag saktade inte ner.

"Hitta någon", påminde jag mig själv, om och om igen. "Få den översatt. Få ett slut på det här."

För om jag inte gjorde det? Då skulle de fånga mig. Och efter århundraden av flykt vägrade jag att låta det sluta så.

Kapitel Åtta

Alyster

Jag andades in djupt och fokuserade mina faesinnen medan jag synade den sömniga byns gata. Den kvardröjande magiska auran hängde i luften som en elektrisk laddning. Tjuven hade varit här, och det nyligen, och förvandlat sig till människa innan han promenerat nerför gatan, fräck som bara den.

Min puls steg av förväntan. Vi var på rätt spår.

Jag hukade mig när vi gick förbi en bil vars dörr hängde lite på glänt. Magin var starkare här; tjuven hade skiftat hamn igen, och hans doft hade återigen förändrats.

Jag reste mig snabbt och grep tag i fästet på mitt förtrollade svärd, vars kraft ivrigt surrade. Careena stod bredvid mig med vingarna fladdrande av förväntan.

”Han gick åt det hållet”, sa jag och nickade mot trädgränsen. ”In i skogen. Jag tror att han försökte stjäla den här bilen, blev skrämd och sprang iväg igen.”

Careenas panna veckades. ”Är du säker på att det är han?”

”Jag skulle känna igen den auran var som helst. Som kanel och ozon.”

Hon höjde på ett ögonbryn. "Du är mer samstämd med honom än jag insåg."

Jag ryckte på axlarna åt hennes antydan, även om en rodnad kröp uppför min hals. "Kom, vi rör på oss. Han har ett försprång."

Skogen omslöt oss igen, en labyrint av trassliga grenar och gripande undervegetation. Taggiga rankor fastnade i våra kläder, medan rötter tycktes resa sig ur jorden, fast beslutna att få oss på fall. Trädtaket ovanför oss blev tätare och filtrerade solljuset till en dunkelgrön dimma.

Jag trängde mig framåt och gled genom det täta lövverket på det sätt som bara en fae av min härkomst kunde. Bakom mig kunde jag höra Careenas stadiga fotsteg, avbrutna av ett enstaka knäckande av en kvist eller prassel av löv. Hon var högljudd i skogen. Tjuven skulle kunna höra oss komma; något att ha i åtanke när vi kom närmare, även om jag just nu var ganska säker på att han var miltals före oss.

Vi kom till en smal bäck, där vattnet forsade över mossiga stenar. Jag hoppade lätt över, men stannade på andra sidan och såg på när Careena tog sig över de hala stenarna. Hennes vingar förblev tätt tryckta mot kroppen, oanvända.

"Du vet", ropade jag tillbaka till henne, "det skulle kunna vara lättare om du flög."

Hon såg upp på mig med ett beslutsamt uttryck i ansiktet. "Jag tänker inte ge tjuven tillfredsställelsen av att veta att han har saktat ner mig."

Jag undertryckte ett leende. Hennes envishet var märkligt charmig.

Allt djupare in i skogen vi vandrade, desto förrädiskare blev terrängen. Skrovliga klippor sköt upp ur marken, med kanter vassa nog att skära genom kött. Undervegetationen blev till ett tjockt virrvarr som tvingade oss att slingra oss fram och backa.

Ändå höll Careena jämna steg. Medan jag förlitade mig på min faeförstärkta smidighet för att ta mig förbi hindren, mötte hon varje utmaning med ren beslutsamhet. Hennes uthållighet var imponerande, särskilt för någon som var mer van vid himlens frihet.

Under en kort paus vände jag mig mot henne. "Jag måste erkänna att jag är förvånad. Jag trodde att du skulle vara mer ... frustrerad vid det här laget."

Hon mötte min blick, med ett skimmer av munterhet i sina mörka ögon. "Frustrerad? Varför då, för att jag inte svävar ovanför medan du kämpar här nere?"

Jag skrattade till. "Något i den stilen."

Careena skakade på huvudet. "Jag är inte så ömtålig som du kanske tror, Alyster. Jag har mött långt värre saker än några törnen och stenar."

Det fanns en tyngd i hennes ord, en antydan om de prövningar hon måste ha uthärdat. Jag kände en längtan att få veta mer, att nysta upp de mysterier som omgav henne.

Men spåret kallade, och tjuvens aura blev starkare för varje steg. Vi hade inte råd att tappa fokus, inte när vi var så nära.

Jag rättade till den provisoriska skidan jag hade tillverkat för mitt nya svärd och kände dess obekanta, nya kraft pulsera genom mig när min hand snuddade vid fästet. "Då fortsätter vi. Vi har en tjuv att fånga."

När dagsljuset avtog förlängdes skogens skuggor. Skymningen målade himlen i nyanser av bärnsten och violett. Jag visste att vi snart behövde slå läger, men en del av mig var motvillig. Att stanna innebar att konfrontera den växande spänningen mellan oss, de outtalade frågorna och de kvardröjande blickarna.

Jag hittade en liten glänta i skydd av uråldriga ekar. "Det här ser ut som en bra plats för natten."

Careena granskade området, och hennes vingar prasslade mjukt. "Håller med. Jag samlar ihop lite ved."

Medan hon påbörjade sin uppgift drog jag fram mitt svärd och förundrades över de invecklade mönstren som etsats in i den glänsande metallen. Jag kunde känna kraften som strålade från det, en påtaglig styrka som kittlade i mina fingertoppar. Jag stod i större skuld till Careena för denna gåva än jag kunde uttrycka.

Jag prövade klingan mot en närliggande ungplanta och skar igenom stammen med ett viskande ljud av stål mot trä. Precisionen, balansen – det var utsökt. Under alla mina år som riddare hade jag aldrig svingat ett vapen av sådan kaliber.

Careena kom tillbaka med armarna fulla av tändved. Hon höjde ett ögonbryn åt den fällda ungplantan. "Jag ser att du bekantar dig med ditt nya svärd."

Jag stoppade tillbaka svärdet i skidan med ett leende som ryckte i mina läppar. "Det är extraordinärt. Jag kan fortfarande inte fatta att du kunde förvandla det. Tack, Careena. Verkligen."

Hon knäböjde för att arrangera veden, men jag uppfattade det lilla leendet som lekte på hennes läppar. "Varsågod, Alyster. Den där helveteshunden kunde ha tagit kål på oss båda om jag inte hade agerat; jag ångrar ingenting."

Vi arbetade i gemytlig tystnad och satte upp ett anspråkslöst läger. Jag tog fram några enkla ransoneringskakor ur min väska som vi kunde äta, och kompletterade dem med några ätliga svampar och ett par bär som jag letade upp runt lägerplatsen. Careena tackade mig tyst och åt maten med en njutning som verkade oproportionerlig i förhållande till den enkla kosten. Hon såg att jag tittade på henne och log.

"Jordisk mat är fortfarande främmande för mig. Jag njuter av de nya smakerna. Är maten i faernas rike annorlunda igen?"

"Inte särskilt annorlunda", erkände jag. "Vi har en del frukter och sådant som inte växer i det här riket."

"Hm, dem skulle jag vilja prova någon gång. Frukt är en av mina favoritsaker med det här riket." Hon åt bären jag hade hittat och gav ifrån sig ett njutningsfullt, hummande ljud när saften exploderade på hennes tunga.

När mörkret lade sig över skogen och den sprakande elden kastade ett varmt sken, fann jag mig själv i att betrakta Careena, fängslad av hur det fladdrande ljuset dansade över hennes mörka hud och belyste de dolda djupen i hennes ögon.

Trots våra olikheter kunde jag inte förneka den växande respekten och samförståndet mellan oss. Hon hade bevisat sitt värde gång på gång under denna resa, med en orubblig beslutsamhet även inför motgångar. Och nu, i vårt lilla lägers intimitet, kände jag en dragning till henne som gick bortom enbart kamratskap.

Men jag tvekade, osäker på om jag skulle ge röst åt dessa bräckliga, spirande känslor. Vi hade fortfarande ett uppdrag att slutföra, en trollbok att hämta tillbaka. Distraktioner kunde vara farliga.

Men allt eftersom natten fortskred och vårt samtal flöt på, avbrutet av stunder av laddad tystnad, kunde jag inte låta bli att undra om det kanske, bara kanske, fanns utrymme för något mer att blomstra mitt i det kaos som omgav oss.

När natten blev djupare fann jag mig själv rastlös, mina tankar fyllda av bilder av Careena och den oväntade förbindelsen som växte mellan oss. I behov av ett ögonblick för att klarna huvudet reste jag mig tyst från elden och smög in i skogens skuggor.

Jag vandrade planlöst och lät den svala brisen och det milda prasslet av löv lugna mitt upprörda sinne. Månljuset som silade genom trädkronorna målade världen i ett mjukt, silveraktigt sken och kastade en utomjordisk glans över det frodiga lövverket som omgav mig.

Förlorad i mina tankar var jag nära att inte registrera det svaga ljudet av plaskande vatten från en närliggande bäck. Nyfikenheten väcktes och jag tog mig mot källan, noga med att röra mig tyst.

När jag kom närmare fick jag en glimt av något som fick mig att tappa andan. Där, badande i det eteriska månljuset, var Careena. Hennes vingar var utsträckta bakom henne, de glansiga svarta fjädrarna skimrade med en hypnotiserande lyster. Vattendroppar klamrade sig fast vid hennes bara hud, var och en ett litet prisma som bröt det mjuka ljuset.

Jag visste att jag borde titta bort, ge henne den avskildhet hon förtjänade, men jag fann mig själv som fängslad av synen framför mig. Det fanns en sensualitet i hennes rörelser, en grace som gick bortom ren skönhet. Det var som om hon var en del av själva bäcken, ett levande förkroppsligande av naturens lockelse.

Värmen steg i mina kinder när jag insåg det opassande i mitt handlande. Jag trängde mig på i ett privat ögonblick, ett som inte var avsett för mina ögon. Men även när skammen sköljde genom mig kunde jag inte förneka den åtrå som väcktes inom mig, längtan efter att lära känna henne på ett sätt som överskred våra nuvarande roller.

Jag tog ett djupt andetag och försökte lugna mina rusande tankar. Detta var okänt territorium för mig, och jag var inte säker på hur jag skulle navigera i det. Änglar och faer hade alltid varit som helt olika arter i mitt sinne, var och en med sina egna seder och sätt att vara. Men Careena utmanade dessa förutfattade meningar och suddade ut gränserna mellan vad jag trodde mig veta och vad som var möjligt.

Jag samlade mig och klev fram från bakom träden för att göra min närvaro känd. Careena vände sig mot mig, hennes uttryck var otydbart. För ett ögonblick stirrade vi bara på varandra, med tyngden av outtalade ord hängande i luften mellan oss.

"Jag ber om ursäkt för att jag tränger mig på", sa jag, och min röst lät främmande i mina egna öron. "Det var inte min mening att störa dig."

Careena lade huvudet på sned med ett svagt leende som lekte i mungiporna. "Du störde mig inte, Alyster. Faktum är att jag ganska mycket uppskattar ditt sällskap."

Hennes ord överrumplade mig, och jag visste inte hur jag skulle svara. "Jag ... jag måste erkänna att jag är förvånad över din djärvhet. Ska inte änglar vara mer ... reserverade?"

Careena skrattade, ett ljud som klangen av vindspel. "Reserverade? Är det vad du tror om oss? Åh, Alyster, du har så mycket att lära dig om änglars natur."

Hon tog några steg mot mig, hennes vingar veks graciöst ihop bakom ryggen, medan vattendroppar rann nerför hennes kropp. Jag kunde inte låta bli att lägga märke till hur månljuset dansade över hennes hud och gav henne ett utomjordiskt sken, men med en viljeansträngning tvingade jag tillbaka blicken till hennes ansikte.

"Vi är inte så olika, du och jag", sa hon mjukt, hennes midnattsögon fästa vid mina. "Vi söker båda kunskap, ifrågasätter båda de begränsningar som våra respektive riken har lagt på oss. Kanske är det dags att vi lär av varandra, hm?"

Jag svalde tungt, min mun blev plötsligt torr. Innebörden bakom hennes ord var tydlig, och den både gladde och skrämde mig i lika hög grad. Vad skulle det innebära att korsa den osynliga linjen mellan ängel och fae? Vilka hemligheter skulle vi kunna avslöja, vilka begär skulle vi kunna släppa loss?

Som om hon kände min inre oro sträckte Careena ut handen och lade en mild hand på min kind. Hennes beröring var elektrisk och sände rysningar längs min ryggrad. I det ögonblicket visste jag att det inte fanns någon återvändo. Vad som än väntade, vilka konsekvenser vi än skulle kunna möta, var jag villig att riskera allt för chansen att lära känna henne mer intimt.

"Lär mig då", viskade jag och lutade mig mot hennes beröring. "Visa mig änglars sanna natur, så ska jag dela faernas hemligheter med dig. Tillsammans kan vi kanske hitta en väg som bara tillhör oss."

Careenas leende breddades, hennes ögon glittrade av en blandning av rackartyg och något djupare, något som kallade på själva kärnan av min varelse. "Jag trodde aldrig att du skulle fråga", mumlade hon, innan hon slöt avståndet mellan oss och fångade mina läppar med sina.

Jag kände elektricitet pulsera genom mig vid beröringen av Careenas läppar, ömtåliga men ändå intensiva. Hennes mun rörde sig mot min med en öm brådska, som om även hon hade väntat på detta ögonblick, längtat efter en förbindelse som överskred gränserna för våra riken. Jag trasslade in mina fingrar i hennes silkeslena hår och förundrades över dess mjukhet, över hur hon tycktes smälta in i min omfamning.

När vi slutligen skildes åt, båda andfådda, kunde jag se samma förundran och längtan återspeglas i Careenas midnattsögon. "Alyster", viskade hon, mitt namn en bön på hennes läppar. "Jag hade aldrig kunnat föreställa mig ... jag menar, jag hade hört historier om faernas passion, men det här ..." Hon tystnade och skakade på huvudet i förvåning.

Jag kunde inte låta bli att flina åt hennes reaktion, även om mitt eget hjärta rusade av spänningen från det vi just hade delat. "Och jag drömde aldrig om att en ängel kunde kyssas så där", retades jag och lät min tumme stryka längs hennes kyss-svullna underläpp. "Det verkar som om vi båda har mycket att lära om varandra."

Careena skrattade mjukt, ett musikaliskt ljud som värmde mig inifrån och ut. "Det har vi verkligen", höll hon med, hennes ögon glittrande av rackartyg. "Jag är redo att nysta upp ditt rikes mysterier ... och kanske dela med mig av några egna hemligheter i gengäld."

När hon lutade sig in för att kyssa mig igen, kunde jag inte skaka av mig känslan av att jag just hade satt igång något mycket större än en simpel flirt. Någonstans djupt inom mig visste jag att denna odödliga varelse inte bara skulle förändra mitt liv, utan själva väven av våra världar. Och ändå, i det ögonblicket, kunde jag inte förmå mig att bry mig.

Mina fingrar följde de fina linjerna på Careenas vingar och förundrades över hur de verkade surra av energi under min beröring. Jag kunde känna värmen som strålade från hennes fjädrar, en skarp kontrast till den svala nattluften som omgav oss.

"Jag trodde aldrig att jag skulle finna mig själv så hänförd av en ängel", erkände jag med en röst som knappt var mer än en viskning. "Men det är något med dig, Careena ..."

Hon såg upp på mig, hennes mörka ögon fyllda av en blandning av nyfikenhet och begär. "Och vad skulle det kunna vara, Alyster?"

Jag tvekade ett ögonblick, osäker på hur jag skulle sätta ord på mina virvlande tankar. "Du är ... annorlunda", bestämde jag mig slutligen för. "Du passar inte in i den mall jag hade för hur en ängel borde vara. Du är vild och självständig, med en ande som vägrar att låta sig tämjas."

Careena log, ett litet, hemlighetsfullt leende som sände en rysning längs min ryggrad. "Kanske beror det på att jag inte är en vanlig ängel", sa hon med låg, sensuell röst. "Jag är fallen."

Jag tappade andan och drog mig tillbaka för att stirra på henne. "Fallen?"

"Åh, inte permanent. Antagligen." Hon skrattade tyst, utan tvekan road av min storögda chock. "Jag startade inte ett slagsmål med Michael eller något sådant. De sliter av en vingarna för sådant. Nej, för mina överträdelser skickades jag till jorden för att rehabilitera mig själv genom att tjäna mänskligheten. Det här är bara ett av uppdragen jag har skickats på."

"Vilka överträdelser?" kunde jag inte låta bli att fråga, outhärdligt nyfiken.

"Nyfikenhet. Jag ställde för många frågor." Hon ryckte nonchalant på axlarna. "Jag är inte typen för blind lydnad."

Jag kunde inte låta bli att skratta åt hennes djärvhet. "Jag skulle säga att det är en underdrift", svarade jag och lutade mig in för att stjäla ännu en kyss. "Men det är en av de många anledningarna till att jag känner mig dragen till dig, trots våra olikheter."

När våra läppar möttes igen kunde jag inte ignorera den gnagande känslan av att jag lekte med elden. Careena var trots allt en ängel, utstött från himlen för sin rebelliska natur, och faerna hade varit i konflikt med Härskaran sedan långt innan jag föddes för nästan tusen år sedan. Och ändå, när jag förlorade mig i smaken av henne, kunde jag inte förmå mig att bry mig om konsekvenserna av våra handlingar.

För tillfället var allt som betydde något hettan från hennes hud mot min, mjukheten i hennes fjädrar under mina fingrar och vetskapen om att jag upplevde något verkligt extraordinärt.

Jag kunde inte få nog av henne. Jag kunde inte förmå mig att bry mig om trollboken, eller faernas drottning, eller något av de andra ansvaren som tyngde mina axlar.

Allt som betydde något var kvinnan i mina armar, sättet hon fick mig att känna mig levande på ett sätt jag aldrig känt förut.

Jag kunde känna att Careena höll tillbaka, att hon fortfarande var försiktig med att lita fullt ut på mig. Men när våra kroppar rörde sig tillsammans i en långsam, sensuell dans, kunde jag känna hur murarna mellan oss började falla.

Det fanns så många saker jag ville fråga henne, så många frågor som brände i bakhuvudet. Men för tillfället var jag nöjd med att bara njuta av stunden, att förlora mig i magin i vår förbindelse.

När våra kroppar flätades samman kunde jag känna hur bandet mellan oss fördjupades, även när skillnaderna i vår natur drog i utkanten av mitt medvetande.

"Är det här fel?" frågade jag tvekande, i konflikt med känslorna som forsade genom mig. Å ena sidan kände jag en stark önskan att skydda Careena, att hålla henne säker från skada. Å andra sidan visste jag att vår allians i bästa fall var bräcklig och att våra världar var avsedda att kollidera.

"Kanske", mumlade Careena, hennes röst låg och sensuell, "men ibland är det de saker som är förbjudna som har den största lockelsen."

Hennes ord genljöd inom mig och tände en eld som vägrade att släckas. Jag visste att mina känslor för Careena var ett farligt spel, en frestelse som kunde leda till undergång för oss båda.

Men när vi låg där, med våra andetag som blandades i nattens stillhet, kunde jag inte låta bli att ge efter för tyngdkraften i vår attraktion och låta den dra mig in i det okändas berusande djup. Och trots de stormmoln som tornade upp sig vid horisonten visste jag att det just nu inte fanns någon plats jag hellre ville vara på än vid hennes sida.

Careenas hud var nästan outhärdligt mjuk. Jag var van vid faekvinnors silkeslena hud, men en ängels hud var något helt annat. Jag ville aldrig sluta röra vid henne, och hon verkade njuta av det, svankade under mina händer och min mun, medan mjuka flämtningar lämnade hennes läppar när jag utforskade längre ner, min mun fann en mörk bröstvårta samtidigt som en hand gled in mellan hennes ben.

Jag tog det långsamt, fast besluten att ge henne njutning, åtminstone tills hon blev otålig med mig och tryckte ner mig på rygg, satte sig gränsle över mig med ett illmarigt flin och tog mig djupt in i sin kropp.

"Precis där", spann hon, svankade med ryggen och vickade på höfterna. "Ah ja, Alyster ... ja!"

Våra blandade njutningsrop steg mot den månljusa himlen när Careena red mig till vår ömsesidiga tillfredsställelse, och efteråt, när vi låg på det mjuka gräset och vår andning långsamt återgick till det normala, kunde jag inte låta bli att känna en känsla av vördnad inför skönheten i världen runt omkring oss. Stjärnorna tindrade ovanför och kastade ett himmelskt sken över landskapet, medan skogens ljud tycktes invagga oss i ett tillstånd av stillhet.

Men under allt detta kunde jag känna spänningen som fortfarande puttrade mellan oss, vetskapen om att våra världar var på kollisionskurs och att våra handlingar i natt kunde vara gnistan som tände en större konflikt.

Careenas fingrar ritade lata cirklar på mitt bröst, hennes beröring fjäderlätt och lugnande. Ömheten mellan oss var en balsam för den kvardröjande förvirring som grumlade mina tankar.

"Säg mig en sak, Alyster", viskade hon, hennes röst mjuk och nyfiken. "Vad vet du om fallna änglar?"

"Bara de historier jag har hört", erkände jag och lät min hand stryka genom hennes långa, mörka hår, förundrad över dess mjukhet. "Att de blir utkastade från himlen för att ha trotsat ärkeänglarna, förvisade att vandra i den dödliga världen i jakt på upprättelse."

"Upprättelse", funderade hon, hennes blick fjärran som om hon var förlorad i tankar. "Det är en tung börda att bära, att veta att varje handling kan avgöra om man tillåts återvända till den himmelska skaran eller döms till evig exil."

Sårbarheten i hennes ord väckte en nyfunnen nyfikenhet inom mig, och jag kände en längtan att lära mig mer om denna gåtfulla ängel som hade fångat mitt hjärta.

”Din rebelliska natur ...” började jag tvekande, osäker på hur jag skulle formulera min fråga. ”Var det den som ledde till ditt syndafall?”

Hon log, ett vemodigt uttryck som tycktes färgat av sorg. ”Delvis, ja. Jag har alltid varit en som ifrågasätter auktoriteter, som söker svar som ansågs förbjudna. Och i min jakt på kunskap korsade jag gränser som inte borde ha överträtts.”

”Är det därför du blev förvisad?” frågade jag, oförmögen att dölja oron i min röst.

”Delvis”, erkände Careena, hennes midnattsögon fästa vid mina. ”Jag vågade utmana ärkeänglarnas råd, ifrågasatte deras stelbenta lagar och krävde förändring. De såg mig som ett hot, en kaosagent som behövde tystas. Så de kastade ut mig, fråntog mig min rang och dömde mig till botgöring här på jorden, tills jag kan förtjäna min väg tillbaka till himlen.”

Medan hon talade kunde jag inte låta bli att beundra den gnista av trots som fortfarande brann inom henne, ett bevis på hennes styrka och motståndskraft. Och när våra öden blev alltmer sammanflätade, lovade jag att stå vid hennes sida, oavsett vilka utmaningar som väntade.

”Ditt förflutna definierar dig inte, Careena”, viskade jag och drog henne nära. ”Du är så mycket mer än dina misstag.”

”Tack, Alyster”, mumlade hon, hennes läppar snuddade vid mina i en öm kyss. ”Jag börjar undra om jag ens vill förtjäna min väg tillbaka. Jorden är så mycket mer än jag någonsin trott.”

"Kanske måste du inte förtjäna din väg tillbaka", föreslog jag. "Kanske finns det en annan väg för dig, en som låter dig vara sann mot dig själv samtidigt som du gör gott i den här världen."

Careena verkade fundera över mina ord, hennes mörka ögon sökte efter uppriktighet i mina. "Du tror verkligen det, eller hur?" frågade hon.

"Det gör jag", svarade jag utan att tveka. "Jag har sett med egna ögon den positiva inverkan du kan ha på andra, och jag tror att du är kapabel till så mycket mer än att bara vara en bricka i rådets spel."

"Tack, Alyster", mumlade hon, en antydan av sårbarhet smög sig in i hennes röst. "Din tro på mig betyder mer än du anar."

När vi höll om varandra under den månljusa himlen kunde jag inte låta bli att känna en känsla av brådska som gnagde i utkanten av mitt medvetande. Trollboken fanns fortfarande där ute, och varje ögonblick vi tillbringade omslingrade i varandras armar ökade risken för att den skulle falla i orätta händer. Trots det obestridliga band jag kände med Careena visste jag att vi var tvungna att fortsätta framåt.

"Kom", viskade jag och trasslade motvilligt ut mig ur hennes omfamning. "Vi har ett uppdrag att slutföra."

"Just det", höll hon med, reste sig och sträckte sig efter sina avlagda kläder. "Trollboken kommer inte att hitta sig själv."

När vi lämnade vår provisoriska lägerplats och fortsatte vår jakt på hamnskiftartjuven och den stulna artefakten, kunde jag inte låta bli att förundras över kvinnan bredvid mig. Även om hon bar bördan av sitt förflutna som en kvarnsten om halsen, vägrade hon att låta det tynga ner henne. Och när vi vågade oss längre in i det okända var jag säker på att vi tillsammans skulle övervinna alla hinder som stod i vår väg.

Kapitel nio

Careena

Solljuset silade genom skogens lövverk och stänkte mina vingar med gyllene ljus när jag lutade mig mot en stadig ek, fortfarande omtöcknad efter det sinnliga mötet med Alyster. Hans beröring dröjde kvar på min hud och tände en längtan jag aldrig känt förut. Som ängel var det meningen att jag skulle stå över sådana jordiska begär, men i den stunden av passion hade jag för första gången känt mig sant levande.

Mitt hjärta bultade när jag mindes hettan från hans kropp pressad mot min, den plötsliga nödvändigheten i våra kyssar. Jag slöt ögonen och njöt av minnet. Men tvivlet smög sig på som en kyla. Vad höll jag på med, när jag hängav mig åt dessa förbjudna känslor? Min plikt var mot den himmelska Skaran och Rådet, att återfå deras gunst. Att fullfölja det här ... vad det nu var med Alyster, kunde bara leda mig längre vilse.

Jag sköt ifrån trädet med nyfunnen beslutsamhet i blicken. Nej. Jag tänkte inte låta Rådets dom hänga över mig längre. Jag hade redan offrat tillräckligt i min obevekliga jakt på kunskap. Varför skulle jag förneka mig själv den enda sak som fick mig att känna mig hel?

Alyster kom fram ur snåren med tillrufsat gyllene hår och silverögon som glimmade av outtalade frågor. "Careena? Är allt som det ska?"

Jag mötte hans blick, utan att be om ursäkt. "Allt är precis som det ska vara." Jag tog ett steg närmare, min röst låg och säker. "Jag vill inte ha något mer att ångra, Alyster. Vilka utmaningar som än väntar vill jag möta dem rakt på. Med dig vid min sida."

Hans mun rycktes upp i det där välbekanta, illmariga leendet. "Nåväl", sa han och räckte mig sin hand, "ska vi fortsätta vårt lilla äventyr?"

Jag flätade samman mina fingrar med hans och kände en rysning av spänning fara genom mig vid beröringen. "Visa vägen."

När vi gav oss av djupare in i skogen höll jag huvudet högt, fast besluten att omfamna denna stund, oavsett vad som hände. Framtiden var oviss, men en sak var kristallklar – jag var färdig med att leva i skuggan av mitt förflutna. Det var dags att breda ut vingarna och sväva.

Skogen tätnade när vi fortsatte framåt, och det täta lövverket skymde det fläckiga solljuset. Alyster rörde sig med en rovdjursaktig elegans, hans skarpa ögon genomsökte marken efter tecken på att vårt byte passerat.

"Spåret blir färskare", mumlade han och hukade sig för att undersöka en bruten kvist. "Han kan inte vara långt borta nu."

Jag nickade och lät mina egna sinnen sträcka sig ut för att sondera den omgivande skogen. Hamnskiftarens aura var svårfångad och fladdrade in och ut ur fokus som en döende ljuslåga. Men den fanns där, retsamt nära.

Vi ökade takten, med Alyster i spetsen med outtröttlig beslutsamhet. Över fallna stockar och genom trassliga snår sprang vi, utan att bry oss om grenarna som slet i våra kläder och vårt hår. Mina lungor brann av ansträngningen, men jag fortsatte, ovillig att hamna på efterkälken.

När vi hoppade över en liten bäck kunde jag inte låta bli att förundras över Alysters till synes oändliga uthållighet. Hans rörelser förblev flytande och kraftfulla, även när timmarna gick och terrängen blev mer utmanande.

"Hur gör du?" flämtade jag i ansträngningen att hålla jämna steg. "Är det någon sorts faemagi?"

Alyster gav mig ett leende över axeln. "Ingen magi. Bara hederlig gammal envishet." Alyster rörde sig som en vålnad genom träden, hans smidiga gestalt suddades ut när han följde hamnskiftarens spår med målmedveten intensitet. Jag förundrades över hans oövermänskliga uthållighet, medan mina egna muskler skrek i protest när vi störtade över fallna stockar och duckade under lågt hängande grenar.

Hamnskiftaren var listig, det skulle jag ge honom. Han slingrade sig fram i en yrselframkallande bana, vände tillbaka och korsade bäckar i ett försök att skaka av oss. Men Alyster var obeveklig och läste tecken i skogen som jag inte ens kunde börja förstå. Brutna kvistar, rubbade löv, en bortkommen pälstuss – inget undgick hans skarpa faesinnen.

"Han börjar bli trött", ropade Alyster över axeln, utan att ens låta andfådd. "Spåret är färskare. Vi närmar oss honom."

Jag kunde bara nicka, då jag inte litade på att min röst inte skulle förråda min utmattning. Tyst förbannade jag min mänskliga kropps begränsningar, även när jag pressade den till bristningsgränsen. Jag vägrade att vara den svaga länken.

Terrängen blev svårare, med klipphällar som bröt igenom jorden och trädrötter som sammansvor sig för att fälla mig vid varje steg. Svetten klistrade fast håret i pannan och sved i ögonen, men jag blinkade bort den, ovillig att offra ens en sekunds sikt.

Alyster kastade sig över ett stenröse med kattlik elegans och landade ljudlöst på andra sidan. Jag klättrade efter honom, mina blytunga ben hotade att ge vika när jag släpade mig upp för de ojämna stenarna. Under ett hjärtstoppande ögonblick slant mina fingrar – men då var Alyster där, grep tag om min handled och hissade mig utan ansträngning upp till toppen.

"Lugn", mumlade han, och hans kvicksilverfärgade ögon mötte mina. I deras djup såg jag en skymt av oro, snabbt maskerad. "Snart har vi honom."

Jag kunde inte låta bli att förundras över hans beslutsamhet, den vilda intensitet som strålade från honom när han återupptog jakten utan att tappa takten. Jag hämtade styrka från hans beslutsamhet och uppbådade mina sista reserver för att matcha hans steg.

Men även den okuvlige faeriddaren hade sina gränser. När solen började sjunka under trädtopparna såg jag de första tecknen på trötthet smyga sig in i hans hållning. Hans steg vacklade, om än bara lite, och en svettpärla glänste på hans panna.

"Alyster", ropade jag mjukt och lade en hand på hans arm. "Kanske borde vi vila en stund. Samla krafterna."

Under ett ögonblick trodde jag att han skulle protestera. Men sedan sjönk hans axlar ihop, bara en aning, och han nickade. "Du har rätt. Vi gör ingen nytta om vi kör slut på oss själva."

Vi hittade en liten glänta och sjönk ner på en fallen stock, med andan flämtande i trasiga stötar. Jag lutade huvudet bakåt och njöt av den svala kvällsluften mot min blossande hud.

Bredvid mig strök Alyster en hand genom sitt tillrufsade hår, med blicken i fjärran. Jag kunde praktiskt taget se kugghjulen snurra i hans huvud medan han planerade vårt nästa drag.

"Vi hittar honom", sa jag tyst och lade min hand över hans. "Tillsammans."

Hans fingrar slöt sig hårdare om mina, ett tyst erkännande av det outtalade bandet mellan oss. I den stunden visste jag med absolut säkerhet att vilka utmaningar som än väntade skulle vi möta dem som en enhet.

En plötslig rörelse fångade Alysters blick, och han hoppade upp på fötter, handen flög till svärdsfästet. Jag följde hans blick, med hjärtat bultande i bröstet.

Där, precis bortom trädgränsen, dök en gestalt upp. Det var en man, klädd i dovt bruna kläder, hans mörka hår tovig av löv och kvistar. Han rörde sig med en skygg, jagad uppsyn, och hans blick for från sida till sida.

Alysters grepp om sitt svärd hårdnade, hans kropp spänd som en fjäder. "Det är han", väste han. "Hamnskiftaren."

Jag nickade, mina egna muskler spändes i väntan. Det var detta ögonblick vi hade väntat på.

Hamnskiftaren tycktes känna vår närvaro, för han saktade takten och hans rörelser blev försiktigare. Alyster steg framåt, hans röst ljöd över gläntan.

"Ge upp, hamnskiftare!" ropade han, hans tonfall kallt och befallande. "Du har ingenstans att fly."

Mannen stelnade till, hans ögon vidgades av rädsla. För ett ögonblick verkade han vackla, som om han övervägde sina alternativ.

Alyster tog ytterligare ett steg framåt, hans svärd glimmade i det falnande ljuset. "Jag frågar inte igen", varnade han, hans röst låg och farlig. "Ge dig, eller ta konsekvenserna."

Jag höll andan och iakttog hamnskiftaren noga. Skulle han ge upp fredligt, eller skulle han slåss? Spänningen i luften var påtaglig, tystnaden bröts endast av ljudet av mitt eget bultande hjärta.

Kom igen nu, tänkte jag och försökte få hamnskiftaren att ta sitt förnuft till fånga. Jag sträckte mig mot honom med mina övertalningsförtrollningar, trots att jag inte hade någon aning om de skulle fungera på hans sort. *Gör det inte svårare än det måste vara.*

"Mycket väl, fae. Du har besegrat mig. Jag ger mig."

Något stack till i utkanten av mina sinnen, en disharmonisk ton mitt i den skenbara kapitulationen. Jag lutade mig närmare Alyster, min röst låg och enträgen. "Han ljuger. Jag kan känna det."

Alysters käke spändes, hans hand föll till svärdsfästet. "Sluta ljug!" krävde han och tog ett steg framåt. "Inga fler lekar!"

Ett hest skratt ekade genom träden. "Som du önskar."

Luften skimrade, och verkade sedan explodera utåt när en massiv gestalt bröt fram ur snåren. Jag hann knappt registrera blixten av grå päls och glimmande huggtänder innan hamnskiftaren var över oss, inte längre en man utan en varg av monstruös storlek.

Alyster reagerade omedelbart, hans klinga for ur skidan för att möta det annalkande hotet. Men vargen var för snabb, för kraftfull. Den rammade honom med kraften hos en murbräcka och slungade honom iväg.

Jag skrek till, med hjärtat i halsgropen, när jag såg Alyster slå hårt i marken och ligga stilla. Raseri och rädsla krigade inom mig, och jag sträckte mig efter kraften som alltid puttrade precis under min hud, redo att släppa lös en helig dom över vår fiende.

Men just som jag samlade min styrka, vände sig vargen mot mig, dess ögon glimmade med en vild intelligens som fick mig att frysa fast. I det andlösa ögonblicket såg jag inte ett tanklöst odjur, utan en varelse driven av ett desperat behov jag bara kunde ana vidden av.

Sedan var den borta, försvunnen in i de djupnande skuggorna lika snabbt och tyst som den hade dykt upp, och lämnade mig att rusa till Alysters hjälp, med bultande hjärta och ett sinne som snurrade av frågor utan enkla svar.

Jag nådde Alysters sida med hjärtat hamrande i bröstet och knäböjde bredvid honom. Hans ögon var slutna, hans ansikte blekt under smutsen och blodet. Under ett skräckslaget ögonblick fruktade jag det värsta.

”Alyster”, viskade jag, min röst bröts. ”Snälla, vakna.”

Ett stön undslapp hans läppar, och hans ögonlock fladdrade upp. En våg av lättnad sköljde över mig, så intensiv att den gjorde mig yr.

”Careena?” Han blinkade upp mot mig, blicken ofokuserad. ”Vad hände?”

”Hamnskiftaren”, sa jag och hjälpte honom att sätta sig upp. ”Han förvandlade sig och attackerade dig. Men han är borta nu.”

Alysters käke spändes, och han kämpade sig på fötter, svajandes lätt. Jag grep hans arm för att stadga honom och förundrades över den styrka som fortfarande strålade från honom trots hans skador.

"Vi måste följa efter honom", morrade han, hans ögon blixtrade av beslutsamhet. "Vi kan inte låta honom undkomma."

Jag tvekade, sliten mellan min plikt och den gnagande känslan av att det fanns mer i detta än vad man kunde se. Hamnskiftarens desperation, sättet han hade tittat på mig i det flyktiga ögonblicket... det förföljde mig.

"Alyster, vänta", sa jag och hårdnade mitt grepp om hans arm. "Det är något annat som pågår här. Jag kunde känna det. Vi måste ta reda på varför den där boken är så viktig för honom."

Han stirrade på mig med outgrundlig min. Under ett långt ögonblick trodde jag att han skulle protestera och insistera på att fortsätta jakten. Men sedan suckade han och hans axlar sjönk ihop.

"Du har rätt", medgav han och strök en hand genom håret. "Det här handlar om mer än bara en förrymd hamnskiftare. Vi behöver svar."

Jag nickade, lättnad blandades med oro. Vägen framför oss var oviss, men en sak var klar: vi kunde inte vända om nu. Vilka hemligheter hamnskiftaren och hans bok än bar på, var vi tvungna att avslöja dem, oavsett priset.

"Jag tar honom från luften. Vi är ute ur skogen nu; han kan inte gömma sig för mig. Jag kommer att fånga honom."

Alyster nickade skarpt. "Jag kommer ikapp. Ge dig av. Ta den jäveln."

Jag bredde ut mina vingar och kände den välbekanta kraften rusa genom mig när jag sköt upp i luften. Vinden piskade genom mitt hår när jag svävade ovanför träden, mina ögon genomsökte marken nedanför efter minsta tecken på hamnskiftaren.

Där! En blixt av mörk päls, som rusade över det öppna fältet. Jag girade skarpt, mina vingar bar mig snabbare än någon dödlig varelse kunde hoppas på att springa. Hamnskiftaren var snabb, men jag var snabbare.

Jag hann lätt ikapp honom och störtdök för att skära av hans flyktväg. Han sladdade till ett stopp, hans vargögon vidgades av rädsla och desperation. Under ett ögonblick stirrade vi på varandra, och världen tycktes hålla andan.

Sedan störtdök jag, mina vingar fälldes bakåt när jag störtade mot honom. Han försökte väja, men jag var för snabb. Jag brakade in i honom och kollisionen fick oss båda att falla till marken i ett trassel av päls och fjädrar.

Vi rullade runt, tänder och klor blixtrade, men jag hade fördelen av att ha händer. Jag tryckte ner honom under mig, mina händer grep tag i hans päls medan jag använde min tyngd för att hålla honom nere. Han kämpade och morrade, men jag höll fast, min styrka var mer än en match för hans.

"Nog!" befallde jag, min röst ljöd av auktoritet. "Ge dig, hamnskiftare. Du kan inte undkomma mig."

Han blev stilla under mig, hans sidor hävde sig av ansträngning. Jag kunde känna det snabba slaget av hans hjärta, darrningarna som for genom hans pälsbeklädda kropp.

"Mycket väl", sa jag och förhärdade mitt hjärta mot lidandet hos djuret under mig. Detta var inget djur, utan en medveten varelse, och dessutom en tjuv, som fortfarande höll boken jag behövde mellan käkarna. "Om du inte skiftar av egen vilja..."

Min kraftkälla hade ännu inte fyllts på helt, men det fanns mer än tillräckligt för att hälla in i vargens kämpande gråa form, för att tvinga fram skiftet tillbaka till det naturliga tillståndet hos varelsen som var fången inuti, och inom några ögonblick var det inte längre en varg som låg där på marken, utan en man.

Jag höll kvar mannen nedtryckt, mina händer grep nu om hans axlar, mina vingar välvde sig över oss. Han var mager och senig, med en kalufs av mörkt hår och ögon som glimmade med ett vildsint ljus. Trollboken hade fallit ur hans käkar när han skiftade och låg precis utom räckhåll.

"Vad... vad gjorde du med mig?" Han såg fullständigt skräckslagen ut.

"Det är något mycket märkligt med dig." Jag hade stött på en hel del hamnskiftare under min tid, men inte en enda hade någonsin kunnat anta mer än en djurform, och den här mannen hade minst två, räv och varg. "Du är ingen vanlig hamnskiftare, eller hur?" Han tystnade en lång stund och stirrade upp på mig, och sedan nickade han ryckigt. "Du har rätt. Jag är ingen vanlig hamnskiftare, och jag är inte människa heller. Inte helt och hållet, i alla fall. Jag är förbannad. Förbannad att skifta till olika varelser mot min vilja, utan kontroll över när eller vad jag blir. Jag har varit så här i århundraden, ända sedan..."

Mitt hjärta vred sig av medlidande när han berättade sin historia, en hjärtskärande berättelse om en grym magiker och en skräckslagen pojke. Jag kunde känna uppriktigheten i hans ord, visste att varje ord var den olyckliga sanningen. "Du talar sanning", sa jag milt. "Hur länge har du varit så här?"

Han skrattade bittert. "I århundraden!"

Dunkande fotsteg förebådade Alysters ankomst. Han rusade över fältet med draget svärd, ansiktet en mask av raseri. Hans silverögon blixtrade till när de föll på hamnskiftaren, och han stegade fram med dödlig avsikt.

"Vågar du trotsa oss?" morrade han, hans röst lika kall som vintervinden. "Vågar du fly, efter att ha stulit från fae? Jag borde dräpa dig där du ligger!"

Jag kunde känna hur hamnskiftaren spände sig under mig, hans muskler spändes som fjädrar. Han visste lika väl som jag att Alyster inte hotade i onödan.

"Vänta", sa jag, utan att ta ögonen från hamnskiftaren. "Vi behöver honom levande. Han kan ha information vi behöver."

Alysters läpp krullades i ett hånleende. "Vilken information skulle denna eländiga varelse möjligen kunna ha som vi skulle vilja ha?"

Jag tvekade, minns desperationen jag hade känt hos hamnskiftaren, sättet han hade klamrat sig fast vid trollboken som om den vore hans sista hopp. Det fanns mer i detta än enkel stöld, det var jag säker på. Jag kunde inte låta Alyster döda honom. Inte än. Inte förrän jag hade de svar jag sökte.

"Det får vi inte veta om vi inte frågar", sa jag bestämt och såg slutligen upp på Alyster. "Stoppa undan ditt svärd. Han kommer ingenstans."

Hamnskiftarens mörka ögon for mellan Alyster och mig, och jag såg en skymt av något i deras djup. Rädsla, förvisso, men också... hopp?

Jag lutade mig ner, mitt ansikte bara centimeter från hans. "Varför tog du trollboken?" krävde jag, min röst låg och intensiv. "Vad betyder den för dig?"

Han svalde tungt, hans adamsäpple guppade i halsen. Under en lång stund sa han ingenting, och jag kunde känna Alysters otålighet växa bakom mig.

"Tala", morrade Alyster, hans hand hårdnade om svärdsfästet. "Innan jag tappar tålamodet helt."

Hamnskiftarens ögon mötte mina, och jag såg ögonblicket då han fattade sitt beslut. "Boken", sa han, hans röst skrovlig av känsla. "Den är min enda chans."

Jag rynkade pannan, förstod inte, även om mina sinnen sa mig att han talade sanning. "Din enda chans till vad?"

Han slöt ögonen, som om orden smärtade honom. "Att bryta min förbannelse. Att bli fri från detta... detta skiftande. Jag bad aldrig om det, ville aldrig ha det. Boken... den måste vara svaret."

Tystnad sänkte sig i gläntan när hans ord sjönk in. Jag kunde känna Alysters förvåning, som speglade min egen. Av allt jag hade förväntat mig att hamnskiftaren skulle säga, var detta inte ett av dem.

"En förbannelse?" upprepade jag långsamt, mitt sinne arbetade febrilt. Om det han sa var sant, förändrade det allt. Han var inte en tjuv, utan ett offer. En bricka i någon annans spel.

Jag reste mig och tog ett steg tillbaka från hamnskiftaren. Alyster tittade på mig med rynkad panna i förvirring.

"Careena, vad gör du?" frågade han, men jag ignorerade honom, min uppmärksamhet fäst vid hamnskiftaren.

"Berätta allt för oss", befallde jag. "Börja från början. Och utelämna ingenting."

Hamnskiftaren mötte min blick, och för första gången såg jag en glimt av tillit i hans ögon. Han nickade långsamt och började sedan tala.

"Mitt namn", sa han, "är Rafail Rubakis. Och jag föddes som människa... för mer än sjuhundra år sedan."

KAPITEL TIO

RAFAIL

ETT SKRIK SLETS UR min strupe när ängelns magi kraschade in i mig, ett bländande vitt ljus som svedde sig genom min kropp och mitt sinne. Det var som mina egna skiften, sättet mina ben sprack och omformades, muskler och senor som vreds till nya former – men ändå annorlunda. Mildare på något sätt, en oemotståndlig kraft som vägledde förvandlingen snarare än den våldsamma ryckning jag var van vid.

Det fanns ingen smärta. Den insikten slog ner i mig som en bomb. Min päls drog sig tillbaka, lemmarna förlängdes, nosen plattades ut till ett mänskligt ansikte igen, men under allt detta kände jag inget annat än en märklig, tänjande känsla. Var det så här det kunde vara, om jag lyckades bryta förbannelsen? Ett smärtfritt glidande mellan former snarare än en olidlig tortyr?

Ljuset falnade och jag blinkade, och granskade min kropp. Människogestalt. Tio fingrar, tio tår.

"Vad ... vad gjorde du med mig?" lyckades jag väsa fram och stirrade på ängeln med en blandning av vördnad och fasa.

Ängelns grepp hårdnade om mina handleder när hon lutade sig nära inpå, hennes midnattsvarta ögon borrade sig in i mina med en blandning av oro och misstänksamhet. Mitt hjärta rusade och bultade mot bröstkorgen som ett burfånget djur som desperat ville bryta sig ut.

”Det är något mycket märkligt med dig”, sa hon, hennes melodiösa röst med en underton av stål. ”Du är ingen vanlig hamnskiftare, eller hur?”

Jag svalde tungt, min mun plötsligt torr som sandpapper. Det var nu det gällde – det avgörande ögonblick jag hade fruktat och väntat på i lika mån. Hemligheten jag hade vaktat så svartsjukt i århundraden tyngde på min tunga och bad om att äntligen få uttalas högt.

Men gamla vanor är svåra att bryta. Driften att avleda, att ljuga, att göra vad som än krävdes för att hålla min förbannelse dold steg upp inom mig som en tidvåg. Jag kände hur mina muskler spändes, redo att kämpa mot ängelns grepp om det behövdes.

Och ändå ...

Det fanns något i hennes blick som fick mig att hejda mig. Bortom misstänksamheten lurade ett skimmer av genuin oro, av medkänsla. Hon hade just använt sin magi för att hjälpa mig, för att vägleda mig genom ett smärtfritt skifte när hon lätt kunde ha låtit mig lida. Kanske, bara kanske, kunde jag anförtro henne sanningen.

”Du har rätt”, sa jag till slut, min röst knappt mer än en viskning. ”Jag är ingen vanlig hamnskiftare, och jag är inte människa heller. Inte helt och hållet, i alla fall.”

Jag tog ett djupt, darrande andetag och stålsatte mig för orden som skulle förändra allt.

"Jag är förbannad. Förbannad att skifta till olika varelser mot min vilja, utan kontroll över när eller vad jag blir. Jag har varit så här i århundraden, ända sedan ..."

Minnena vällde fram, levande och svidande som den dag de skapades. Jag pressade ihop ögonen och förlorade mig i det förflutna.

"Det var så länge sedan, när jag bara var en pojke. Jag stötte på en magiker, en mäktig sådan. Jag svalt, var ett gatubarn – jag bröt mig in i hans torn i jakt på något att stjäla, guld ... mat. Han tog mig på bar gärning och blev rasande. Sa att jag behövde straffas."

Ett bittert skratt undslapp mina läppar. "Antar att han trodde att förvandla mig till ett odjur skulle lära mig en läxa."

Jag kunde fortfarande se den gamle magikerns ögon, upplysta av illvilja när hans knotiga fingrar vävde sigill i luften, hans spruckna röst mässade trollformeln. Orden hade bränt som syra och etsat sig fast i min själ.

"Första gången jag skiftade ..." Jag ryste till när fantomsmärtan sköt genom min kropp. "Det var en plåga. Som om varje ben i min kropp bröts, varje muskel slet sig själv i stycken. Jag trodde att jag skulle dö."

Jag kom ihåg hur min hud hade krusat sig och kryllat, hur päls vuxit fram på ställen där den inte hade någon rätt att vara. Det sjukliga knakandet när min skalle omformades, mina tänder som förlängdes till ondskefulla huggtänder. Och skriken – gode gud, skriken som hade slitits ur min strupe, mer djuriska än mänskliga.

"Jag hade ingen aning om vad som hände, ingen kontroll över det. Ena stunden var jag mig själv, och nästa ... var jag något helt annat. Något monstruöst."

Jag svalde tungt och tvingade mig själv att möta ängelns blick. Hennes midnattsvarta ögon var uppspärrade av fasa och sympati, och hennes grepp om mina handleder mildrades.

"Det var bara början. Ända sedan dess har jag skiftat slumpmässigt, utan att någonsin veta när eller vad jag kommer att bli. Det är en mardröm jag inte kan vakna ur."

Orden hängde tunga i luften mellan oss, sanningen äntligen blottlagd. Jag höll andan och väntade på hennes reaktion, på avskyn eller rädslan som säkert skulle följa.

Men istället överraskade ängeln mig än en gång. "Du talar sanning", sa hon mjukt. "Hur länge har du varit sådan här?"

Jag skrattade bittert. "Sedan jag bara var en pojke. Jag har tappat räkningen på hur många livstider jag har levt, fången i denna förbannade existens. Alltid på flykt, aldrig hemma någonstans."

Tyngden av dessa ändlösa år pressade ner mig, ensamheten och desperationen hotade att uppsluka mig. Jag hade försökt allt för att bryta förbannelsen – uråldriga ritualer, pakter med demoner, till och med döden själv. Men inget hade fungerat.

Bultande fotsteg förebådade faekrigarens ankomst, med svärdet i hand. Han såg fullkomligt redo ut att hugga huvudet av mig, och jag spände mig, beredd att försöka skifta och fly igen. Ängelns magi pulserade varnande där hon grep om mina handleder, och jag såg vädjande på henne och bönföll med mitt uttryck att hon skulle hindra faen från att slakta mig.

Hon suckade, men skakade också på huvudet. "Vi behöver honom levande", sa hon, och faen rynkade pannan.

"Vilken information skulle denna usla varelse möjligen kunna ha som vi skulle vilja ha?"

"Det får vi inte veta om vi inte frågar", svarade ängeln lugnt, och jag drog en liten suck av lättnad.

Dags att försöka prata mig ur den här knipan.

Ängelns namn var tydligen Careena, och faen hette Alyster. De lät mig så småningom resa mig, även om Alyster aldrig tog sin hand från svärdsfästet. Trollboken låg i mitten av vår lilla cirkel när vi satt och pratade.

"Jag spårade boken till häxcirkelns lya, men jag kunde inte komma tillräckligt nära på egen hand. När du bara valsade in och snodde den rakt framför näsan på dem, och ni två sedan slogs – då såg jag min chans och jag tog den, och jag ångrar det inte. Jag behöver den där boken. Jag måste bryta den här förbannelsen en gång för alla, så att jag kan bli fri."

Orden hängde i luften mellan oss, en desperat vädjan.

Alyster fnös skeptiskt, men Careenas midnattsvarta ögon borrade sig in i mina och letade efter minsta tecken på svek. Tystnaden sträckte ut sig mellan oss, tung av min bekännelses vikt.

"Du menar alltså att den här trollboken, denna uråldriga volym av mörk magi, är det enda sättet att bryta din förbannelse?"

Jag nickade, och mitt hjärta bultade mot bröstkorgen. "Det är från den här boken som trollformeln kom som förvandlade mig till vad jag är. Jag skulle känna igen den var som helst, jag har känt dess mörka magi i århundraden."

Hon studerade mig ett långt ögonblick och kisade med ögonen. "Och vad händer om du misslyckas? Vad händer om bokens magi uppslukar dig istället?"

Jag skrattade bittert. "Då kommer jag inte ha det sämre än jag har det nu. En evighet av skiftande, av att aldrig vara helt människa eller helt djur. Av att aldrig höra hemma någonstans."

Careenas uttryck mjuknade, ett skimmer av medkänsla i hennes blick. "Jag förstår tyngden av att inte höra hemma. Men den här boken, Rafail ... den är farlig. Häxcirkeln använde den för mörka ritualer, för att kalla på demoner. Vi kan inte låta den sortens makt falla i fel händer."

"Jag vet." Jag lutade mig fram, min röst låg och enträgen. "Men i rätt händer skulle den kunna göra så mycket gott. Den skulle kunna befria mig från den här förbannelsen."

Hennes panna veckades medan hon övervägde mina ord. "Och du tror att dina händer är de rätta?"

Jag mötte hennes blick utan att blinka. "Jag måste försöka. Jag kan inte fortsätta leva så här. Och kanske skulle jag kunna hjälpa andra."

Alysters läppar kröktes i ett hånleende. "Hjälpa? Din sort hjälper bara sig själva. Ge mig en bra anledning till varför jag inte borde göra slut på dig just nu."

Careena vände sig om och blängde på honom. "Alyster, vänta." Hennes röst var fast, befallande. "Han har ett tidigare anspråk. Och vad säger att vi inte kan använda boken för att bryta hans förbannelse, och sedan avgöra vem som får den i sin ägo, drottningen eller rådet?"

Faeriddarens blick for till henne, sedan tillbaka till mig. "Tala, hamnskiftare. Och välj dina ord med omsorg. Ditt liv hänger på det."

Jag tog ett djupt andetag, och tankarna rusade i mitt huvud. Jag var tvungen att övertyga dem, att få dem att inse att jag var mer än bara en hamnskiftare, mer än förbannelsen som hade definierat mitt liv så länge.

"Häxcirkeln", började jag, min röst stadig trots rädslan som vibrerade i mina ådror. "Jag har sett vad de kan göra med bokens magi. Ritualerna, demonerna de kallar på. Det handlar inte bara om att kontrollera hamnskiftare. Det handlar om något mycket, mycket värre."

Careenas ögon vidgades, hennes uttryck var allvarligt. "Fortsätt", manade hon.

Jag slickade mig om läpparna och samlade mina tankar. "De planerar något stort. Något som skulle kunna hota hela världen, hela tingens naturliga ordning. Och jag tror att nyckeln till att stoppa dem ligger i bokens ursprung. I den uråldriga magin som skapade den."

Alysters panna veckades, ett skimmer av intresse i hans ögon. "Och du känner till denna uråldriga magi?"

Jag tvekade och vägde mina ord noggrant. "Bara en trollformel från den gjorde det här med mig. Jag vet tillräckligt för att veta att den är farlig. Att den är knuten till något ännu äldre, ännu mäktigare. Något som häxcirkeln försöker släppa lös."

Careena och Alyster utbytte en blick, en tyst kommunikation passerade mellan dem. Jag höll andan och väntade på deras dom.

Till slut vände sig Careena tillbaka till mig, hennes uttryck beslutsamt. "Berätta allt du vet, Rafail. Varje detalj, oavsett hur liten. Vi måste stoppa häxcirkeln innan det är för sent."

Jag nickade och kände en våg av lättnad skölja över mig. Jag hade köpt mig lite tid, hade övertygat dem att lyssna på mig.

Nu var jag bara tvungen att hoppas att informationen jag hade skulle vara tillräcklig för att hålla mig vid liv.

Jag tog ett djupt andetag och samlade mina tankar. "Ritualerna jag bevittnade när jag spionerade på häxcirkeln liknade inget jag någonsin sett förut. De använde boken för att kanalisera mörk energi, för att kalla på varelser från andra världar. Luften själv verkade pulsera av illvilja, och häxcirkelns medlemmar mässade på ett språk jag inte kunde förstå." Jag tittade på boken som låg på marken mellan oss. "Fornegyptiska, kanske." Jag pekade på boken. "Den är skriven med hieroglyfer."

Alyster lutade sig fram, hans ögon intensiva. "Vilken sorts varelser?"

Jag ryste vid minnet. "Demoner, eller något liknande. Deras former var förvridna och onaturliga, och deras ögon glödde av en hunger som fick blodet att isa sig i ådrorna. Häxcirkeln verkade ha ett visst mått av kontroll över dem, men den var i bästa fall bräcklig."

Careenas ansikte var bistert. "Vi har redan stött på en – en helveteshund. Vad tror du häxcirkeln planerar?"

Jag tvekade, tyngden av mina nästa ord låg tung på min tunga. "Jag tror att de försöker föra igenom något. Något uråldrigt och mäktigt, något som aldrig var menat att vandra på denna jord. Och jag tror att de tror att boken är nyckeln till att få det att hända."

Alysters hand hårdnade om svärdsfästet. "Det kan vi inte låta hända. Vad det än är, kan det innebära slutet på allt vi känner till."

Jag nickade, och mitt hjärta rusade. "Jag håller med. Men jag tror inte att häxcirkeln helt förstår vad de har att göra med. De mixtrar med krafter bortom deras kontroll, och konsekvenserna kan bli katastrofala."

Careenas ögon mötte mina, ett skimmer av förståelse passerade mellan oss. "Rafail, du har med egna ögon sett de fasor som häxcirkeln är kapabel till. Du vet vilken fara de utgör, inte bara för sig själva, utan för alla. Vi måste stoppa dem."

Jag svalde tungt när ansvarets tyngd lade sig på mina axlar. "Jag vet. Men det kommer inte att bli lätt. De är mäktiga, och även om vi har boken nu, har de redan frammanat demoner. De kanske inte behöver boken längre."

"Jag tror att de behöver det", invände Careena. "De blev rasande när de upptäckte att den var borta, och skickade helveteshunden efter oss. Jag tror att de fortfarande behöver boken för att slutföra ... vad det nu är de planerar. Men demonerna de redan har fört igenom är illa nog."

Alysters käke spändes. "Vi måste stoppa dem", sa han, och orden verkade komma motvilligt från hans mun.

Jag tittade på Careena, och en plötslig insikt grydde inom mig. "Careena, du är en ängel. Du har en unik kraft, en koppling till det gudomliga som vi andra inte har. Kanske är det nyckeln till att stoppa det här."

Hon rynkade pannan, och osäkerhet grumlade hennes drag. "Jag är inte säker på vad jag kan göra. Jag är inte den ängel jag en gång var. Jag är en fallen ängel."

Jag skakade på huvudet. "Det spelar ingen roll. Det som spelar roll är att du är här, nu, och att du har en chans att göra skillnad. Det har vi alla. Vi skulle kunna rädda otaliga liv, skydda de oskyldiga från den ondska som försöker bryta sig igenom."

Jag såg ett skimmer av beslutsamhet i hennes ögon. "Du har rätt. Jag må ha fallit, men jag har fortfarande en plikt att skydda dem som inte kan skydda sig själva. Och om det innebär att möta häxcirkeln och vad de än försöker släppa lös, så är det vad jag kommer att göra."

Alyster nickade, ett vilt ljus i hans ögon. "Vi är med dig, Careena. Vad som än krävs."

Jag kände en våg av hopp, en känsla av att vi kanske, bara kanske, hade en chans. Det skulle inte bli lätt, och farorna var ofattbara. Men med Careenas änglakraft, Alysters styrka och min kunskap om häxcirkelns planer hade vi en ärlig chans.

Och det var tillräckligt för mig.

Jag tog ett djupt andetag, medveten om att jag var tvungen att berätta allt jag visste, allt jag hade lärt mig om boken under århundraden av sökande. "Det finns något mer ni behöver veta om trollboken", sa jag med låg och enträgen röst.

Careena lutade sig närmare, hennes mörka ögon fästa vid mina. "Vad är det, Rafail?"

"Boken ... den är inte bara en samling trollformler och besvärjelser. Den är uråldrig, mycket äldre än någon inser. Den är egyptisk, inser jag nu."

Jag kunde se ett skimmer av fascination i Careenas ögon, kunskapstörsten som alltid hade drivit henne. "Fortsätt", manade hon.

"Boken sägs innehålla gudarnas egna hemligheter, kraften att manipulera själva verklighetens väv. Men den kraften har ett fruktansvärt pris."

Alyster rynkade pannan och lade handen på svärds-fästet. "Vilken sorts pris?"

Jag tvekade, sanningens tyngd låg tung på min tunga. "Boken ... den är inte bara ett verktyg. Den är ett kärl, en kanal för något mycket mer ondskefullt. Det finns ett väsen bundet inom dess sidor, en uråldrig och illvillig kraft som försöker bryta sig fri."

Careenas ögon vidgades, och en aning av rädsla blandades med beslutsamheten i hennes blick. "Vilken sorts väsen?"

Jag skakade på huvudet och mitt hjärta rusade. "Jag vet inte säkert. Men jag har hört viskningar, fragment av uråldrig lärdom. De talar om ett väsen med oerhörd makt, en varelse som livnär sig på kaos och förstörelse. Och om häxcirkeln lyckas släppa lös den ..."

"Kanske en av de forntida egyptiska gudarna", sa Alyster mjukt och namngav min mörkaste rädsla.

Careena ryste till, och hennes vingar prasslade högljutt. "De blev bortbundna för årtusenden sedan", sa hon, men jag kunde höra osäkerheten i hennes röst.

"Bortbundna hur?" frågade Alyster, och alla tre tittade vi på boken.

"Jag vet inte", viskade Careena, och plötsligt verkade hon väldigt ung.

"Hur gammal är du egentligen?" Jag är inte ens säker på vad som fick mig att ställa frågan. Både Alyster och jag underordnade oss henne något, nästan automatiskt. De där änglavingarna, och hennes himmelska aura, gav henne en auktoritär utstrålning, men hon verkade vara ute på djupt vatten. Vilket var mer än lite skrämmande, ärligt talat. Om en ängel kände sig vara ute på djupt vatten ...

"Jag är femtiotre." Hon rätade stolt på ryggen och stack näsan i vädret.

Alyster och jag tittade på varandra. Jag hade redan berättat för dem att jag var över 700 år gammal, och jag såg frågande på honom.

"Lite över tusen år", sa Alyster, och vi båda drog efter andan i bekymrade pustar och såg tillbaka på Careena.

Var vi verkligen beredda att låta någon som var föga mer än ett barn jämfört med oss leda oss i det här?

Kapitel elva

Careena

Jag stirrade på boken som låg på marken mellan oss, och Rafails avslöjanden ekade i mitt sinne. Våndan i hans röst, desperationen i hans ögon – det förföljde mig. En förbannelse orsakad av just den trollbok jag hade fått i uppdrag att hämta.

"Careena?" Rafails röst bröt igenom mina tankar. "Vad tänker du på?"

Jag mötte hans blick och såg hoppet och rädslan som blandades där. "Jag tror dig, angående förbannelsen. Och jag tycker ... jag tycker att du har rätt att använda boken för att häva den."

"Verkligen?" Hans ögon vidgades. "Men Aurelius då? Faedrottningen?"

Jag suckade tungt och stirrade ner på mina händer. Tyngden av mina förpliktelser pressade ner mig.

"Jag vet inte. Att trotsa dem ... det kommer att få konsekvenser." Jag såg upp på Rafail igen. "Men hur kan jag ignorera ditt lidande? Du var bokens första offer. Att hjälpa dig att häva förbannelsen känns som det rätta att göra."

Rafail sträckte ut handen och grep tag i min. Hans beröring var varm och tröstande. "Tack, Careena. Din medkänsla ... den betyder allt för mig."

Jag klämde hans hand och gav honom ett litet leende. Men inom mig rasade en storm. Vägen framåt var oklar, fylld av risker oavsett vilken riktning jag valde.

Leverera boken som befallt och överge Rafail åt hans förbannade öde? Eller prioritera att rätta till den oförrätt som begåtts mot honom, och möta vreden från dem jag svurit mig till?

Mitt hjärta värkte av obeslutsamhet. Frestelsen att klamra mig fast vid reglerna, den hierarki jag alltid känt till, drog i mig. Men en starkare kraft tvingade mig att handla enligt mitt samvete.

Jag slöt ögonen och drog in ett djupt andetag. När jag öppnade dem igen hade en beslutsamhet växt sig stark inom mig. Jag kunde inte – och tänkte inte – låta Rafail lida. Även om det innebar att trotsa Aurelius och faedrottningen. Även om det förändrade mitt eget ödes väg.

Jag mötte Rafails blick än en gång, med mitt val gjort. "Vi ska komma på hur vi häver din förbannelse. Tillsammans. Kosta vad det kosta vill."

"Jaså, ska vi det!" sa Alyster indignerat. "Har inte jag något att säga till om i det här?"

Jag vände mig mot Alyster, min övertygelse orubblig trots hans invändning. "Alyster, du vet lika väl som jag att varken Aurelius eller faedrottningen skulle lyfta ett finger för att hjälpa Rafail. De bryr sig bara om trollboken, inte om de liv den har förstört."

Alysters silverögon blixtrade av frustration. "Och du tycker att vi bara ska gå emot deras order? Riskera deras vrede?" Han skakade på huvudet. "Careena, jag förstår din sympati för Rafail, men vi har en plikt att uppfylla."

Jag stod på mig. "Vår sanna plikt är att skydda de oskyldiga och rätta till de oförrätter som den där förbannade boken har orsakat. Rafail är ett offer, inte en skurk."

Alyster gick fram och tillbaka med rynkad panna. Jag kunde se konflikten utspela sig i hans inre. Till slut stannade han och suckade tungt. "Tror du verkligen på hans ärlighet? Att han inte bara manipulerar oss för egen vinning?"

Jag nickade utan att tveka. "Det gör jag. Min intuition har aldrig svikit mig. Rafails berättelse känns sann. Vi måste fokusera på att stoppa demonerna först. Leveransen av trollboken kan vänta."

Alysters panna rynkades och en gnutta tvekan syntes i hans blick. "Men våra skyldigheter gentemot Aurelius och faedrottningen då?"

Jag tog ett steg närmare med stadig och övertygande röst. "Tänk efter, Alyster. Demonerna är ett omedelbart hot mot oskyldiga liv. Om vi inte agerar nu kan otaliga människor få lida. Är det något du är villig att riskera?"

Han tittade bort och spände käkarna medan han övervägde mina ord. Jag fortsatte och vädjade till hans pliktkänsla. "Du är en skicklig krigare, Alyster. Din styrka och dina förmågor kan göra hela skillnaden i den här striden. Vi har en chans att skydda de oskyldiga, att göra en verklig skillnad. Är det inte det som verkligen betyder något?"

Alysters hand smekte långsamt svärdsfästet vid hans höft. Svärdet jag hade skapat av himmelsk magi, som bara skulle lyda hans hand, och som mycket väl kunde visa sig vara vårt bästa vapen mot demonerna. Vi behövde honom.

"Det finns alltid val, Alyster. Det är upp till oss att göra de rätta", sa jag mjukt.

Alyster studerade mig ett långt ögonblick och sneglade sedan på Rafail. Något i min orubbliga övertygelse måste ha påverkat honom. "Okej", sa han till slut. "Vi prioriterar att häva förbannelsen och stoppa demonerna. Men om det här slår tillbaka är det ditt ansvar."

Lättnaden sköljde över mig. "Tack, Alyster. Jag vet att det inte är ett lätt beslut."

Rafail lutade sig framåt, hans ögon lyste av tacksamhet. "Jag vet inte hur jag ska kunna tacka er båda. Jag trodde aldrig att någon skulle tro mig, än mindre riskera så mycket för att hjälpa mig att häva min förbannelse."

Jag lade en hand på hans axel. "Alla förtjänar en chans till upprättelse. Vi ska hitta ett sätt att ställa det här till rätta. Och på tal om förbannelsen så tror jag att jag kanske kan hjälpa till med den. Som ängel har jag en medfödd förmåga att förstå alla mänskliga språk, inklusive forntida hieroglyfer."

Rafails ögon vidgades, och en gnutta hopp tändes i dem. "Kan du läsa hieroglyferna i trollboken?"

Jag nickade med ett litet leende på läpparna. "Ja, det är en av förmånerna med att vara en ängel, även en fallen sådan."

Rafails axlar sjönk av lättnad, och en tyngd verkade lyftas från hans väsen. "Det är otroligt, Careena. Med din förmåga att läsa trollboken och våra gemensamma färdigheter kanske vi faktiskt har en chans att häva den här förbannelsen och stoppa demonerna för gott."

När solen började sjunka under horisonten och kastade ett eteriskt sken över landskapet bestämde vi oss för att hitta en säker plats att slå läger för natten. Alyster ledde oss till en avskild glänta, skyddad av höga träd och dold för nyfikna blickar. Det mjuka prasslet från löven och det milda porlandet från en närliggande bäck skapade en rogivande atmosfär, en kort frist från det kaos som omgav oss.

Vi slog oss ner och samlade ihop nedfallna grenar för att göra upp en liten eld. När lågorna fladdrade till liv och kastade dansande skuggor över våra ansikten, kurade vi ihop oss runt dess värme och diskuterade vårt nästa drag.

"Vi måste bestämma vem som ska ha hand om trollboken", sa Alyster, och hans silverögon reflekterade eldskenet. "Det är en mäktig artefakt, och vi kan inte riskera att den hamnar i orätta händer."

Rafails blick flackade mellan Alyster och mig med rynkade ögonbryn. "Jag tycker att jag borde behålla den. Det är trots allt nyckeln till att häva min förbannelse."

Alyster skakade på huvudet med bestämd röst. "Nej, jag kan inte anförtro den åt dig. Vad vi vet kan du använda den för egen vinning."

Rafail fnös och hans ögon smalnade. "Och du tror att jag litar på dig, fae? Du har din egen agenda, och jag tvivlar på att den överensstämmer med vår. Du skulle kunna försvinna mitt i natten, korsa gränsen till faeriket, och vi skulle aldrig se dig igen!"

Jag höll upp händerna och avbröt deras käbbel. "Nu räcker det, båda två. Vi är i det här tillsammans, och vi måste lita på varandra om vi ska kunna lyckas."

De tystnade, och deras blickar vändes mot mig. Jag tog ett djupt andetag och höll rösten lugn medan jag försökte övertyga dem med logik. "Jag föreslår att jag behåller trollboken. Ingen av er litar på den andre, men jag tror att ni båda litar på att jag inte kommer att överge vårt uppdrag eller använda trollboken för mina egna syften."

Alyster och Rafail utbytte en blick, ett tyst samtal passerade mellan dem. Efter ett ögonblick nickade de båda motvilligt.

"Okej", sa Rafail med barsk röst. "Jag litar på dig, Careena. Men om något händer med den där trollboken ..."

Jag mötte hans blick orubbligt. "Jag ger dig mitt ord, Rafail. Jag kommer att vakta den med mitt liv och bara använda den för att hjälpa till att häva din förbannelse och stoppa demonerna."

Alyster suckade och hans axlar slappnade av något. "Jag håller med. Hon är den mest pålitliga av oss, och jag tror att hon kommer att hålla sitt ord." Han såg ner och krafsade i jorden med spetsen av ett långt finger. "Jag ska vara ärlig ... jag vill inte bära den. Jag kan känna den mörka magin som strålar från den, hur den försöker fördärva mig. Jag tror att en ängel är mindre sårbar för den."

Rafail nickade, och jag svalde en plötslig nervös klump i halsen. Det hade inte ens slagit mig att bokens mörka magi kunde vara en fara även utan att använda den. Precis som Alyster kunde jag känna den, mörk och klibbig. När jag lade den åt sidan fanns dock ingen av den mörka, klibbiga känslan kvar ... vilket förhoppningsvis innebar att fördärvet inte kunde fästa vid mig. Jag kunde bara hoppas att min himmelska natur skulle skydda mig från den.

När natten blev djupare kom vi överens om att turas om att hålla vakt. Den sprakande elden kastade dansande skuggor över den lilla gläntan vi hade valt som läger. Alyster tog första vakten, och hans skarpa faesinnen var vaksamma på alla tecken på fara.

Jag låg på min sovsäck och mina tankar malde av de senaste dagarnas händelser. Tyngden av trollboken i min packning tycktes bli tyngre för varje ögonblick som gick, en ständig påminnelse om uppgiften som låg framför mig.

Precis när jag höll på att somna hörde jag det svaga prasslet av fotsteg som närmade sig. Mina ögon fladdrade upp och jag såg Rafail sätta sig ner bredvid mig med ett tankfullt uttryck.

"Kan du inte sova?" frågade jag med en röst som knappt var mer än en viskning.

Han skakade på huvudet, med blicken fäst på de fladdrande lågorna. "Jag har tänkt på dig, Careena. Hur kunde en ängel som du falla från nåden?"

Jag satte mig upp och drog knäna mot bröstet. Frågan överraskade mig, men det fanns en uppriktighet i Rafails ögon som tvingade mig att svara.

"Det är en lång historia", började jag. "Jag var alltid nyfiken, ifrågasatte alltid reglerna och hur saker och ting gjordes i himlen. Jag sökte kunskap och förståelse, men ärkeänglarnas råd såg det som trots."

Rafail lyssnade uppmärksamt med rynkad panna. "Men du verkar vara idealet för hur en ängel borde vara – snäll, omtänksam och medkännande. Hur kunde de kasta ut dig för det?"

Jag log sorgset och mina fingrar ritade mönster i smutsen. "Himlarna har sina egna lagar, Rafail. Lagar som jag inte kunde låta bli att ifrågasätta. Och så blev jag förvisad, sänd till de dödligas rike för att bevisa mig värdig återlösning."

Rafail sträckte ut handen och lade den försiktigt på min arm. Värmen från hans beröring sände en rysning längs min ryggrad, och jag fann mig själv luta mig mot hans tröst.

"Du förtjänade inte det, Careena", sa han mjukt, och hans ögon bar på ett djup av förståelse som förvånade mig. "Du har ett gott hjärta, och det är det som betyder mest."

Jag kände en våg av tacksamhet skölja över mig, och för ett ögonblick tycktes tyngden av mitt fall lätta. I Rafails närvaro fann jag en gnutta hopp, en känsla av att min väg kanske inte var så ensam som jag hade trott.

Rafails skratt bröt igenom mina grubblerier och skrämde mig. Jag vände mig mot honom med rynkade bryn i förvirring.

"Nyfikenhet, en synd?" fnissade han och skakade på huvudet. "Om det är vad himlen anser vara ett brott, då tror jag inte att jag vill dit i alla fall."

Jag stirrade på honom, chockad av hans vanvördiga attityd. Ingen hade någonsin talat så nonchalant om himlarna i min närvaro förut. Det var både oroande och märkligt befriande.

"Du förstår inte", började jag med tveksam röst. "Himmelens lagar är absoluta. Att ifrågasätta dem är att bjuda in kaos, att rubba själva den himmelska ordningens väv."

Rafail lutade sig tillbaka, hans ögon glittrade av rackartyg. "Men är det inte det som gör livet intressant? Förmågan att ifrågasätta, att utforska, att upptäcka nya saker?"

Jag öppnade munnen för att argumentera, men fann mig svarslös. På ett sätt hade han rätt. Min nyfikenhet hade alltid varit en drivkraft, en hunger efter kunskap som aldrig helt kunde stillas.

"Jag ... jag vet inte", erkände jag och sänkte blicken mot marken. "Allt jag vet är att mitt ifrågasättande ledde till mitt fall, och nu måste jag hitta ett sätt att återlösa mig själv."

Rafails uttryck mjuknade och han sträckte ut handen för att lyfta min haka och tvingade mig att möta hans blick. "Careena, du behöver inte återlösa dig själv inför någon. Du är här, med oss, och kämpar för att skydda de oskyldiga. Det är det som betyder något."

Hans ord slog an en sträng inom mig och genljöd med en sanning jag hade varit för rädd för att erkänna. Kanske hade mitt fall inte varit ett straff, utan en möjlighet. En chans att skapa min egen väg, att finna ett syfte bortom den himmelska sfärens gränser.

Ett leende ryckte i mina mungipor, en främmande känsla som kändes både upprymmande och skrämmande. "Du vet, Rafail, jag börjar undra om jag ens vill tillbaka", erkände jag med en röst som knappt var mer än en viskning. "Men jag har ingen aning om vad jag skulle göra annars. Att vara en ängel är det enda jag vet hur man är."

Rafails ögon vidgades något, överraskad av mitt medgivande. Han lutade sig närmare och hans röst antog en konspiratorisk ton. "Brukar änglar någonsin bara lämna? Du vet, gå ifrån allt och börja ett nytt liv?"

Jag skakade på huvudet och rynkade pannan när jag övervägde hans fråga. "Jag ... jag vet inte. Det är inte något man talar om. Vi lär oss att vårt syfte är att tjäna, att följa det gudomligas vilja."

Rafail fnissade mjukt och hans hand strök bort en förirrad hårslinga från mitt ansikte. "Tja, kanske är det dags för dig att skriva dina egna regler. Du har redan bevisat att du inte är rädd för att ifrågasätta auktoriteter, att stå upp för det du tror på."

Jag kände en värme sprida sig i bröstet, en gnutta hopp om att det kanske fanns mer i min existens än den smala stig jag hade tvingats följa. "Kanske har du rätt", mumlade jag och min blick mötte hans. "Kanske är det dags för mig att upptäcka vem jag verkligen är, bortom etiketterna och förväntningarna."

Rafail log, ett äkta uttryck som lyste upp hans ansikte. "Och vad du än bestämmer dig för, Careena, så ska du veta att du inte kommer att vara ensam. Du har vänner som kommer att stå vid din sida, vad som än händer."

Vänner? Jag stirrade på honom, och en plötslig värme svällde i mitt bröst. Jag hade aldrig haft en vän förut. Men jo ... jag började betrakta både Rafail och Alyster som mina vänner. Jag nickade och en känsla av tacksamhet sköljde över mig. "Tack, Rafail. Det betyder mer för mig än du någonsin kan ana."

Han klämde försiktigt min axel innan han reste sig upp. "Okej, det är dags för mig att ta över vakten. Du borde försöka vila lite. Vi har en lång resa framför oss."

Jag nickade och sträckte instinktivt på vingarna när jag förberedde mig på att slå mig till ro för natten. "Du har rätt. Väck mig om något händer, okej?"

Rafail nickade, hans ögon skannade redan omgivningen efter tecken på problem. "Det ska jag. Sov gott, Careena."

När jag lade mig ner igen för att försöka sova kunde jag inte låta bli att låta tankarna vandra till de potentiella konsekvenserna av vårt beslut. Att trotsa Aurelius och drottning Maeve var ingen liten sak. De besatt båda enorm makt och inflytande, och jag visste att de inte skulle se med blida ögon på att jag prioriterade Rafails situation framför deras krav.

Jag blickade upp mot den stjärnbeströdda himlen, med vingarna hopvikta bakom mig. Tyngden av mina val tycktes pressa ner mina axlar. Tänk om Aurelius berövade mig min änglastatus permanent? Tänk om drottning Maeve släppte lös sin vrede över oss alla?

Men även när dessa rädslor virvlade i mitt sinne, hårdnade en beslutsamhet inom mig. Jag kunde inte stå passivt och se på medan oskyldiga liv stod på spel. Demonerna som häxcirkeln hade frammanat utgjorde ett mycket större hot än några personliga konsekvenser jag kunde drabbas av.

Jag tänkte på de människor som kunde räddas om vi lyckades stoppa demonerna. Familjerna som skulle besparas förlustens plåga, samhällena som skulle skyddas från förstörelse. I det stora hela, var det inte värt vilket pris jag än kunde behöva betala?

Jag kunde inte låta bli att förundras över ödets märkliga vändningar som hade fört mig till detta ögonblick, allierad med en hamnskiftare och en fae mot en gemensam fiende.

Mina tankar vandrade till Aurelius, den stränge övervakaren som hade fått i uppdrag att föra mig tillbaka till det himmelska riket. Jag undrade vad han skulle tycka om mina handlingar, om de val jag hade gjort. Skulle han förstå min önskan att skydda de oskyldiga, att rätta till de oförrätter som hade släppts lös över denna värld?

När jag till slut hann ikapp Aurelius skulle jag ha ett långt och ärligt samtal med honom. Jag skulle ställa de frågor som hade bränt inom mig så länge, de tvivel och osäkerheter som hade plågat mitt sinne sedan mitt fall från nåden.

Det fanns så mycket jag inte visste, så mycket jag behövde förstå om min egen natur och änglaskarans sanna syfte. Men för tillfället var jag tvungen att fokusera på uppgiften framför mig, på att stoppa demonerna och hjälpa Rafail att häva sin förbannelse.

Jag slöt ögonen och lät den svala nattbrisen smeka mitt ansikte. Jag hade fattat mitt beslut, och jag skulle fullfölja det, oavsett vilka utmaningar som väntade. Jag var en ängel, fallen eller ej, och mitt syfte var att tjäna och skydda.

När jag somnade sände jag en tyst bön till himlarna och bad om vägledning och styrka i de strider som skulle komma. Jag visste att den väg jag hade valt var fylld av faror och osäkerhet, men jag visste också i mitt hjärta att det var den rätta.

KAPITEL TOLV

ALYSTER

MÅNEN HÄNGDE LÅGT PÅ himlen och kastade ett blekt sken över skogen. Jag satt på en fallen trädstam i kanten av vårt läger och lät blicken svepa över skuggorna mellan träden. Faedrottningens ord ekade i mitt huvud medan jag höll vakt.

"Trollboken har stulits från vårt rike av en listig tjuv, och jag fruktar konsekvenserna om den skulle hamna i orätta händer."

Jag rynkade pannan och vände och vred på hennes ord i huvudet. Hon hade inte specificerat exakt när trollboken hade stulits, och inte heller hur drottningen hade kommit att inneha en så mäktig artefakt från första början. Boken sades innehålla magi så uråldrig och potent att den kunde omforma riken. Den måste säkerligen ha hållits gömd i århundraden, inte stått framme på en hylla i Maeves gemak. Exakt när hade hon kommit i besittning av den?

Ju mer jag tänkte på det, desto fler frågor dök upp. Jag drog manteln tätare om mig och undertryckte en rysning som hade föga att göra med nattens kyla. Något stämde inte här. Men vilket val hade jag? Jag hade svurit att tjäna min drottning, bunden av eder äldre än träden omkring mig.

Jag kastade en blick på mina följeslagare som satt hopkurade kring den döende glöden från vår eld. Rafail och Careena – en tjuv och en fallen ängel, båda så olika mig, men ändå nu bundna till mig i detta uppdrag. Rafails motiv var lätta att förstå, åtminstone om han talade sanning, men Careena verkade säker på att han gjorde det och jag fann mig själv lita på hennes omdöme. Misstänkte Careena att något var lurt? Eller följde hon bara order, precis som jag?

Minnen blixtrade objudet förbi i mitt sinne – otaliga audienser i drottningens gemak, hennes lysande ansikte känslolöst när hon utfärdade order eller delade ut bestraffningar. Jag hade med egna ögon sett hur hon utövade sin makt, subtil som en snara av silke. Den minsta höjning av ett ögonbryn, krusningen på hennes läppar, kunde upphöja eller förgöra den mäktigaste av fae. Och hon var känd för att statuera exempel av dem som hade vågat trotsa henne.

Jag hade alltid accepterat hennes grymheter som en del av hennes rätt; vad faerikets härskare behövde göra för att behålla makten. Vem var jag, en simpel riddare, att ifrågasätta hennes styre? Men nu, med trollboken i spel, fick viskningarna om att drottningen njöt av sin makt mer än hon borde en mer olycksbådande ton.

Jag hade inga bevis, bara en magkänsla som vred sig som ormar i magen. Om drottningen var i besittning av boken, vad hade hon för avsikt att göra med den? Så mycket makt i hennes händer ... Tanken fick blodet att isa sig i mina ådror.

Jag slöt ögonen och andades in den friska nattluften. Jag var tvungen att hålla mina misstankar dolda. För tillfället skulle jag spela min roll i detta uppdrag. Iaktta och vänta och samla de ledtrådar jag kunde. Om det fanns något djupare och mörkare i görningen här, var jag tvungen att avslöja det. För rikenas skull, och kanske för min egen själs. Priset för att misslyckas med mitt uppdrag skulle vara mitt liv, men kostnaden för framgång kunde vara alltför hög att ens begrunda.

Med en suck lutade jag mig tillbaka mot trädstammen med handen vilande på svärdsfästet. Ofrivilligt ryckte mungiporna uppåt i ett leende när jag smekte fästet. Det kändes fortfarande likadant som min gamla dolk, bekant i min hand, men ändå helt annorlunda också; den mäktiga himmelska magin som nu genomsyrade klingan omgav mig med en känsla av värme och välbefinnande varje gång jag rörde vid det.

Jag undrar om det känns så här hela tiden, att vara en ängel?

Min blick gled över vårt lilla läger till där Careena och Rafail satt hopkurade vid elden. Lågorna dansade i Careenas midnattsögon när hon uppmärksamt lyssnade på något som hamnskiftaren sa. Ett leende lekte i hennes mungipa.

Jag rynkade pannan medan en obekant åtstramning grep tag i mitt bröst. När hade de blivit så nära? En förståelse tycktes flöda mellan dem, outtalad men ändå påtaglig.

Rafail sa något då, för lågt för att jag skulle uppfatta det, och Careena kastade huvudet bakåt i ett skratt. Ljudet var musikaliskt, trollbindande. Jag hade aldrig hört henne skratta så förut. Ett hugg av något hett och vasst genomborrade mig. Svartsjuka?

Jag skakade på huvudet. Jag hade inget anspråk på den fallna ängelns gunst. Hon var lika gåtfull som månen. Och ändå kunde jag inte förneka den dragningskraft jag kände till henne, som en nattfjäril dragen till en låga.

Men vilken låga brann mellan henne och Rafail? Trots hamnskiftarens skälmaktiga charm anade jag ett mörker i honom, ett djupt sår som aldrig hade läkt helt. Såg Careena det också? Hoppades hon på att vara den som kunde lindra den smärtan?

Jag slet bort blicken och fokuserade istället på skuggorna som dansade mellan träden. Jag hade ingen rätt att spekulera eller snoka. Careenas val var hennes egna. Liksom Rafails. Men jag kunde inte kväva nyfikenheten som gnagde i mig, undrande vilka hemligheter de delade som jag inte var invigd i. Undrande varför den tanken lämnade en bitter smak i munnen.

Jag suckade och vände mina tankar inåt igen. Trollboken tyngde mitt sinne, dess uråldriga sidor viskade om makt och kunskap bortom mitt förstånd. Faedrottningen hade gett mig i uppdrag att hämta den och lovat ära och gunst i gengäld. Men när jag satt där och såg på samspelet mellan Careena och Rafail, började tvivel smyga sig på som dimslingor.

Varför åtrådde drottningen boken så innerligt? Vilka hemligheter innehöll den som hon försökte bemäktiga sig? Jag hade alltid varit hennes lojala tjänare, orubblig i min hängivenhet. Men nu hade ett frö av osäkerhet slagit rot, och det växte för varje ögonblick som gick.

Kanske fanns det mer med detta uppdrag än vad man kunde se vid första anblicken. Drottningens motiv var lika ogenomträngliga som de mörka vattnen i faeriket. Jag hade alltid antagit att hennes avsikter var rena, men tänk om jag hade haft fel? Tänk om trollboken inte bara innehöll makt, utan också fara?

Mina egna begär kändes grumliga, intrasslade i plikt och ambition. Jag hade sökt drottningens gunst så länge och strävat efter att bevisa mitt värde. Men till vilket pris? Följde jag blint en stig som lagts ut för mig, utan att tänka på vart den kunde leda?

Careenas ord från tidigare ekade i mitt sinne. "Det finns alltid val, Alyster. Det är upp till oss att göra de rätta."

Men vad var det rätta valet? Att konfrontera Careena och Rafail med mina misstankar och riskera deras tillit och vår sköra allians? Eller att hålla mina tvivel för mig själv, begrava dem djupt och fortsätta som om ingenting hade hänt?

Jag hade inga svar. Allt jag visste var att vägen framför mig var höljd i osäkerhet, och jag kunde inte längre vandra den med samma blinda tro som jag en gång hade haft. Förändring var på väg, vare sig jag ville det eller inte. Och jag skulle bli tvungen att bestämma var jag stod när den kom.

Ljudet av fotsteg drog mig ur mina tankar. Rafail, som närmade sig för att ta över vakten. Jag rätade på mig och min hand slöt sig instinktivt hårdare om svärdsfästet.

"Försjunken i tankar, faeriddare?" Rafails röst hade en antydan till hån. "Försiktigt, det kan vara farligt här ute."

Jag mötte hans blick med ett snett leende på läpparna. "Fara är relativt. Jag finner det ganska stimulerande."

Rafail fnös. "Sagt som någon som aldrig riktigt har mött den."

Jag höjde ett ögonbryn och skrattade inombords. Om han bara hade sett de fasor jag hade mött under det senaste årtusendet! "Och det har du?"

"Mer än du anar." Det fanns en skärpa i hans ord, en glimt av något rått under kaxigheten.

Jag studerade honom, nyfiken trots mig själv. "Kanske har vi mer gemensamt än jag trodde."

Rafails ögon smalnade. "Det tvivlar jag på. Ni faetyper, tror alltid att ni står över oss andra."

"En vanlig missuppfattning." Jag lutade mig tillbaka och strävade efter att behålla en avspänd attityd. "Vi har helt enkelt ett annat perspektiv."

"Visst. Från era höga och mäktiga troner."

Jag småskrattade. "Du misstar position för perspektiv, min vän. Utsikten från marken kan vara lika upplysande som den från toppen."

Rafail hånlog. "Vän? Det var magstarkt, att höra det från dig."

"Är det?" Jag lade huvudet på sned. "Jag trodde vi alla var på samma sida här."

"Sidor kan bytas." Rafails blick var utmanande. "Särskilt när hemligheter är inblandade."

Jag drog efter andan. "Hemligheter?"

"Spela inte dum. Tror du inte att jag ser hur hjärnkontoret arbetar i det där vackra huvudet på dig? Du döljer något."

Jag log, men det kändes stelt. "Vi har alla våra hemligheter, Rafail. Det är det som håller livet intressant."

"Tills de hemligheterna kommer tillbaka och biter en."

"Är det där ett hot?" Min röst var låg, lekfullheten borta.

Rafail höll upp händerna. "Bara en observation. Men om jag var du skulle jag vara försiktig med vem jag litar på."

"Jag skulle kunna säga detsamma till dig."

Vi stirrade på varandra, spänningen var tjock mellan oss. En viljornas kamp, där ingen av oss var villig att ge vika.

Till slut tittade Rafail bort. "Håll bara ögonen öppna, faeriddare. Saker och ting är inte alltid vad de ser ut att vara."

Med det vände han sig om och gick därifrån, och lämnade mig ensam med mina tankar igen.

Jag såg honom gå med en rynka i pannan. Rafail var mer skarpsinnig än jag hade gett honom erkännande för. Han hade genomskådat min fasad, känt av tvivlen som malde under ytan.

Men han dolde också något. Jag kunde känna det, i sättet han pressade och sonderade, och försökte avslöja mina hemligheter samtidigt som han vaktade sina egna.

Vi var båda spelare i ett spel, som dansade runt varandra med beslöjade ord och menande blickar. Testade gränserna, letade efter svagheter.

Och ändå, under vaksamheten, fanns det en flämtning av något annat. Förståelse, kanske. En igenkänning av de masker vi båda bar, de roller vi spelade.

I det ögonblicket kände jag ett märkligt släktskap med Rafail. Två utomstående, bundna av omständigheter och hemligheter, som navigerade i en värld som inte riktigt var vår egen.

Det var en farlig tanke, en som jag inte hade råd att hänge mig åt. Men när jag vände blicken tillbaka mot horisonten kunde jag inte skaka av mig känslan av att allt var på väg att förändras.

Och när det gjorde det, skulle jag bli tvungen att välja sida. Inte bara i sökandet efter trollboken, utan i kampen för min egen identitet.

Alltför länge hade jag låtit andra definiera mig. Faedrottningen, med hennes förväntningar och krav. Min egen familj, med deras traditioner och arv.

Men kanske var det dags att skapa min egen väg. Att bestämma vem jag ville vara, inte bara vem jag var menad att vara.

Det var en skrämmande tanke, men också en upplivande. En chans att bryta mig fri, att upptäcka vad som låg bortom pliktens och ödets bojor.

Och kanske, bara kanske, behövde jag inte göra det ensam.

Med Careena och Rafail vid min sida verkade allt möjligt. Tillsammans kunde vi nysta upp trollbokens mysterier, och kanske även våra egna mysterier.

Det var en risk att lita på dem. Men det var en jag var villig att ta.

För i slutändan var det vad livet handlade om. Att ta chanser, möta rädslor och hitta modet att omfamna det okända.

Vägen framöver var osäker, men en sak var klar. Jag var färdig med att leva i skuggan av andras förväntningar.

Morgonen kom till slut, med ett dovt duggregn. Hamnskiftaren försvann in bland träden för att spana efter en väg ut från vårt gömställe och lämnade Careena och mig att begrava resterna av elden.

"Vi måste prata", sa Careena med låg och angelägen röst när Rafail hade gått.

Jag höjde ett ögonbryn. "Om vadå?"

"Trollboken. Och vad vi ska göra med den när vi väl hittar den. Den boken är för farlig för att vara i någons händer, särskilt din drottnings."

Jag kände en uppflammande försvarslust. "Drottningen är vis. Hon kommer att veta vad hon ska göra med den."

"Kommer hon?" utmanade Careena och tog ett steg närmare. "Eller kommer hon att använda den för sin egen vinning, precis som alla andra som någonsin har eftertraktat dess makt?"

Hennes ord slog an en sträng och ekade de tvivel som hade växt i mitt eget sinne. Men jag kunde inte låta henne se det.

"Jag har en plikt gentemot min drottning", sa jag med hårdnande röst. "En lojalitet som jag inte bara kan kasta åt sidan."

Careenas ögon blixtrade till. "Och hur är det med din lojalitet mot dig själv? Mot vad du vet är rätt?"

Jag öppnade munnen för att svara emot, men fann att jag saknade ord. Hon bad mig att ifrågasätta allt jag någonsin hade känt till, allt jag någonsin hade trott på.

Och en del av mig ville göra just det.

Careena måste ha sett konflikten i mina ögon, för hennes uttryck mjuknade. Hon sträckte ut handen och lade den på min arm.

"Alyster", sa hon, och mitt namn var en mild vädjan på hennes läppar. "Jag vet att det här inte är lätt. Men vi har en chans här, att göra något gott. Något som betyder något."

Hennes beröring sände en rysning genom mig, en värme som inte hade något med elden att göra. Jag tittade ner på hennes hand och sedan tillbaka upp i hennes ansikte.

I det ögonblicket såg jag henne inte bara som en upprorisk ängel, utan som en själsfrände. Någon som förstod tyngden av förväntningar, längtan efter något mer.

Och jag ville ha henne. Inte bara hennes kropp, utan hennes sinne, hennes hjärta, hela hennes väsen.

Det var ett farligt begär, ett som kunde rasera allt jag hade byggt upp. Men när jag såg in i hennes ögon kunde jag inte förmå mig att bry mig.

”Okej”, sa jag mjukt och lade min hand över hennes. ”Vi gör det på ditt sätt. Vi hittar trollboken, och vi bestämmer dess öde tillsammans.”

Careenas leende var som solen som bryter igenom molnen. ”Tillsammans”, höll hon med och flätade sina fingrar samman med mina.

Och i det enda ordet kände jag början till något nytt, något kraftfullt. Ett band som gick bortom plikt eller öde.

Ett band av val, av tillit, av möjlighet.

Hennes leende försvann när hon sökte mitt ansikte, och hennes ögonbryn rynkades. ”Alyster, vad är det som oroar dig? Jag kan se tvivlet i dina ögon.”

Jag tvekade, orden fastnade i halsen. Jag hade ägnat så lång tid åt att hålla mina tankar dolda, mina sanna känslor inlåsta. Men med Careena ville jag öppna mig, låta henne se den verkliga jag.

”Det är faedrottningen”, erkände jag med låg röst. ”Jag är inte säker på att jag litar på hennes motiv. Varför vill hon ha trollboken? Vad planerar hon att göra med den?”

Careena nickade, hennes uttryck var tankfullt. ”Jag har också haft mina misstankar. Faedrottningen är känd för sina manipulationer, för att alltid ha sin egen agenda.”

”Exakt.” Jag drog en hand genom håret, frustrationen vällde upp inom mig. ”Jag har varit lojal mot henne så länge, men nu ... nu är jag inte säker på om jag gör det rätta."

"Hallå där." Careena lade handen på min kind och tvingade mig att möta hennes blick. "Att ifrågasätta saker, söka sanningen ... det är inte en svaghet, Alyster. Det är en styrka."

Hennes ord sköljde över mig och lugnade oron i mitt sinne. "Tror du verkligen det?"

"Det gör jag." Hennes tumme strök över min hud och sände gnistor av elektricitet genom mig. "Och om det är till någon tröst, så tycker jag att du gör rätt i att prata med mig om det här. Vi är i det här tillsammans, minns du?"

Jag lutade mig mot hennes beröring och njöt av värmen från hennes hud mot min. "Jag minns. Och Careena ... tack. För att du lyssnar, för att du förstår."

Hon log igen, mjukt och vänligt. "Alltid. Nå, låt oss fundera ut vårt nästa drag. Vi har en trollbok att hitta och en häxcirkel att överlista."

Jag tog ett djupt andetag och samlade mig. "Du har rätt. Vi behöver en plan."

Som på beställning dök Rafail upp ur skuggorna, hans fotsteg ljudlösa mot skogsmarken. "Hörde jag någon säga att de behövde en plan?"

Careena himlade med ögonen, men det fanns en antydan till munterhet i hennes röst. "Tjuvlyssnar du igen, Rafail?"

Han ryckte på axlarna med ett listigt flin i ansiktet. "Gamla vanor är svåra att bryta. Men allvarligt talat, om vi ska hålla den här trollboken säker måste vi samarbeta."

Careenas panna rynkades. "Men var kan vi gömma den? Vi behöver tid för mig att läsa den och lista ut vad vi ska göra. Faedrottningen har ögon överallt, och häxcirkelns räckvidd är stor. Dessutom kan jag inte garantera att Aurelius inte skickar en annan ängel, om jag är borta för länge."

Jag tänkte på saken, övervägde och förkastade olika idéer. "Vi måste ta oss ut ur skogarna", sa jag. "För många av mitt folk skulle kunna hitta oss lätt här. Det finns fae som kan se genom de vilda varelsernas ögon. Vi behöver en plats i människovärlden, tror jag."

Vi tittade båda på Rafail som log snett. "Upp till mig, alltså? Tja, jag är bra på att gömma mig mitt framför näsan på folk." Han putsade naglarna mot sin jacka och flinade lätt. "Och något säger mig att ingen av er har ett Airbnb-konto upprättat under falsk identitet."

"Ett Air-vaddå?" frågade Careena, och Rafail skrattade.

Jag försökte se ut som om jag visste vad han pratade om, även om sanningen var att jag inte hade en aning. Jag hade tillbringat en hel del tid i människovärlden under de senaste århundradena, men inte under de senaste decennierna, och tekniken hade utvecklats i en svindlande takt sedan jag senast vandrade bland dödliga.

"Låt oss ge oss av då", sa Rafail. "Ju förr vi når civilisationen, desto förr kan vi skaffa oss ett snabbare transportmedel och komma härifrån. Tåg, tror jag. Careena, skulle du kunna spana efter närmaste tågstation?"

Hon verkade ivrig att få flyga igen och nästan hoppade upp i luften. Hon var otroligt snabb, tänkte jag, och såg henne stiga upp och sedan fara iväg som ett streck. De stora vingarna kunde täcka enorma avstånd i hög fart.

Det dröjde inte mer än några minuter innan hon återvände och landade framför oss med ett nöjt leende, hennes svarta hår som böljade runt henne i vindrufsiga vågor när hon fällde ihop sina vingar.

"Åt det hållet", pekade hon. "Inte så långt. Jag kan inte bära er båda samtidigt, men jag skulle kunna ta en av er och komma tillbaka för den andra."

Rafail såg lika nervös ut som jag kände mig vid tanken på att bli lämnad ensam i skogen medan Careena tog den andre i förväg, men jag tvingade mig själv att ta ett mentalt steg tillbaka och tänka logiskt. Careena hade boken; om hon ville sticka iväg och lämna oss bakom sig, kunde hon ha gjort just det nyss. Det skulle hon inte göra, och om Rafail skulle rymma, tja, hade jag redan bevisat att jag kunde hitta honom om jag ville. Och han kunde följa boken. Ingen av oss skulle överge de andra.

"Ta honom först." Jag pekade på Rafail, som såg chockad ut. "Han kan ordna biljetter åt oss och bestämma vart vi ska åka, medan du kommer tillbaka för mig."

Careena tvekade inte, hon bara skopade upp Rafail under armarna och lyfte igen innan han ens hann invända. Leende började jag gå i den riktning hon hade pekat. Lika bra att förkorta hennes flygtid så mycket som möjligt.

Kapitel tretton

Rafail

GRÄNDEN VAR TYST BORTSETT från de avlägsna ekona av trafik. Careenas vingar prasslade när hon satte ner mig innan hon landade graciöst bredvid mig, hennes svarta fjädrar skimrande med en överjordisk lyster.

"Vänta här", sa hon med mjuk röst. En fråga, inte en befallning. "Jag kommer tillbaka med Alyster så fort jag kan."

Jag nickade, eftersom jag inte litade på min egen röst. Med ett kraftfullt slag med vingarna sköt Careena sig upp mot himlen. Jag såg på när hon svävade över hustaken och försvann.

Nu när jag var ensam lutade jag mig mot den kalla tegelväggen och suckade tungt. Jag hade levt större delen av mitt liv utan att lita på någon annan än mig själv. Att lita på andra slutade vanligtvis i svek eller besvikelse. Men Careena var annorlunda. Hon utstrålade en uppriktighet och medkänsla som jag aldrig hade stött på förut. En riktig ängel, även om hon var fallen, som lovade att hjälpa till att bryta förbannelsen som hade plågat mig så länge. Det verkade för bra för att vara sant.

Jag blickade upp mot himlen och letade efter tecken på att hon var på väg tillbaka. Minuterna gick och tvivel började gnaga i bakhuvudet. Tänk om hon inte kom tillbaka? Tänk om allt detta bara var ett grymt skämt eller ett trosprov? Jag knöt nävarna, arg på mig själv för att jag vågade hoppas.

Nej. Jag var tvungen att tro på henne. Hon hade sett mig rakt i ögonen och gett mig sitt ord. Om jag inte kunde lita på Careena, vad var det då för mening med någonting längre? Jag var tvungen att tro på att hon såg något i mig som var värt att rädda. Värt att kämpa för.

Hon skulle komma tillbaka. Jag upprepade det som ett mantra i huvudet. Och under tiden hade jag ett jobb att göra. Jag grävde i min jackficka och drog fram ett av de förbetalda kreditkort som jag alltid hade till hands för nödsituationer. Jag smälte in i folkmassan och tog mig till en närliggande närbutik, där en klocka plingade när jag tryckte upp dörren.

Lysrören surrade i taket medan jag snabbt skannade hyllorna, tog en kontantkortsmobil och några andra nödvändigheter. Jag höll huvudet sänkt och undvek ögonkontakt med den uttråkade kassörskan när jag betalade. Bara ännu ett ansiktslöst ansikte på genomresa.

Jag stoppade ner telefonen i fickan och gick de få kvarteren till tågstationen. Jag tog ett djupt andetag och gick in, mina kängor ekade mot betonggolvet.

Jag stirrade upp på avgångstavlan och vägde mina alternativ. Kanske borde vi ta oss över till Tyskland? Italien? Skulle Alyster och Careena ens ha pass? Alla dessa århundraden av att undvika relationer, och nu var jag plötsligt tvungen att ta hänsyn till behoven hos två övernaturliga varelser som jag knappt kände. Ironin undgick mig inte.

Nej, det var bäst att hålla det enkelt för tillfället. Jag gick fram till biljettluckan, uppbådade ett vänligt leende och min bästa franska.

"Tre biljetter till Marseille, tack."

Expediten nickade uttråkat och hennes fingrar klickade på tangentbordet. "Affärer eller nöje?"

Jag skrattade humorlöst. "Lite av varje, antar jag." Mer som överlevnad.

Jag drog kreditkortet när hon pekade på maskinen, och hon sköt biljetterna över till mig. "Spår 1. Första tåget avgår om 20 minuter", rabblade hon.

"Perfekt. Tack." Jag stoppade ner biljetterna i fickan och vände mig om för att skanna den livliga stationen, på jakt efter tecken på Careena och Alyster.

Bilder spelades upp i mitt huvud när jag gick fram och tillbaka på perrongen. Stjäla en båt, fly ner längs kusten, lämna den här röran bakom mig... Det var frestande. Men innerst inne visste jag att flykt inte var lösningen. Inte längre.

En skymt av svart hår fångade min blick, och lättnad sköljde över mig när Careena dök upp ur folkmassan med Alyster i släptåg. Hennes ögon vidgades när hon såg det slanka silvertåget som just hade rullat in på stationen och hennes steg vacklade.

"Det är ... inte vad jag förväntade mig", mumlade hon och lät en hand stryka längs den släta utsidan. "Hur rör det sig utan hästar?"

Alyster flinade. "Män skyfflar kol som brinner, och ånga får hjulen att snurra. Jag har åkt tåg förut."

Jag kvävde ett leende. Trots all sin makt hade de fortfarande mycket att lära sig om den moderna världen. Det var länge sedan Alyster hade åkt tåg om han trodde att de fortfarande var ångdrivna! "Inte riktigt. Det här drivs av elektricitet." Jag gjorde en gest åt dem att följa efter mig. "Kom igen, låt oss hitta våra platser."

När vi slog oss ner i kupén kunde jag inte låta bli att iaktta Careenas reaktioner. Hon undersökte varje detalj med en barnslig förundran – de fällbara brickborden, fönsterhasparna, belysningen i taket. Det var förtjusande.

Alyster, å andra sidan, verkade fast besluten att upprätthålla en air av nonchalans. Han lutade sig tillbaka i sätet med sina långa ben utsträckta, men hans fingrar trummade rastlöst mot låret.

Jag kände en plötslig lust att bryta spänningen och drog fram min nya smartphone. "Kolla här. Ganska cool, va?" Jag viftade med apparaten mot dem. "Det är som en liten dator man kan bära med sig."

Careena lutade sig fram, fascinerad. "Vad gör den?"

"Åh, allt möjligt. Ringer samtal, skickar meddelanden, tar bilder..." Jag tystnade när jag lade märke till Alysters rynkade panna. Han stirrade på telefonen som om den vore en konstig insekt han inte riktigt kunde förstå sig på.

"Man ... talar med den?" frågade han långsamt.

Jag kunde inte låta bli – ett skratt brast ut ur mig. "Nej, nej. Jo, ja, ibland. Men för det mesta trycker man bara på skärmen för att styra den." Jag demonstrerade genom att öppna kameraappen och snabbt ta en selfie av oss tre.

Careena flämtade förtjust till vid bilden, men Alysters min mörknade bara. "Jag förstår", sa han stelt, men det var uppenbart att han inte gjorde det.

När tåget ryckte igång lutade jag mig tillbaka i sätet och såg stadsbilden bli suddig utanför fönstret. Alysters och Careenas reflektioner svävade där också, överlagrade på de förbipasserande byggnaderna som spöken.

Vilken underlig trio vi utgjorde. En ängel, en fae och en hamnskiftare, alla på flykt från sitt förflutna, alla på jakt efter något vi inte riktigt kunde sätta ord på. Framtiden var ett oskrivet blad och jag hade ingen aning om vilka vändningar berättelsen skulle ta.

Lägenheten jag hittade åt oss för korttidsuthyrning låg i en oansenlig byggnad, undangömd i ett lugnt hörn av Marseille. Den var inte mycket att titta på, men den skulle duga som ett tillfälligt gömställe.

När vi närmade oss ingången märkte jag hur förbipasserandes blickar verkade glida rakt över Alyster och Careena, som om de knappt var där. En kvinna som rastade sin hund passerade bara några centimeter från Alyster och blinkade inte ens.

"Någon slags osynlighetsförtrollning?" frågade jag lågmält.

Careena skakade på huvudet. "Mer som en avledande förtrollning. Den uppmuntrar folk att inte titta för noga."

Jag höjde ett ögonbryn. "Den verkar inte fungera på mig."

Alysters silverögon mötte mina. "Förmodligen för att du redan vet vad vi är. Magin kan inte lura dig."

Inne i lägenheten inspekterade jag vår torftiga omgivning. Ett litet pentry, en klumpig soffa, ett soffbord ärrat av ringar. Sovrummet innehöll två smala sängar och en byrå som saknade en låda. Jag hade räknat med att två sängar skulle räcka gott och väl – vi skulle inte alla tre sova samtidigt, eftersom en alltid skulle behöva hålla vakt.

Careena gled bort till fönstret, hennes mörka vingar rörde sig oroligt medan hon blickade ut över staden. "Vad är vår plan nu?" frågade hon mjukt.

Jag ryckte på axlarna och kände ovisshetens tyngd lägga sig på mina skuldror. "Hålla låg profil ett tag. Lista ut vårt nästa drag."

Alyster lutade sig mot väggen med armarna i kors. "Vi kan inte gömma oss för evigt. Häxcirkeln kommer att leta efter den där boken. Och faedrottningen ... tja, hon är inte känd för sitt tålamod."

"Jag vet." Jag körde en hand genom håret, och frustrationen bubblade inom mig. "Men vi behöver tid för att dechiffrera den, för att lista ut hur vi ska bryta den här förbannelsen."

Careena vände sig från fönstret, hennes midnattsmörka ögon fyllda av beslutsamhet. "Då är det vad vi ska göra. Vi ska hitta ett sätt."

Hon drog fram den uråldriga boken ur sin jacka, dess slitna läderomslag var sprucket och blekt. När hon slog sig ner i soffan och öppnade boken sänkte sig en tystnad över rummet. En så liten sak, som kunde skapa så mycket förödelse – långt ifrån att vara en väldig volym som man kanske föreställer sig en trollbok, var den knappt större än Careenas hand, och inte mycket tjockare.

Jag tittade som förhäxad på när Careenas smala fingrar följde de invecklade hieroglyferna som var inristade på de sköra papyrussidorna. Hennes panna rynkades i koncentration, hennes läppar rörde sig tyst medan hon försökte förstå de kryptiska symbolerna.

Minuterna blev till timmar medan hon plöjde igenom trollboken, hennes blick lämnade aldrig sidorna. Jag förundrades över hennes hängivenhet, hennes orubbliga fokus inför en så skrämmande uppgift.

Min mage kurrade och påminde mig om att även mitt i ett övernaturligt kaos måste grundläggande mänskliga behov fortfarande tillgodoses. Jag gick till pentryt och rotade igenom skåpen i jakt på något ätbart.

"Hittar du något?" Alysters röst bröt tystnaden.

"Ingenting. Jag går ut – det fanns ett bageri i hörnet och en liten asiatisk mataffär på nästa gata."

Han ryckte på axlarna, uppenbarligen ointresserad.

"Några önskemål?"

Alyster skakade på huvudet, men Careena tittade upp från boken för ett ögonblick. "Jag föredrar att inte äta kött", sa hon med en lätt ursäktande axelryckning.

Ärligt talat, nu när jag tänkte på det, så hade jag förväntat mig det. Änglar må framställas som krigare, men att döda oskyldiga djur? Definitivt inte något de skulle göra. "Vegetariskt blir det", höll jag med om.

Det tog mig inte lång tid att samla ihop några basvaror: bröd, ett par burkar soppa, färskost med gräslök, mjölk och kaffe. Jag behövde definitivt kaffet. En flaska vin frestade, men jag hade ägnat tillräckligt med tid åt att dränka mina sorger i flaskor genom århundradena. Ett klart huvud skulle vara klokare nu, så jag tog lite kolsyrat mineralvatten istället. Jag var tillbaka i lägenheten inom femton minuter och fann Careena fortfarande djupt försjunken i trollboken och Alyster som tydligen tog en dusch.

Medan jag värmde soppan på spisen vandrade mina tankar till Careena och den otroliga börda hon hade tagit på sig. Att dechiffrera en uråldrig trollbok, bryta en förbannelse, allt medan hon jagades av en hämndlysten häxcirkel. Det var mycket för vem som helst att hantera, även för en ängel.

Men om någon kunde göra det, så var det hon. Jag hade sett elden i hennes ögon, den beslutsamhet som brann inom henne. Hon skulle hitta ett sätt, oavsett vad som krävdes.

Doften av varm soppa fyllde lägenheten och jag hällde upp den i tre omaka skålar, skar upp brödet och bredde färskosten på det.

"Maten är klar", sa jag, när Alyster kom ut ur sovrummet, hans gyllene hår blött och klistrat mot huvudet. Till min förvåning kom han fram och hjälpte till att bära skålarna och tallrikarna till bordet – jag hade trott att han skulle anse sådant arbete vara under hans värdighet. En riddare vid faernas kungliga hov måste vara van vid att ha tjänare som hämtar och bär åt honom.

Careena lade ner boken och kom till bordet med ett leende på läpparna när hon sniffade i luften. "Det där doftar underbart. Jag älskar verkligen människomat! Vilka smaker är det här?"

"Soppan är Parmentier, potatis och purjolök."

"Utsökt!" Hon doppade en brödkant i soppan och tog en tugga och gav ifrån sig ett ljud av njutning vid smaken.

Jag kunde inte låta bli att snegla på henne medan vi åt och förundras över hur det bleknande ljuset från fönstret spelade över hennes mörka hud, hur hennes vingar verkade skimra vid varje andetag.

Alysters blick flackade mot fönstret och hans silverögon skannade de mörknande gatorna nedanför. "Vi kan inte stanna här länge", mumlade han med låg och försiktig röst. "Häxkonventet kommer att leta efter oss."

Jag nickade, och magen knöt sig vid tanken på att möta de där häxorna igen. Deras makt hade varit olik allt jag någonsin stött på, uråldrig och förvriden.

"Vi drar vidare i morgon bitti", sa jag och försökte hålla rösten stadig. "Tills vidare borde vi vila lite."

Men när jag låg på den klumpiga madrassen ville sömnen inte infinna sig. Tankarna rusade med bilder från de senaste dagarna – skräcken från mina okontrollerade skiftningar, den upprymdhet jag känt när jag flög med Careena, den ständiga rädslan för att bli tillfångatagen.

Ett svagt flämtande från andra sidan rummet ryckte mig ur mina tankar. Jag satte mig upp och såg Careena hopkrupen över trollboken, hennes fingrar följde en komplex illustration på den väderbitna sidan.

"Vad är det?" frågade jag och gick fram till henne. "Hittade du något?"

Hon nickade, hennes midnattsmörka ögon var stora av upphetsning. "Den här symbolen, här", sa hon och pekade på en invecklad glyf. "Jag tror att den representerar förbannelsen som binder dig. Och det här stycket …"

Hennes finger flyttade sig till ett block av hieroglyfer, vars betydelse var förlorad för mig. "Det som gjordes mot dig var bara halva förtrollningen, tror jag. Den fullständiga förtrollningen … kommer inte att upphäva dina skiftningsförmågor, men den borde stabilisera dem."

Hopp blommade i mitt bröst, skört och trevande. Kunde det verkligen vara möjligt? Kunde jag äntligen bli fri efter alla dessa år?

Careenas panna rynkades när hon studerade sidan, hennes läppar rörde sig tyst medan hon översatte de uråldriga orden. Jag såg henne arbeta, förbluffad över hennes skicklighet och hängivenhet.

"Hittade du ett sätt att hjälpa honom?" sa Alysters röst, omsorgsfullt neutral, och jag såg upp och såg honom stå i sovrumsdörren.

Careena nickade. "Jag tror det. Men förtrollningen kräver specifika ingredienser, varav några kan vara svåra att få tag på."

Hon rabblade upp en lista med örter och oljor, och det mesta lät som rappakalja för mig. Men Alysters ögon vidgades av igenkänning.

Med en suck sträckte han sig ner i sin väska och drog fram ett litet knyte inslaget i siden. "Jag har en del av det du behöver här", sa han motvilligt. "Jag bär alltid med mig några sällsynta komponenter, för säkerhets skull."

Careena tog emot knytet med ett tacksamt leende. "Tack, Alyster. Det här kommer att spara oss en hel del tid."

Jag tittade mellan dem, mitt hjärta bultade av en blandning av förväntan och rädsla. "Hur är det med resten av ingredienserna?" frågade jag. "Var hittar vi dem?"

Careena konsulterade trollboken igen. "De flesta av dessa är vanliga örter och kryddor", sa hon. "Vi borde kunna hitta dem på en lokal marknad i morgon bitti."

Jag nickade. "Den där asiatiska mataffären hade ett stort lager av örter och kryddor." De skulle vara stängda nu. Jag övervägde kort att dyrka upp låset och släppa in mig själv.

Careena verkade ana vad jag tänkte. "Hur många år har du väntat?" frågade hon mjukt och lade en hand på min arm. "Du kan vänta några timmar till, Rafail."

Fångad av hennes blick nickade jag till slut. "Okej."

"Försök att sova lite. Här. Kanske jag kan hjälpa dig. Lägg dig ner."

Det var nästan omöjligt att neka henne. Jag lade mig på en av de smala sängarna, och hon satte sig på sängkanten bredvid mig. Jag stelnade till av chock när hon lutade sig ner och pressade sina läppar lätt mot mina. Min kropp reagerade omedelbart.

Careena log, långsamt och mjukt, och sedan viskade hon "Sov" mot mina läppar.

Jag kunde inte föreställa mig att kunna sova efter den kyssen – tills hennes magi träffade mig, och plötsligt kändes det som om alla mina bekymmer och sorger bara rann bort. Mina ögon slöts, och det nästa jag visste var att solljus silades genom de tunna gardinerna över fönstret och föll över mitt ansikte.

*

Careena sov på den andra sängen, bara en armslängd bort, allt långt svart hår och svarta fjädrar. Hon sov rörigt, med en vinge och en lång arm hängande utanför sängen och täcket i en trasslig hög runt hennes ben.

Jag motstod frestelsen att bara sitta och stirra på henne och gick ut i vardagsrummet. Alyster vände sig om från fönstret där han stod och gav mig en kort nick.

"Jag går och letar efter resten av ingredienserna", sa jag, ryckte på mig jackan och gick mot dörren.

Alyster grep tag i min arm när jag passerade. "Var försiktig", varnade han, och hans silverögon var intensiva. "Vi vet inte vem som kan hålla ett öga på oss."

Jag mötte hans blick stadigt. "Det kommer att gå bra", sa jag. "Jag vet hur man smälter in."

Med en sista nick till Alyster smet jag ut genom dörren och gick ner till gatan, till den lilla asiatiska livsmedelsbutiken jag hade besökt kvällen innan. Butiksägaren, en äldre indisk kvinna med ett fårat ansikte och skarpa ögon, såg upp från sitt arbete.

"Kan jag hjälpa dig?" frågade hon på starkt bruten franska.

Jag log och slog på charmen. "Det hoppas jag", sa jag och närmade mig disken. "Jag letar efter några specifika örter. Har ni några ..." Jag konsulterade listan som Careena hade skrivit ner, stapplade över de obekanta namnen och hoppades att Careena hade översatt korrekt från forntida egyptiska till modern franska.

Kvinnans ögon smalnade när hon lyssnade, och för ett ögonblick fruktade jag att hon skulle avvisa mig. Men sedan nickade hon långsamt, tog papperslappen ur min hand och skannade den. "Jag har vad du behöver", sa hon. "Vänta här."

Hon försvann in i butikens bakre del, och jag väntade och försökte att inte se nervös ut. Några minuter senare återvände hon med ett litet paket inslaget i brunt papper.

"Var försiktig med dessa", varnade hon när hon räckte över det. "De är kraftfulla saker, i rätt händer."

Jag nickade tacksamt och betalade snabbt, ivrig att komma tillbaka till de andra. När jag återvände till lägenheten var Careena vaken och hade redan börjat förbereda förtrollningen. Hon hade röjt en yta på golvet och knäböjde i mitten, med ingredienserna Alyster hade gett henne utlagda framför sig och en skål redo att ta emot ... vad det nu var hon skulle göra.

Hon såg upp när jag kom in, hennes midnattsmörka ögon glimtade av beslutsamhet. "Har du dem?" frågade hon.

Jag räckte över paketet utan ett ord och såg på när hon packade upp det och lade innehållet till sin samling. Sedan, med ett djupt andetag, började hon blanda ingredienserna i skålen, konsulterade boken medan hon mätte upp varje sak, hennes händer stadiga och säkra.

Jag kände en gnista av hopp tändas i bröstet när jag såg henne arbeta. Kunde detta verkligen vara lösningen på min förbannelse? Efter så många års lidande, kunde jag äntligen bli fri?

Bredvid mig rörde Alyster rastlöst på sig, hans blick fäst på Careena. Jag kunde känna hans oro, hans tvivel som stred mot hans önskan att hjälpa till.

Men det fanns ingen återvändo nu. När Careena började mässa, med sin låga och melodiska röst, kände jag hur kraften byggdes upp i rummet. Luften blev tung, laddad med energi, och jag kände hur håren på nacken reste sig.

Jag slöt ögonen och förberedde mig på vad som skulle komma härnäst. Jag hade ingen aning om vad den här förtrollningen skulle göra med mig, men jag var redo att möta det rakt på.

För om det fanns ens en chans att den kunde bryta min förbannelse, att den kunde ge mig en chans till ett normalt liv, då var det värt vilken risk som helst.

Mässandet blev högre, mer enträget, och jag kände en konstig stickande känsla skölja över mig. Det började högst upp på huvudet och spred sig nedåt, tills varje centimeter av min hud var levande med energi.

Jag flämtade till, och mina ögon flög upp när en plötslig våg av kraft rusade genom mig. Det var olikt allt jag någonsin hade känt förut – en vild, otämjd kraft som hotade att uppsluka mig helt.

Min kropp började darra, mina muskler krampade utom min kontroll. Jag kunde känna min form skifta, förändras, när magin tog tag.

Men den här gången var det annorlunda. Istället för den plågsamma smärtan som vanligtvis följde med mina förvandlingar, fanns det bara en känsla av befrielse, av frihet.

Jag gav ifrån mig ett rop när mina ben anpassade sig, mitt kött formade sig till en ny skepnad. Och sedan, lika plötsligt som det hade börjat, var det över.

Jag stod där, flämtande, med hjärtat bultande i bröstet. Jag tittade ner på mina händer och förväntade mig att se päls och klor, men istället såg jag bara mänsklig hud.

Jag höjde blicken mot Careena och vågade knappt tro det. Hon betraktade mig intensivt, hennes mörka ögon lyste av något som liknade triumf.

"Fungerade det?" frågade jag hest, min röst grov av känslor.

Som svar log hon bara och sträckte ut sin hand. Jag tog den och förundrades över hur våra fingrar flätades samman – ängel och hamnskiftare, två varelser som aldrig borde ha korsat varandras vägar, nu sammanbundna av ödet.

Och när jag såg in i hennes ögon, såg jag en glimt av något som fick mitt hjärta att slå ett extra slag. Det var mer än bara tacksamhet, mer än bara lättnad.

Det var hopp.

Careena drog mig in i en omfamning och hennes armar slöt sig hårt om mig. Jag andades in hennes doft, en blandning av jasmin och något unikt för henne, och kände en känsla av frid skölja över mig.

"Vi klarade det", viskade hon, hennes röst mjuk och melodisk i mitt öra. "Du är fri, Rafail. Varsågod. Skifta, så får du se."

Jag drog mig tillbaka och sökte efter tecken på svek i hennes ansikte, men fann bara uppriktighet. "Tack", sa jag mjukt, min röst tjock av känslor. Jag tog ett djupt andetag, slöt ögonen och frammanade min föredragna form, rödräven, och förberedde mig på smärtan.

Jag blinkade till, och världen ställdes om, ljusare än förut men färgerna mer dämpade, i pastellnyanser. Jag såg upp på Careena och Alyster som tornade upp sig över mig och ylade av förvåning.

Careena skrattade, gick ner på ett knä och sträckte ut sin hand. ”Vilken vacker räv du är!”

Jag kunde inte motstå att ge hennes hand en snabb slick innan jag sträckte mig in i mig själv efter min mänsklighet. Aldrig, under alla mina år, hade jag kunnat byta tillbaka på så kort tid. Men det var lätt, som ... som att gå nerför en trappa. Och det fanns ingen smärta!

”Det gjorde inte ont”, sa jag, nästan innan min mun hade hunnit formas färdigt. ”Det gjorde inte ont!”

Till och med Alyster log när han lutade sig mot väggen med armarna i kors, hans silverögon glimtade av munterhet. ”Nåväl, hur rörande detta ögonblick än är, så har vi arbete att göra.”

Jag spände mig, och det korta ögonblicket av glädje krossades av hans ord. ”Vad menar du?”

Alyster sköt ifrån väggen och släntrade över till oss, hans rörelser flytande och graciösa. ”Häxkonventet, Rafail. De är fortfarande där ute, och vi måste stoppa dem.”

Jag skakade på huvudet och tog ett steg tillbaka. ”Det är inte min kamp.”

Alysters blick skärptes och hans leende bleknade. ”Men det skulle kunna vara det. Dina skiftningskrafter skulle kunna vara till stor nytta när vi försöker förstå vad de har hållit på med och vända skadan.”

Jag stirrade på honom, överrumplad av hans ord. ”Vill du ha min hjälp?”

Careena lade en hand på min arm, hennes beröring mjuk men bestämd. ”Vi skulle vara glada att ha dig med oss, Rafail. Dina förmågor skulle kunna göra en verklig skillnad."

Jag såg på dem, kluven. En del av mig ville springa, lämna allt detta bakom mig och börja ett nytt liv någonstans långt borta. Jag var ju van vid att vara ensam. Det var det enda sättet jag visste hur man överlevde.

Men en annan del av mig, en del som hade varit vilande så länge, väcktes till liv av deras ord.

Jag kunde inte förneka den märkliga känslan av tillhörighet som hade börjat slå rot i mitt hjärta. För första gången i mitt liv kände jag att jag var en del av något större än mig själv. En familj, inte av blod, utan av val.

Jag tog ett djupt andetag och mötte Alysters blick. "Okej. Jag är med."

Alysters leende återvände, ett äkta den här gången. "Utmärkt. Vi kommer att bli ett formidabelt team."

Careena klämde min arm, hennes ögon lyste av värme. "Tack, Rafail. Din hjälp betyder mer än du anar."

Jag nickade, med en klump i halsen. Jag svalde den och försökte behålla fattningen. "Så, vad är vårt nästa drag?"

Alyster gnuggade sig eftertänksamt på hakan. "Vi måste samla mer information om häxcirkelns aktiviteter. Deras slutmål, deras svagheter, allt som kan ge oss ett övertag."

Careena nickade instämmande. "Jag ska fortsätta studera trollboken. Det kan finnas ledtrådar gömda på dess sidor som kan hjälpa oss."

Jag kände en våg av beslutsamhet. "Jag kan använda mina skiftningsförmågor för att infiltrera deras led, samla information inifrån."

Alyster klappade mig på axeln, hans grepp var fast. "Det är den rätta andan. Men var försiktig. Vi vet inte vad de är kapabla till."

Jag mötte hans blick, och ett flin ryckte i mina läppar. "Jag är alltid försiktig."

Careena höjde ett ögonbryn, med en lekfull glimt i ögat. "Är det därför du blev drabbad av en förbannelse från första början?"

Jag skrattade, och ljudet överraskade mig. Det kändes bra att skratta, att känna en känsla av kamratskap med dessa två extraordinära varelser.

När vi började planera våra nästa steg insåg jag att jag för första gången i mitt liv hade ett syfte. En anledning att kämpa. Och jag visste, med Alyster och Careena vid min sida, att vi inte skulle sky några medel för att ställa häxcirkeln inför rätta och skydda de oskyldiga liv de hotade.

Kapitel fjorton

Careena

Den sjaskiga lägenhetsdörren slog igen bakom mig medan jag skyndade mig för att hålla jämna steg med Rafail och Alyster som klev med raska steg nedför den dunkelt upplysta korridoren. Den unkna doften av mögel hängde svagt i luften.

"Vi måste skynda oss", sade Rafail över axeln. "Att använda bokens magi här kommer att lämna ett spår som häxcirkeln kan följa. De kommer att vara oss i hälarna snart nog."

Jag nickade, medan tankarna fortfarande snurrade efter scenen vi just lämnat bakom oss – vinden som piskade genom rummet när besvärjelsen fick fäste, Rafails glädje när hans förbannelse lyftes och han blev fullständig herre över de skiftande förmågor han hade kämpat för att kontrollera i århundraden.

Ute på gatan stannade en elegant svart stadsbil, som såg extremt malplacerad ut i detta nedgångna kvarter, vid trottoarkanten. Rafail höll upp dörren och gestikulerade åt mig att stiga in.

"Jag trodde vi försökte hålla en låg profil", sade jag skeptiskt och betraktade bilens lädersäten och kromdetaljer.

En okynnig glimt tändes i Rafails ögon. "Skenet kan bedra, Careena. Lita på mig, jag kan ett och annat om att hålla mig undan radarn."

Medan bilen vävde sig fram genom gatorna, på väg i snabb takt mot en mycket finare del av staden, nämnde Rafail nonchalant: "Jag har faktiskt samlat på mig en hel del rikedomar under århundradena. En av fördelarna med att vara en framgångsrik tjuv."

Alyster visslade lågt från sätet bredvid mig. "Exakt hur rika talar vi om?"

"Tillräckligt för att hyra oss en takvåning på ett fint hotell i natt. Vi skulle må bra av en god natts sömn på en säker plats."

Hotellobbyn skimrade praktiskt taget av storslagenhet – kristallkronor, tjocka röda mattor, förgyllda speglar. Jag kände mig definitivt malplacerad när Rafail klev fram till receptionen och skaffade våra rumsnycklar med en air av bekväm självklarhet, trots sina något slitna kläder. Hotellpersonalen var så vördnadsfull att jag misstänkte att han hade varit här förut. Eller så var det kanske bara den självsäkra attityden han utstrålade.

En trappa upp låste Rafail upp dubbeldörrarna och uppenbarade en enorm svit inredd med överdådiga möbler. Alyster visslade lågt när han tog in rummet.

"Det här skulle jag kunna vänja mig vid", sade han uppskattande och lät en hand löpa längs den snidade marmorspisen. "Det är bättre än att sova på skogsmarken, det är då säkert."

Jag vandrade förvirrat genom rummen och förundrades över trådtätheten i de silkeslena lakanen, glimten från kristallkarafferna på rullbordet med drycker. Så det var så här rika människor levde! Kontrasten mot den intetsägande enkelheten i Fristaden var skarp.

När jag kom in i det överdådiga badrummet fick min spegelbild i den vidsträckta spegeln mig att stanna upp. Vem var denna varelse som stod här mitt i all denna lyx? Det rufsiga håret, de tilltufsade vingarna – jag kände knappt igen henne. Vi hade gått igenom så mycket de senaste dagarna att det kändes som om jag hade åldrats en hel livstid.

Jag vred på kranen vid handfatet och lät vattnet rinna över mina händer, medan tankarna malde på om allt som hade hänt. Bokens kraft, Rafails avslöjande, denna plats ... ingenting var begripligt längre. Och ändå kände en liten förrädisk del av mig en fläkt av spänning. Kanske var det okej att njuta av en smak av det goda i livet, om så bara för en natt.

Jag stänkte lite kallt vatten i ansiktet och försökte lugna mina skenande tankar. När jag kom ut ur badrummet fann jag Alyster och Rafail i ett tyst samtal i den mjuka soffan. De såg båda upp när jag närmade mig, deras blickar intensiva och outgrundliga.

"Careena", sade Alyster mjukt och klappade på platsen bredvid sig. "Kom och sitt med oss."

Jag tvekade, plötsligt alltför medveten om den laddade energin mellan oss tre. Djupet av mina växande känslor för dem båda träffade mig som ett slag i magen. Det var lika upplyftande som det var skrämmande.

Rafail måste ha känt min bävan. "Vi bits inte", sade han med ett snett leende. "Nåja, inte om du inte ber snällt."

Jag himlade med ögonen åt hans skämt, tacksam för den tillfälliga lättnaden. Jag stålsatte mig och satte mig på kanten av soffan, noga med att hålla ett litet avstånd.

Trots det kunde jag känna värmen som strålade från deras kroppar, den subtila doften av tall och mysk som omslöt mig.

"Så, vad är vårt nästa drag?" frågade jag och försökte fokusera på uppgiften framför oss. "Vi kan inte stanna här för evigt."

Alyster lutade sig framåt, hans silverfärgade ögon borrade sig in i mina. "Nej, det kan vi inte. Men för i natt tycker jag att vi alla förtjänar en liten respit. En chans att ladda batterierna och omgruppera, nu när vi har lyckats med vårt första mål att bryta Rafails förbannelse."

Hans ord hängde kvar i luften, tunga av outtalad mening. Jag svalde tungt, medan hjärtat hamrade mot revbenen. Den sårbarhet jag kände i deras närvaro var överväldigande, som att stå på kanten av en klippa utan vingar som kunde fånga mig om jag föll.

Rafails hand snuddade vid mitt knä och skickade en stöt av elektricitet genom min kropp. "Careena", mumlade han med låg och sträv röst. "Vi gör det här tillsammans, oavsett vad som händer. Du vet det, eller hur?"

Jag nickade utan att lita på min röst. Tyngden av mina motstridiga känslor hotade att krossa mig. Hur kunde jag låta mig falla för inte en, utan två män, när allt omkring oss var så osäkert? När vi inte ens visste om vi skulle överleva för att se en ny soluppgång?

Och ändå, när jag satt där mellan dem, med våra kroppar som knappt vidrörde varandra men med våra själar sammanflätade, visste jag att det inte fanns någon återvändo. Vad detta än var mellan oss, var det verkligt och kraftfullt och fullständigt skrämmande.

Men åtminstone för i natt skulle jag låta mig själv frossa i det. Låta mig svepas med av tidvattnet av känslor som sköljde över mig. Morgondagen skulle föra med sig nya utmaningar, nya faror.

Men i natt? I natt var vår.

"Låt oss bara fokusera på här och nu", föreslog Alyster, hans röst mjuk men orubblig. Hans hand fann min, och värme strålade från hans beröring. Jag kunde känna uppriktigheten i hans ord, en balsam för min inre oro.

"Här och nu", upprepade jag och gav dem båda ett litet leende. "Det kan jag göra."

Rafail lutade sig in, pressade en brännande kyss mot pulspunkten vid basen av min hals, och jag rös till. Mina tankar rusade med motstridiga tankar och känslor, njutning blandad med osäkerhet när vi fortsatte vårt sensuella utforskande.

Alyster tryckte sig närmare, hans läppar snuddade vid mina, och för ett ögonblick verkade mitt hjärta stanna. Vår förbindelse intensifierades och gav näring åt ett känslomässigt band som blev starkare för varje sekund. Det kändes som om en del av mig hade saknats och äntligen hittats i deras beröringar och blickar som rymde så mycket ömhet.

"Lita på oss, Careena", viskade Rafail, hans andedräkt het mot mitt öra. "Vi tar hand om dig."

Och på något sätt, mitt i virvelvinden av känslor, gjorde jag det. Jag litade på dem båda med ett djup jag inte hade vetat var möjligt. Det skrämde mig, men det gav mig också en känsla av frid som jag inte hade upplevt på mycket länge.

"Låt oss ta det här till duschen", föreslog Rafail. "Jag är trött och smutsig."

"Är ni båda ... okej med det här?" kollade jag. Så sent som igår verkade de inte tycka särskilt mycket om varandra.

"Vi är båda väldigt okej med att *du* är i centrum för det här", sade Alyster tyst. Han tittade förbi mig på Rafail, som log.

"Vi har båda levt länge, Careena. Under så många år ... experimenterar man. Jag är inte attraherad av män, men jag känner inte heller någon våldsam avsky för dem, och jag har inga problem med tanken på att dela dig med Alyster. Däremot känner jag en viss svartsjuka vid tanken på dig med Alyster utan mig."

"Jag känner en hel del svartsjuka vid tanken på dig och Rafail utan mig", tillade Alyster.

Jag kunde bara känna sanning i deras ord, hos båda två, och jag uppskattade verkligen deras ärlighet. Att bli åtrådd på det här sättet var också otroligt smickrande. Åh, jag hade eftertraktats av både män och kvinnor sedan jag kom till människornas värld, och ja, det fanns verkligen lust i sättet både Alyster och Rafail såg på mig, men jag kunde också känna något mer, något djupare. En sann förbindelse mellan hjärtan och själar. De trodde på mig, litade på mig. Trots att båda var mycket äldre och mer kunniga om människovärldens sätt än jag, avfärdade ingen av dem mina tankar och idéer; tvärtom verkade båda vara villiga att följa min ledning oftare än inte.

Båda väntade på att jag skulle ta ledningen nu, två par ögon fästa på mig. Jag tog ett långsamt, djupt andetag.

"Hörde jag att du föreslog en dusch? Det skulle vara fantastiskt. Ni två kan hjälpa mig att tvätta mina vingar."

Det varma vattnet forsade över min kropp och blandades med den heta beröringen från Alyster och Rafail när vi pressade oss mot varandra i den lyxiga duschen. Deras fingrar ritade stigar längs min hud och lämnade spår av eld i sitt kölvatten. Jag fann mig själv förlorad i förnimmelsen, känslorna som svallade höga mellan oss.

"Släpp taget, Careena", mumlade Alyster, hans silverfärgade ögon låste sig i mina medan hans hand kupade min kind. "Lita på oss."

Jag nickade, hjärtat bultande i bröstet. Jag hade slitits mellan njutning och osäkerhet så länge, men nu valde jag att överlämna mig åt detta ögonblick, att omfamna den förbindelse vi delade. När Rafails läppar snuddade vid min nacke och skickade rysningar längs min ryggrad, lät jag mig uppslukas av intensiteten i det hela.

"Är det här verkligen vad ni vill?" viskade jag och såg från den ena till den andra. Sårbarheten jag kände var skrämmande, men samtidigt uppiggande.

Alyster log mjukt och pressade en öm kyss mot min panna. "Mer än något annat", svarade han, hans röst tjock av känsla.

"Samma här", tillade Rafail, hans bruna ögon fyllda av uppriktighet. "Vi gör det här tillsammans, kommer du ihåg?"

Jag nickade, mitt hjärta svällde av tacksamhet och kärlek till dessa två otroliga varelser som på något sätt hade hittat in i mitt liv. Jag sträckte ut handen, lät fingrarna löpa genom Alysters mörkt gyllene hår och följde linjen på Rafails käke, förundrad över den förbindelse vi delade.

Medan vattnet fortsatte att forsa omkring oss, började vi utforska varandras kroppar med en nyfunnen känsla av brådska. Alysters händer vandrade över mina kurvor, hans beröring både mild och enträgen, medan Rafails läppar följde med kyssar nedför min nacke och över mitt nyckelben. Jag flämtade till när deras munnar fann min, först Rafails, sedan Alysters, våra kyssar djupa och passionerade.

Mina vingar, som hade varit hopfällda tätt mot min rygg, började veckla ut sig av egen kraft och bredde ut sig i sin fulla spännvidd när jag överlämnade mig åt förnimmelserna som forsade genom mig. Alyster och Rafail stannade båda upp ett ögonblick och betraktade mina vingar med en blandning av vördnad och åtrå.

"De är vackra", mumlade Alyster och sträckte ut handen för att röra vid en skir fjäder. "Precis som du."

Rafail nickade instämmande, hans ögon mörka av lust. "Låt oss hjälpa dig att tvätta dem", sade han med hes röst.

Jag nickade, oförmögen att tala när de båda tog en vinge i sina händer, deras fingrar som följde de skira fjädrarna med en vördnad som fick tårar att stiga i mina ögon. De arbetade tillsammans i perfekt harmoni, deras rörelser synkroniserade när de tvättade bort smutsen och orenheterna från vår resa.

Medan de tog hand om mina vingar lät jag mina egna händer vandra och utforskade de hårda ytorna på deras bröstkorgar och de spända musklerna i deras armar. Jag kunde känna deras upphetsning pressa sig mot mig, och jag visste att jag ville ha mer.

"Snälla", viskade jag, min röst knappt hörbar över ljudet av vattnet. "Jag behöver er båda."

Alyster och Rafail utbytte en blick, och sedan rörde de sig, lyfte mig utan ansträngning i sina armar och bar mig ut ur duschen.

När de bar mig ut ur duschen kunde jag inte låta bli att förundras över deras styrka. Jag kände mig liten och skör i deras armar, och känslan av att vara uppskattad och åtrådd av dem båda var berusande. De lade ner mig på den mjuka, plyschiga sängen, deras kroppar tornade upp sig över min medan de fortsatte att dyrka mig med sina händer och munnar.

Alysters silverfärgade ögon låste sig i mina när han följde med kyssar nedför min nacke, hans fingrar som ritade kurvan på mitt bröst. Rafails händer utforskade min kropp, hans beröring fast och enträgen när han retade mina bröstvårtor till hårda toppar. Jag stönade och svankade med ryggen när deras beröringar sände vågor av njutning som sköljde över mig.

"Du är så vacker, Careena", mumlade Alyster mot min hud, hans röst tjock av åtrå. "Jag vill få dig att må bra."

Rafail nickade instämmande, hans bruna ögon fyllda av lust. "Det vill vi båda."

Jag kände deras händer vandra ner över min kropp, deras fingrar glida mellan mina lår, retades och utforskade. Jag flämtade till när de hittade min klitoris, deras skickliga beröringar som sände stötar av njutning genom mig. Jag kunde känna vätan samlas mellan mina ben, och jag visste att jag var redo för mer.

"Snälla", bad jag, min röst knappt en viskning. "Jag behöver er båda."

Alyster och Rafail utbytte en till blick, och sedan rörde de sig och positionerade sig på varsin sida om mig. Alyster lutade sig ner och fångade min mun i en brännande kyss medan Rafails fingrar fortsatte att utföra sin magi mellan mina ben. Jag stönade in i Alysters mun, mina höfter ryckte till när Rafail förde in ett finger i mig, sedan ett till.

Jag kunde känna Alysters hårda lem pressa sig mot mitt lår, och jag sträckte ut handen och grep tag om hans skaft. Han stönade, hans höfter stötte framåt när jag började smeka honom, mina fingrar gled över den sammetslena huden på hans kuk.

Jag kunde känna Rafails hårda lem pressa sig mot min rygg, och jag förde min andra hand bakom mig för att även ta tag i honom. Rafail stönade, hans höfter ryckte till när jag började smeka honom, mina fingrar gled över den sammetslena huden på hans kuk.

"Jag har redan haft henne." Det var Alyster som talade, med låg och sträv röst. "Jag tror aldrig att jag skulle kunna få nog, men ... du tar henne, den här gången."

"Tack." Rafails röst i mitt öra var knappt mer än ett stön när mina fingrar bearbetade hans kuk. "Careena ..." en stark hand manade upp mitt lår, och jag flyttade mina höfter bakåt, ivrig efter honom. Mina ögon slöts i salighet när han långsamt började glida in i mig,

Medan Rafail fortsatte att röra sig inuti mig sträckte jag mig efter Alyster, mina fingrar slöt sig om hans skaft. Han stönade, hans höfter stötte framåt när jag började smeka honom i takt med Rafails stötar. Jag kunde känna den sammetslena huden på hans kuk mot min hand, hettan från hans upphetsning som strålade genom mig.

Alyster lutade sig fram, hans läppar fann mina i en brännande kyss medan jag fortsatte att smeka honom. Jag stönade in i Alysters mun, min kropp skälvde av njutning när Rafail fyllde mig helt. Jag kunde känna hans hårda lem röra sig inuti mig, hans rytm perfekt synkroniserad med rörelserna från min hand på Alysters kuk. Känslan av att ha dem båda så nära, deras kroppar sammanflätade med min, var nästan för mycket att bära.

Jag kunde känna orgasmen byggas upp inuti mig, min kropp spändes hårdare och hårdare när Rafail och Alyster drev mig mot kanten. Jag ville få Alyster att må precis lika bra som de fick mig att må.

"Här", viskade jag hest till Alyster. Han såg frågande på mig, och jag lyfte en skakande hand för att röra vid mina läppar. "Din kuk. Här."

Han log, silvret i hans ögon ljusnade till en het kvicksilverglans, och nickade, flyttade sig uppåt i sängen så att jag kunde luta mig fram och ta honom i min mun.

Alyster stönade, hans fingrar trasslade in sig i mitt hår när jag började utföra min magi på honom. Jag kunde känna hans kuk pulsera mot min tunga när jag sög och slickade, mina rörelser perfekt synkroniserade med Rafails stötar. Smaken av honom var berusande, och jag fann mig själv förlorad i njutningen av allt.

Jag kunde känna Rafails rörelser bli mer oregelbundna, hans grepp om mina höfter hårdnade när han drev sig själv djupare in i mig. Jag visste att han var nära, och tanken på att han skulle komma inuti mig medan jag tog Alyster till extasens rand var mer än jag kunde hantera.

Med ett rop som ekade genom rummet kom jag, min kropp skakade av njutning medan Rafail fortsatte att röra sig inuti mig. Jag kunde känna hans kuk pulsera när han kom, hans egna njutningsrop blandades med mina. Och sedan kom Alyster också, hans säd spillde ut i min mun när jag sög honom djupare, mina fingrar fortfarande lindade runt basen på hans skaft.

När vågorna av njutning långsamt började avta, kände jag en känsla av frid och tillfredsställelse skölja över mig. Jag var inbäddad mellan de två män som hade fångat mitt hjärta och min själ, deras kroppar sammanflätade med min i ett trassel av lemmar och svett.

Rafail kollapsade på sängen bredvid mig, hans bröstkorg hävde sig när han försökte hämta andan. Alyster drog sig försiktigt ur mitt grepp, ett nöjt leende lekte på hans läppar när han såg ner på mig.

"Du är otrolig, Careena", mumlade han, hans röst tjock av känsla. "Tack."

Rafail nickade instämmande, hans andning kom fortfarande snabbt. "Vi har tur som har dig", sade han och sträckte ut handen för att stryka en vilsekommen hårslinga från mitt ansikte.

Jag log upp mot dem båda, mitt hjärta svällde av tacksamhet och kärlek. "Det är jag som har tur", viskade jag, min röst knappt hörbar. "Som har hittat er båda."

Medan vi klamrade oss fast vid varandra, flämtande och utmattade, insåg jag hur betydelsefullt detta möte hade varit. Vårt band hade testats, men det hade också blivit starkare. Jag visste att vi tillsammans kunde möta vilka utmaningar som än väntade.

"Tack", viskade jag. "För att ni fick mig att känna mig levande igen."

"Alltid, Careena", lovade Alyster och pressade ytterligare en mild kyss mot min tinning.

"Alltid", ekade Rafail, hans armar slogs om oss i en beskyddande omfamning.

Och när jag låg där, inbäddad mellan Alyster och Rafail, kunde jag inte låta bli att känna en gnutta hopp om att vi kanske, bara kanske, skulle hitta ett sätt att navigera denna komplexa situation och komma ut starkare, förenade i vår kärlek till varandra.

När vi låg i tyst efterglöd började mina tankar vandra mot de utmaningar som väntade oss. Att dechiffrera trollboken och konfrontera häxcirkeln skulle inte vara lätta uppgifter, och jag visste att vårt band skulle testas längs vägen. Men jag kände också en känsla av beslutsamhet, driven av den kärlek och tillit vi hade skapat under detta intima möte.

"Hallå", mumlade Alyster och drog min uppmärksamhet tillbaka till nuet. "Jag vet att du är orolig för vad som komma skall, men kom ihåg: vi gör det här tillsammans."

Rafail nickade instämmande. "Vad som än händer kommer vi att möta det som ett team. Vi håller varandra om ryggen, oavsett vad."

När jag drev iväg mot en belåten sömn, lät jag mig själv suga åt mig av bekvämligheten och tryggheten i detta ögonblick, väl medveten om att den osäkra framtiden skymtade strax bortom horisonten. Men för tillfället skulle jag fokusera på den förbindelse vi delade och bygga upp en reservoar av styrka och motståndskraft för prövningarna som låg framför oss.

Kapitel femton
Alyster

Lakanen prasslade när jag vaknade till och mina ögon blinkade upp mot sovrummets mörker. Careena och Rafail låg bredvid mig, deras bröstkorgar höjdes och sänktes mjukt i sömnens stadiga rytm. Utanför fönstret härskade nattens djupa sammet fortfarande.

Vad gjorde vi här, hoptrasslade i denna farliga dans? Vägen framåt var höljd i dunkel, men en sak var säker – nu fanns det inget utrymme för snedsteg. För mycket stod på spel.

Jag suckade och drog en hand genom mitt rufsiga hår. Bredvid mig sov Careena och Rafail vidare, omedvetna om ödets intriger som snärjde sig runt oss. Ett ögonblick till lät jag mig själv dröja kvar där och betrakta dem – den fallna ängeln och den fördömda hamnskiftaren, osannolika allierade sammanbundna av omständigheterna och den här underliga dragningskraften som tycktes ha oss alla tre i sitt grepp.

Pannan lades i djupa veck när en orolig känsla slog rot i magen. Vi hade sänkt garden, alla hade vi gett efter för utmattningen och den tillfälliga fristaden i detta lyxiga rum. Men världen utanför dessa väggar rymde faror som inte vilade, och det kunde inte vi heller göra.

Jag satte mig sakteligen upp, försiktig så att jag inte störde de andra, och gled ur sängen. Mina bara fötter mötte det svala golvet. Jag drog på mig byxorna och tassade tyst in i badrummet.

Stänket av kallt vatten i ansiktet hjälpte till att skingra sömnens kvarvarande dimma.

När jag rätade på mig, med vatten droppande från hakan, sprakade magin till liv i spegeln framför mig. Glaset krusade sig och skimrade, och i dess ställe uppenbarade sig drottning Maeve själv, strålande i sin eteriska skönhet men kall som vinterns djup.

"Alyster", spann hon, hennes röst som honung spetsad med gift medan blicken föraktfullt granskade min bara bringa. "Jag utgår från att du inte har glömt din plikt gentemot din drottning och ditt folk."

Jag böjde huvudet, en gest av vördnad som nu kändes ihålig till och med för mig själv. "Självklart inte, Ers Majestät. Jag är för evigt er lojala tjänare."

Hennes ögon, blekt silverfärgade och genomträngande, tycktes se rakt igenom mig. "Och ändå sölar du." Det sista ordet dröp av förakt. "Har du tappat bort vad som verkligen är viktigt?"

Ilska flammade upp inom mig, men jag tryckte ner den. "Jag försäkrar er, min drottning, att mina prioriteringar är oförändrade. Trollboken kommer att bli er, som utlovat."

"Se till att den blir det", fräste hon och hennes kungliga fasad sprack för ett ögonblick. "Jag börjar tröttna på de här lekarna, Alyster. Du glömmer dig själv och den makt jag besitter. Konsekvenserna av ett misslyckande skulle vara ... olyckliga."

Hotet hängde tungt i luften mellan oss, en påminnelse om det farliga spel jag spelade. "Jag kommer inte att svika er", sa jag, och orden smakade som aska på tungan.

Hennes leende saknade värme. "För din egen skull hoppas jag det. Tiden börjar rinna ut och mitt tålamod tryter. Leverera trollboken, eller möt fae-hovets vrede. Gör mig inte besviken igen, Alyster Vayir."

Spegelns yta krusade sig, och lika abrupt som hon hade dykt upp försvann faedrottningen och lämnade mig stirrandes på min egen spegelbild igen. Mitt hjärta rusade och jag grep tag om handfatskanten så att knogarna vitnade.

Jag slöt ögonen och tog ett djupt andetag för att lugna mig. Drottningens ord ekade i mitt sinne, en skarp påminnelse om den prekära situation jag befann mig i. Jag hade alltid varit stolt över min förmåga att navigera fae-hovets förrädiska vatten, men nu kändes det som att jag höll på att drunkna.

Trollboken. Nyckeln till drottningens begär och källan till mitt nuvarande predikament. Jag hade varit så nära att få tag på den, men Careena och Rafail hade komplicerat saken på sätt jag inte hade förutsett. De hade blivit mer än bara bönder i detta spel om makt och kontroll.

Jag skvätte mer kallt vatten i ansiktet och försökte klarna huvudet. Jag hade inte råd att låta mina känslor grumla mitt omdöme. För mycket stod på spel. Drottningens hot var inte tomma, och jag visste alltför väl hur långt hon skulle gå för att behålla sitt grepp om tronen.

Men när jag stirrade på min spegelbild kunde jag inte låta bli att ifrågasätta den väg jag hade valt. Var maktens pris verkligen värt kostnaden? Tyngden av mina val tycktes pressa ner mig, kvävande i sin intensitet.

Jag rätade på mig och sköt bak axlarna. Jag hade kommit för långt för att vända om nu. Jag skulle slutföra det här, oavsett konsekvenserna. Jag hade avlagt ett löfte att återlämna trollboken till faedrottningen, och det skulle jag göra ... men jag skulle också hålla mitt löfte till Careena och Rafail, för Careena hade rätt. Trollboken hade redan orsakat för mycket skada, och jag kunde inte bara fladdra tillbaka till Faerie utan att göra mitt bästa för att rätta till de problem som den hade förorsakat här.

Med ett sista djupt andetag vände jag mig bort från spegeln och klev tillbaka in i sovrummet, medan tankarna redan rusade iväg med planer och möjligheter.

KAPITEL SEXTON

RAFAIL

JAG VAKNADE AV LÅGA röster. Vad var det? Det kom ett svagt ljus från badrumsdörren, men Careena låg fortfarande kvar i mina armar och sov djupt, så vem pratade Alyster med?

Jag gled ur sängen och smög på tysta fötter fram till badrumsdörren och kikade in i rummet. Där såg jag Alyster vänd mot spegeln, talande med en hägring av en isande vacker kvinna med en krona av silverstjärnor i håret.

Min andning blev snabbare medan jag lyssnade på deras samtal, även om jag försökte vara så tyst jag kunde. Till slut slocknade hägringen i spegeln, och Alyster sänkte huvudet.

Jag smög tyst tillbaka till sängen och lade mig igen bredvid Careena, och låtsades sova när Alyster gick tillbaka genom sovrummet. Han stannade till en kort stund för att se på oss båda. Klicket från dörren till sällskapsrummet tycktes eka i tystnaden. Jag väntade ett hjärtslag, sedan två, innan jag satte mig upp och försiktigt väckte Careena.

"Careena", viskade jag, med knappt hörbar röst. Hennes ögon fladdrade upp, fortfarande grumlade av förvirring och sömn. "Vi måste prata."

Jag återgav snabbt vad jag hade sett, med låg och angelägen röst. Medan jag pratade såg jag känslorna spela över Careenas ansikte – förvåning, ilska, svek. Hennes blick hårdnade och jag kunde se beslutsamheten i hennes sammanbitna käkar.

"Han har arbetat för faedrottningen hela tiden", sa hon tyst, med en röst full av besvikelse. "Kanske har han bara väntat på ett tillfälle att ta trollboken."

Mina ögon vidgades. "Boken ..."

Vi tittade båda mot bordet på andra sidan rummet, där Careena hade lagt ifrån sig boken medan vi klädde av oss innan vi gick in i duschen. Den låg fortfarande kvar, och vi drog en gemensam suck av lättnad.

Careena skulle precis resa sig, men jag lade en hand på hennes arm och höll henne tillbaka. "Vänta", sa jag med lugn röst, trots spänningen som pulserade genom kroppen. "Vi måste tänka igenom det här. Att konfrontera honom nu kommer inte att lösa någonting."

Careena hejdade sig och hennes ögon sökte mina. Jag kunde se konflikten inom henne, viljan att agera i kamp med behovet av försiktighet. Efter en lång stund nickade hon och satte sig ner på sängen igen.

"Du har rätt", sa hon, med en röst spänd av frustration. "Men vi kan inte bara låta det här passera. Vi måste komma på vad vi ska göra härnäst."

Jag nickade, medan mitt sinne redan övervägde möjligheterna. Vi befann oss i en prekär situation, och ett felsteg kunde leda till en katastrof. Men en sak var säker – vi behövde konfrontera Alyster och få fram sanningen, hur smärtsam den än kunde vara.

"Okej", viskade jag, med knappt hörbar röst. "Låt oss prata med honom tillsammans, men vi måste vara försiktiga. Vi vet inte vad han planerar eller om faedrottningen har honom under någon slags kontroll."

Careena nickade instämmande, sina midnattssvarta ögon fyllda av beslutsamhet. Hon gled försiktigt ur sängen och hennes korpsvarta vingar vecklades ut en aning när hon ställde sig upp. Med ryckiga, arga rörelser drog hon på sig kläderna igen och gick fram till dörren som ledde till sällskapsrummet.

Jag följde hennes exempel, drog på mig ett par byxor och rätade på mig innan jag anslöt mig till henne vid dörren. Tillsammans gick vi in i rummet och fann Alyster stående vid fönstret med ryggen mot oss. Månljuset kastade ett silversken över honom, vilket framhävde spänningarna i hans kropp.

"Vem tjänar du, Alyster?" frågade Careena, hennes melodiska röst skarp och präglad av svek. Hennes ögon smalnade när hon såg på honom, och hennes vingar spreds ut bakom henne som en hämndens ängel.

Alysters axlar spändes och han vände sig långsamt mot oss. Hans silverfärgade ögon mötte våra, och för ett ögonblick tvekade han. Sedan talade han.

"Tro mig när jag säger att mina avsikter är precis vad jag har sagt er", sa han med ansträngd röst. "Jag har försökt skydda er båda från det värsta av faedrottningens vrede."

"Genom att konspirera med henne?" fräste Careena, och hennes ilska var påtaglig i luften mellan oss. "Hur kan vi lita på dig efter det där samtalet?"

Alyster såg plågad ut, med en bönfallande blick. "Snälla, låt mig förklara. Det finns mer i det här än ni vet."

"Varför gick du med på att hjälpa oss mot häxcirkeln? Väntade du bara på chansen att ta boken och ge den till henne?" krävde Careena, med en röst spetsad av misstänksamhet.

"För att något förändrades", svarade Alyster, med en röst fylld av övertygelse. "Jag insåg att du hade rätt. Jag insåg att faedrottningens välde har präglats av grymhet och rädsla, och en total brist på omtanke för alla hon såg som mindre värda. Hon skulle inte bry sig det minsta om den skada häxcirkeln redan har åstadkommit med trollboken, och hon skulle sannerligen inte lyfta ett finger för att hjälpa till. Inte heller skulle hon låta mig återvända för att hjälpa till, även om jag levererade boken till henne. Hon skulle ha ett annat uppdrag åt mig."

Jag såg på Careena. Alysters ord lät sannerligen ärliga för mig, men jag hade sällan haft med fae att göra, trots mitt långa liv. Vad jag visste kunde de lika gärna ljuga lika lätt som de andades.

Careena såg dock osäker ut och hon tuggade på läppen, medan hon bara iakttog Alyster i tystnad.

"Snälla", Alysters röst darrade och desperation kröp sig in i hans ton. "Jag vet att det låter dumt, men jag är på er sida. Jag vill hjälpa er mot häxcirkeln och ... det kommer förmodligen att kosta mig livet, men jag börjar tro att drottning Maeve inte borde ha den där boken. Den är för farlig."

"Vad föreslår du då att vi gör?" frågade Careena, med en röst som knappt var mer än en viskning.

"Låt oss hitta ett annat sätt", sa Alyster, med fastare röst nu. "Tillsammans kan vi stoppa häxcirkeln, och sedan föreslår jag att vi tar boken till Aurelius och låter honom förhandla med faedrottningen. Jag litar på att ärkeänglarnas råd inte skulle missbruka dess makt. Drottning Maeve, inte lika mycket."

Jag iakttog dem båda noga, medan mina egna tankar rusade. Kunde vi verkligen stå emot faedrottningens styrka? Var Alyster verkligen på vår sida eller spelade han oss bara ett spratt? Vad skulle hända med oss tre om vi trotsade faedrottningen? Jag hade inga illusioner om mina chanser att överleva om hon någonsin fick veta att jag hade någon del i att gäcka henne. Careena kanske skulle vara skyddad på grund av sin änglastatus, men Alyster och jag skulle båda säkerligen vara dömda.

Medan vi stod i ett spänt dödläge då Careena övervägde Alysters ord, reste sig plötsligt håren i min nacke.

”Kände du det?” viskade Careena, med lätt darrande röst. ”Det är som ... att något är på väg.”

”Något mäktigt”, tillade Alyster, med blekt ansikte.

”Häxorna”, väste jag. Jag kunde nu känna smaken av magin, och jag kände igen den, välbekant. Den hade samma nyanser som förbannelsen jag burit på i alla dessa århundraden, trollbokens magi.

”Det här är ingen plats för en uppgörelse”, sa Alyster, samtidigt som Careena rusade tillbaka in i sovrummet för att hämta boken. ”Vi måste härifrån.”

”Har du en skepnad som kan flyga, Rafail?” frågade Careena medan Alyster och jag skyndsamt drog på oss resten av våra kläder.

Jag tvekade. ”Det har jag, men ... jag har aldrig övat särskilt mycket. Min skepnadsväxling har alltid varit för instabil.” Jag ryckte på axlarna och flinade hjälpligt. ”Kalla mig feg, men jag ville inte förlora mina vingar mitt i luften och plötsligt falla hundrafemtio meter.”

”Det problemet borde du inte ha längre”, sa Careena mjukt. ”Vilken skepnad du än väljer att anta kommer att vara stabil så länge du vill.”

Jag nickade och rätade på axlarna. "Det måste den väl vara, eller hur? För du kan inte bära oss båda."

"Det kan jag inte", erkände hon. "Inte ens bara för att ta oss från den här höjden ner till marken. Mina vingar klarar inte så mycket vikt."

"De kommer närmare", sa Alyster enträget, spände på sig sitt svärd med bälte och gick mot det stora skjutfönstret, som öppnade sig mot en liten balkong. Vi var på femtonde våningen, och vinden slet i oss när vi klev ut. Careenas fjädrar rufsades till när hon delvis fällde ut sina vingar.

Jag tog ett djupt andetag och sträckte mig långt in i mig själv. En falk, tänkte jag och ignorerade darrningen i mina händer. Jag hade aldrig gillat höjder.

Careena väntade uppenbarligen på mig, med rynkade svarta bryn när hon såg på mig.

"Ge mig ett ögonblick", sa jag. "Det var länge sedan jag provade den här skepnaden."

"Ta den tid du behöver", sa hon tyst. "Vi lämnar dig inte."

En krasch bakom oss förkunnade häxcirkelns ankomst då dörren till rummet slets upp från sina gångjärn. Jag ryggade till inombords och tänkte på de kostnader som utan tvekan skulle läggas på mitt kreditkort när jag inte var där för att förklara skadan.

"När som helst nu vore bra, Rafail", sa Alyster genom sammanbitna tänder, men han drog också sitt svärd och klev in mellan mig och de framryckande häxorna.

Du klarar det här, du klarar det här, mässade jag mentalt och visualiserade falkens bandade vingar och elakt krökta näbb. Ett fräsande ljud avbröt dock min koncentration, och jag var tvungen att huka mig när ett klot av

fräsande grön magi som häxan slungat iväg studsade mot
Alysters upphöjda svärd och ven förbi mitt öra.

Kapitel sjutton

Careena

"Ge mig ett ögonblick", sa Rafail med tydlig panik i ansiktet. "Det var länge sedan jag prövade den här formen."

En krasch förkunnade häxcirkelns ankomst då dörren flög inåt i ett regn av splitter, och jag insåg att tiden var något vi just hade fått slut på.

"Alyster!" skrek jag och tog beslutsamt ett steg framåt. Jag tänkte inte lämna Rafail åt häxcirkelns nåd, vad som än hände.

Alyster nickade bistert och hans silvergrå ögon blixtrade till när han höjde sin klinga. "Jag tar de två till vänster, du tar de andra!"

Jag manade fram min magi och kände den spraka längs huden som blixtar. Om jag bara hade haft mitt änglasvärd! Men det fanns ingen tid för önsketänkande. De mörka häxorna avancerade redan, med händerna glödande av illvillig grön eld.

Jag var tvungen att lita på att mina medfödda förmågor skulle vara nog. Alyster och jag rörde oss som en, och kastade oss framåt för att möta våra angripare och köpa Rafail de dyrbara sekunder han behövde.

Häxornas skrik och morranden fyllde luften medan jag undvek deras besvärjelser. Jag slog ut med salvor av violett energi och drev dem tillbaka. Bredvid mig var Alysters svärd en suddig silverstrimma som parerade förbannelser och skar genom deras försvar.

En vildhårig häxa kastade sig mot mig med galenskap i blicken. Jag tog ett steg åt sidan och slog en knytnäve omsluten av violett energi i hennes käke. Hon säckade ihop, men en annan tog genast hennes plats och kraxade av skratt.

Då klev en ny gestalt genom den krossade dörröppningen. Lång och reslig, med korpsvart hår och genomträngande gröna ögon, utstrålade hon makt och illvilja. Selene Nightshade, häxcirkelns ledare i egen hög person.

Hennes blick låstes vid min, och chock flimrade till i hennes vackra, grymma anletsdrag när hon såg mina glödande vingar, med violett ljus som sken längs kanterna. Men överraskningen var borta på ett ögonblick, ersatt av ett hånleende av rent hat.

"Du", väste hon när hon kände igen mig. "Du är en fördömd ängel! Jag tyckte väl att jag kände en himmelsk närvaro."

Jag mötte hennes blick trotsigt och spände ut vingarna. "Jag tänker inte låta er skada mina vänner."

Hon skrattade, ett ljud som var vasst och hånfullt. "Tror du att du kan stoppa mig, lilla ängel?" Hennes händer blev en suddig rörelse och grön eld samlades mellan hennes handflator. "Låt oss se hur bra du flyger med klippta vingar!"

Klotet av fördärvlig magi slungades mot mitt ansikte, för snabbt för att undvika. Men Alyster var där, hans svärd blixtrade till och gensköt besvärjelsen. Den frätande energin stänkte mot klingan, fräsande och spottande som syra.

"Var försiktig, häxa", sa Alyster med låg, farlig röst. "Den här ängeln har vänner."

Jag manade fram min egen magi, och mina händer glödde av skimrande violett ljus. Luften sprakade av kraft när jag formade energin, redo att släppa lös den mot de mörka häxorna.

Selenes ögon smalnade. "Ta dem!" skrek hon till sin häxcirkel. "Låt dem inte undkomma!"

Rummet exploderade i rörelse och kaos. Besvärjelser flög och strimmor av sjukliga färger skar genom luften. Jag duckade och väjde, med vingarna som bar mig undan den dödliga magin.

En förbannelse sved smärtsamt över min kind och jag virvlade runt och slängde ut handen. En lans av violett kraft bröt fram från min handflata, träffade häxan i bröstet och skickade henne flygande bakåt in i väggen med ett krasande ljud.

"Careena!" skrek Alyster. "Bakom dig!"

Jag snurrade runt precis i tid för att undvika en gripande hand omsluten av giftgröna flammor. Häxan morrade, hennes ansikte en mask av raseri, och gjorde ett nytt utfall.

Jag samlade min kraft och släppte lös den i en bländande ljusblixt. Häxan skrek när det heliga ljuset omslöt henne och svedde hennes besudlade kött. Hon föll ihop, tillfälligt förblindad.

Jag hade ingen tid att hämta andan. De fortsatte att komma, obevekliga och ondskefulla. Alyster och jag stred rygg mot rygg, där svärd och trolldom höll flodvågen av mörk magi stången.

Selenes röst skar genom larmet som en rakkniv. "Nog med dumheter!" morrade hon. "Lämna över grimoaren. Ni har ingen aning om vilka krafter ni leker med."

Jag mötte hennes isande gröna blick och vägrade att backa. "Aldrig", spottade jag fram. "Jag låter er inte förvränga dess hemligheter för egen vinning."

Selenes ögon blixtrade av illvilja. "Vågar du trotsa mig? Jag som har fördjupat mig mer i de mystiska konsterna än någon annan? Du är ingenting, utstött och ensam! Vilken chans tror du att du har mot mig?"

Hon höjde händerna och mörk energi sprakade mellan hennes fingertoppar. Jag gjorde mig beredd och samlade min egen kraft för att kontra vad hon än skulle släppa lös.

Ett gällt skrik skar plötsligt genom luften bakom mig. Jag riskerade en blick bakåt och mina ögon vidgades. Där, uppflugen på balkongräcket, satt en slank pilgrimsfalk. Rafail. Han hade lyckats.

Lättnaden sköljde över mig, men jag hade inte tid att njuta av den. Selenes förbannelse slungades mot mig, en rytande malström av fördärvliga gröna flammor. Jag kastade upp en skimrande violett sköld, och träffen fick det att skaka i benen.

"Alyster!" skrek jag över kaoset. "Rafail har skiftat form! Vi måste dra, nu!"

Alyster var en virvlande dervisch, hans förtrollade klinga blixtrade i silver när han duellerade en morrande häxa. Vid mitt rop bröt han sig loss med en överraskande fart och lämnade sin fiende stapplande.

"På tiden!" ropade han, andfådd men med ett vilt leende. "Jag började tro att jag skulle behöva ta mig an hela häxcirkeln själv!"

Tillsammans kämpade vi oss fram mot balkongen, Alysters svärd och min magi vävde ett desperat försvar. Svetten klistrade fast håret i pannan och mina vingar värkte av ansträngningen från striden i det trånga utrymmet, men steg för steg drev vi dem tillbaka.

Selenes raseriskrik ekade från väggarna. "Stoppa dem, era idioter!" ylade hon mot sina ansatta undersåtar. "Låt dem inte komma undan!"

Till slut stormade vi ut på balkongen, medan häxcirkelns besvärjelser svedde luften omkring oss. Falken lyfte omedelbart och med kraftfulla vingslag steg Rafail upp i natten.

Jag gjorde mig redo att följa efter, men Alyster fångade min blick. Ett ögonblick av fullkomlig förståelse uppstod mellan oss, en förbindelse som varade en bråkdels sekund. *Lita på mig*, tycktes hans silvergrå blick säga.

Och sedan hoppade han baklänges från räcket och störtade mot den avlägsna marken långt där nere.

Hjärtat stannade i bröstet. "Alyster!" Inte ens en fae kunde överleva ett fall från den här höjden!

Jag tvekade inte. Jag fällde ihop vingarna tätt intill kroppen och dök efter honom, med vinden skrikande i öronen. Han hade redan försvunnit i mörkret nedanför, men jag sträckte ut med mina andra sinnen och sökte efter det klara skenet från hans medfödda faemagi.

Där! Jag vinklade vingarna och ökade farten. Marken rusade emot oss, och jag kunde bara be att jag skulle nå honom i tid...

I sista möjliga sekund slöt sig mina armar om Alysters bröstkorg. Jag spärrade ut vingarna, kämpade mot hans tyngd och vår fallande fart. Musklerna i ryggen skrek av ansträngningen, men på något sätt, mirakulöst nog, höll jag fast.

Vi svängde ut ur dykningen och Alyster tjöt av vild hänförelse. Trots allt kom jag på mig själv med att le, adrenalinkicken och vår flykt på håret när var berusande.

"Du är galen!" flämtade jag medan jag kämpade för att vinna höjd med Alyster dinglande i mina armar. "Du kunde ha dödat oss båda!"

Alyster bara skrattade, ett ljud som var bekymmerslöst och utan ånger. "Men det gjorde jag inte! Jag visste att du skulle fånga mig."

Jag ville vara rasande på honom, men mot min vilja kände jag en motvillig gnista av beundran. Alysters troshopp hade varit extremt vårdslöst, men han hade köpt oss dyrbara sekunder. Jag sträckte på nacken och sökte av himlen bakom oss. Inga blixtar av fördärvligt grönt ljus. Mot alla odds verkade vi ha kommit undan.

"De har tappat bort oss", sa jag och vågade knappt tro det. "Annars skulle Selene ha skjutit ner oss från himlen."

"Exakt." Jag kunde höra det belåtna leendet i Alysters röst. "Varsågod, förresten."

Jag himlade med ögonen, även om han inte kunde se det. "Nästa gång, varna mig innan du bestämmer dig för att hoppa från en byggnad, okej?"

En gestalt svepte in bredvid oss, och jag spände mig innan jag kände igen pilgrimsfalkens spräckliga fjäderdräkt. Rafail hade hittat oss. En del av spänningen i mina axlar släppte. Vi var alla i säkerhet, åtminstone för stunden.

Jag pumpade hårt med vingarna för att vinna höjd. Stadens blinkande ljus försvann under oss när vi steg högre och högre, tills molnslöjor började virvla runt oss.

"Jag ska försöka ta mig över molnen", sa jag till Alyster. "Gömma oss från nyfikna blickar där nere." Gryningen var också nära, en avslöjande ljusning i öster varnade om att mänskliga ögon snart skulle kunna upptäcka oss. Jag ville inte riskera att använda magi för att dölja oss med en illusion; häxcirkeln skulle kunna spåra oss om jag använde aktiv magi så här nära dem.

"Bra tänkt." Alyster vred sig i mitt grepp och försökte få en skymt av mitt ansikte. "Du tänker väl inte bara släppa mig nu, eller hur?"

"Fresta mig inte", muttrade jag, men det fanns ingen hetta i rösten.

Ett ojordiskt skrik skar plötsligt genom luften bakom oss. Blodet isades i mina ådror. Alyster svor.

"Vad i alla helveten var det där?" krävde han.

Jag sträckte på nacken för att se tillbaka över axeln, och mina vingar vacklade ett slag när jag fick syn på våra förföljare. Två bevingade gestalter närmade sig i hög fart, men de var definitivt inte änglar. Läderartade vingar drev utmärglade kroppar genom luften, och även på det här avståndet kunde jag se de grymt böjda, onda klorna.

"Harpyor", andades jag förskräckt. "Selene måste ha använt en besvärjelse från boken för att förvandla medlemmar av sin häxcirkel."

Och de knappade snabbt in på oss. Deras fladdermuslika vingar var byggda för snabbhet, medan mina fjäderbeklädda var mer avsedda för uthållighet. Vi kunde inte hoppas på att flyga ifrån dem länge.

"Rafail!" skrek jag och bad att den formskiftade magikern skulle höra mig över vindbruset. "Vi har sällskap!"

Falken gav ifrån sig ett gällt rop som bekräftelse. Hans skarpa rovfågelögon hade utan tvekan redan upptäckt hotet.

Jag sökte frenetiskt av horisonten, letade efter något som kunde ge oss en fördel mot harpyorna. Men vi var för exponerade här uppe, inget annat än tom himmel så långt ögat kunde nå.

Mina tankar rusade. Jag kunde inte slåss medan jag bar på Alyster, och jag gillade inte våra chanser i en luftstrid även om jag hade kunnat. Harpyornas onda klor och överlägsna snabbhet skulle slita oss i stycken. Vi behövde hitta skydd, och det snabbt.

Skriken blev högre och harpyornas förvridna ansikten kom i groteskt fokus. Jag kunde se galenskapen i deras ögon och en grym hunger. De hade en gång varit människor, men det fanns inget mänskligt kvar i dem nu, bara en monstruös blodtörst.

Jag bet ihop tänderna och förberedde mig på att göra en undanmanöver. Det var vår enda chans. Om jag kunde undvika deras första attack, kanske skapa lite avstånd mellan oss...

Harpyorna gav ifrån sig ett isande segervrål när de närmade sig med utfällda klor. Och sedan var de över oss.

KAPITEL ARTON
CAREENA

HARPIERNA SKREK OCH DÖK ner mot oss med utsträckta klor. Deras läderartade vingar piskade upp luften till en ursinnig virvelvind när de siktade in sig på sitt byte – oss.

Jag väjde tvärt åt vänster och undvek med nöd och näppe en svepande klo. Mina egna vingar ansträngdes till bristningsgränsen. Framför mig piskade Alysters gyllene hår runt hans ansikte när han vred sig om för att försöka se vad de gjorde.

Här uppe var vi i klart underläge. Harpierna ägde himlen, och eftersom jag bar på Alyster hade jag inget sätt att slå tillbaka.

"Vi måste ner på marken!" skrek jag över den rytande vinden. Med ett kraftfullt nedåtriktat slag med vingarna fällde jag in dem tätt mot kroppen och störtade som en sten. Marken kom rusande emot mig i en yrselframkallande suddig blandning av grönt och brunt. I sista sekunden rätade jag upp, landade hårt på en gräsbevuxen kulle och satte ner Alyster på fötter.

Jag genomsökte himlen på jakt efter minsta tecken på Rafail. Ingenting. Han måste ha kommit ifrån oss i kaoset under vår störtdykning. Oron vred sig i magen på mig.

Jag hoppades att han var okej, var han än befann sig. Jag hoppades att inga människor hade sett något av den där luftakrobatiken. Det sista vi behövde var rapporter om underliga flygande varelser på kvällsnyheterna.

”Se upp”, varnade Alyster och ryckte mig tillbaka till den överhängande faran.

Harpierna skrek ut sin vrede och cirklade högt ovanför. Branta kullar omgav oss på alla sidor och stängde in oss. Jag spände fingrarna och kallade fram min himmelska magi till ytan.

Det skulle bli en helvetisk strid.

Alysters silverögon glimtade av beslutsamhet när han sträckte ut händerna med handflatorna vända mot jorden. Ett svagt grönt sken strålade från hans fingertoppar, och marken skälvde under våra fötter. Plötsligt sköt taggiga rankor upp ur jorden och växte i en omöjlig hastighet. De vred och slingrade sig, och sträckte sig mot skyn som ormar redo att hugga.

Med en snärt med handleden skickade Alyster rankorna mot harpierna när de dök mot oss. Varelserna skrek till av förvåning när rankorna snärjde en av dem och virade sig hårt runt dess ben och vingar. Den sprattlade våldsamt för att försöka ta sig loss, men ju mer den kämpade, desto hårdare höll rankorna sitt grepp.

”Snyggt trick”, sa jag, imponerad av Alysters hantverk.

Han gav mig ett snabbt leende. ”Jag har mina stunder. Men det kommer inte att hålla länge!”

Jag nickade och riktade min uppmärksamhet mot den andra harpian, som cirklade vaksamt precis utom räckhåll för rankorna. Det var dags att jämna ut oddsen. Jag slöt ögonen och hämtade kraft från den källa av himmelsk energi som pulserade i mina ådror. Den var en del av mig, lika naturlig som att andas, men ändå alltid respektingivande i sin råa kraft.

Mina ögon slogs upp och glödde av ett överjordiskt ljus. Jag lyfte handen med handflatan utåt och släppte lös en brännande stöt av ren energi. Den for genom luften som ett stjärnfall och träffade harpian rakt i bröstet. Varelsen gav ifrån sig ett plågat skri och föll baklänges, medan det rök från vingarna efter träffen.

"Ta den, din övervuxna kyckling", muttrade jag och kände en gnutta tillfredsställelse.

Harpian slog ursinnigt med vingarna och försökte återfå balansen. Den fäste en giftig blick på mig som lovade vedergällning, innan den drog sig tillbaka till ett säkrare avstånd. Jag visste att den inte skulle hålla sig borta länge, och den andra harpian höll redan på att slita sig loss från Alysters rankor.

"Vi måste avsluta det här snabbt", sa Alyster med en röst spänd av brådska. "Innan de kallar på förstärkning."

Jag nickade bistert. Tanken på att möta en hel flock av dessa monster sände en kåre längs ryggraden. Vi var tvungna att hitta ett sätt att neutralisera hotet, och det snabbt.

Men hur? Jag ansträngde hjärnan för att komma på idéer och försökte tänka förbi adrenalinet som forsade genom mitt system. Det måste finnas ett sätt att använda våra kombinerade krafter till vår fördel.

Om bara Rafail var här. Hans förmåga att byta skepnad skulle ha gett oss den välbehövliga fördel vi behövde. Jag trängde undan tanken. Vi kunde inte lita på honom nu. Det var upp till Alyster och mig att avsluta den här striden.

Harpierna omgrupperade sig i luften och deras ögon glimmade av illvilja. De utstötte ett gällt stridsrop och dök mot oss med skrämmande hastighet, med klorna utsträckta som blänkande dolkar.

Alyster reagerade omedelbart. Han rullade åt sidan och undvek med en hårsmån de rakbladsvassa klorna som rev upp luften där han hade stått ett ögonblick tidigare. Jag kastade mig i motsatt riktning och slog med vingarna för att snabbt dyka undan.

Harpierna vände om för en ny attack, och deras vingar piskade upp luften till ett raseri. Jag kunde känna vinden slå mot mitt ansikte, svida i ögonen och dra i mitt hår. Men jag hade inte råd att bli distraherad. Inte nu.

Jag sträckte mig djupt inom mig själv och utnyttjade den källa av himmelsk kraft som pulserade i mina ådror. Den var en del av mig, lika naturlig som att andas, och ändå krävdes det ansträngning att kontrollera den. Jag fokuserade den energin till en skimrande sköld och svepte den runt Alyster som en skyddande kokong.

Han gav mig en tacksam blick, och hans silverögon mötte mina i ett kort, intensivt ögonblick. Sedan var han i rörelse igen, hans svärd en suddig rörelse när han parerade harpiernas attacker med övernaturlig snabbhet och grace.

Jag såg på med vördnad och förundrades över det flytande sättet han rörde sig på, som en dansare mitt i en dödlig föreställning. Hans gyllene hår glänste i gryningsljuset, hans ansikte en mask av koncentration när han kämpade för att hålla harpierna på avstånd.

Men inte ens Alyster kunde hålla dem borta för evigt. Vi behövde en plan, och det snabbt.

Ett genomträngande skri skar genom luften, och mitt huvud for upp precis i tid för att se en blixt av brunt och vitt störta från himlen. Det var Rafail, i sin falkskepnad, som dök mot harpierna med hisnande hastighet och precision.

Han rammade en av dem och hans klor rev med ett sjukligt krasande över bakhuvudet på den. Harpian skrek av smärta och vingarna vacklade när den kämpade för att hålla sig i luften.

"Rafail!" skrek jag, min röst rå av fruktan och upprymdhet.

Den skadade harpian störtade till marken inte långt därifrån, tillfälligt omtöcknad, vilket gav Alyster och mig en chans att omgruppera och planera vårt nästa drag. Vi utbytte en snabb blick, och båda förstod att denna andningspaus inte skulle vara länge.

Den andra harpian såg sin kamrat falla, utstötte ett skri av raseri och förnyade sin attack med full kraft. När den förberedde sig för att störtdyka mot oss igen, fokuserade jag min energi och släppte lös en kraftfull ljusstråle mot varelsen. Luften sprakade av intensitet när strålen rusade mot sitt mål och lämnade ett spår av skimrande partiklar i sitt kölvatten.

Harpian hade ingen tid att reagera. Strålen träffade den direkt och brände genom fjädrar och kött när den med våld tvingades ner från himlen. Den störtade till marken med en dånande krasch, med vingarna vilt flaxande i ett fåfängt försök att återfå kontrollen.

Nu hade vi vår chans. Med båda harpierna på marken och sårbara, ryckte Alyster och jag fram för den slutgiltiga stöten.

"Jag tar dem, Careena, du hittar Rafail!" ropade Alyster när han rusade mot de nedslagna monstren.

Med ett skickligt slag av sitt svärd träffade han den första harpians hals och skickade den till underjorden på ett ögonblick. Dess kropp förvandlades till stoft och lämnade inga spår efter sig.

Eftersom jag kände att jag tryggt kunde överlåta avrättningen av den andra harpian till Alyster vände jag mig om för att leta efter Rafail och hittade honom snart liggande på marken i närheten. Han hade återgått till sin mänskliga form efter att ha träffat harpian och såg nu vimmelkantig och desorienterad ut.

"Tack gode gud", andades jag lättat ut när jag rusade till hans sida. "Rafail, är du okej?"

"Va ...?" mumlade han och blinkade upp mot mig med ofokuserad blick. Uppenbarligen hade smällen gjort honom rejält omtöcknad.

Jag tvekade inte. Jag kanaliserade min helande magi, placerade händerna på hans bröst och sände in ett varmt, gyllene ljus i honom. Energin pulserade under mina handflator, lugnande och helande de skador han hade ådragit sig från sin djärva attack på harpian.

Gradvis återvände färgen till Rafails ansikte och hans andning blev stadigare. Hans ögon fokuserade på mig och han lyckades få fram ett svagt leende. "Tack, Careena", viskade han innan han drog sig upp till sittande ställning. Han var fortfarande skakig, men åtminstone var han vid medvetande och på bättringsvägen.

"Ta det lugnt", rådde jag mjukt, lättad över att han höll på att återhämta sig.

Alyster stegade fram till oss och torkade rent sitt svärd med en tygbit. Hans blick mötte min, en stålhård beslutsamhet etsad i hans ansikte. "Vi kan inte ge trollboken till faedrottningen", förklarade han, och hans ord klingade av övertygelse. "Jag litar inte på henne, och jag tror att sådan makt i hennes händer bara kan leda till katastrof."

Rafail såg mellan oss, och förvåning flimrade i hans blick innan den ersattes av oro. ”Vad menar du?” frågade han och stödde sig mot en närliggande stenbumling när han långsamt reste sig.

Alysters silverögon borrade sig in i mina och sökte efter förståelse. ”Drottning Maeve har varit hemlighetsfull om sina avsikter från första början”, sa han, med en röst färgad av bitterhet. ”Om hon skulle få använda trollbokens kraft, vem vet vilken skada hon skulle kunna orsaka? Jag vill inte sluta som *det där*.” Han pekade mot stoftkornen som sakta sjönk ner mot den steniga marken, de enda resterna av harpierna.

Jag begrundade hans ord och kände tyngden av beslutet vi stod inför. Som ängel visste jag alltför väl konsekvenserna av missbrukad makt. Min egen förvisning från himlen var ett bevis på det.

”Håller med”, sa jag beslutsamt. ”Vi hittar ett annat sätt.”

Alyster nickade, och hans läppar formades till ett litet, tacksamt leende.

”Okej då”, sa Rafail och gnuggade sig på huvudet där han hade kolliderat med harpian. ”Vi måste hålla ihop och komma på en plan.”

”Låt oss först hitta en säker plats att omgruppera på”, föreslog Alyster och vände sig om för att genomsöka de branta kullarna runt omkring oss. ”Vi måste samla information om häxcirkeln och avslöja sanningen bakom trollbokens kraft.”

”Håller med”, sa jag. ”Låt oss försöka hitta en säker plats. Någonstans som går att försvara, för jag tror inte att Selene Nightshade kommer att ta det här nederlaget med ro. Hon kommer att vara ute efter oss – och det är ganska uppenbart att hon kan spåra trollboken, för det finns inget annat sätt som de kunde ha hittat oss på."

Alyster nickade bistert. "Hon kommer att komma. Den här gången gillrar vi en fälla."

"Perfekt", log Rafail, och hans vanliga självförtroende återvände när han sträckte armarna över huvudet. "Då sätter vi igång. Vi har en häxcirkel att konfrontera."

Kapitel nitton

Rafail

Doften av blod och brända fjädrar hängde fortfarande kvar i mina näsborrar när jag betraktade Careena och Alyster, som båda såg lika trötta ut som jag kände mig. Vi hade med nöd och näppe undkommit harpyornas rakbladsvassa klor, och nu behövde vi en säker plats för att hämta andan och lista ut vårt nästa drag.

Trots utmattningen som slet i mina muskler kunde jag inte bortse från den växande känsla av samhörighet jag kände med dessa två osannolika allierade. Careena, den upproriska ängeln med midnattsvarta vingar och genomträngande ögon som verkade se rakt in i min slutna själ. Och Alyster, den gåtfulla fae vars charm och list både oroade och fascinerade mig.

Vi var nu bundna till varandra, vare sig det var av fri vilja eller omständigheter, och jag kom på mig själv med att vilja skydda dem, att bevisa mitt värde som en del av denna udda trio.

”Jag spanar framåt”, erbjöd jag mig, och kände redan det bekanta pirrandet under huden när min kropp förberedde sig för att skifta. ”Se om jag kan hitta en säker plats där vi kan hålla oss gömda ett tag.”

Careena nickade, hennes vingar hängde en aning. "Bra idé. Vi skulle alla behöva vila efter den där striden."

"Verkligen", instämde Alyster. "Dina färdigheter kommer att tjäna oss väl, Rafail. Vi börjar gå i den riktningen – jag tror inte det är en bra idé att stanna på ett och samma ställe – och inväntar din återkomst."

Med en sista blick på mina följeslagare lät jag förvandlingen skölja över mig, medan ben och senor omformades tills jag stod på fyra tassar istället för två fötter. Världen blev skarpare, dofter och ljud förstärktes av mina skarpa rävsinne.

Jag pilade in i den glesa undervegetationen, min rödbruna päls smälte sömlöst in i höstlöven medan jag sökte efter djupare skydd. Tankarna for genom mitt huvud medan jag sprang och jag gick igenom händelserna som hade fört oss hit. Den stulna trollboken, häxcirkelns jakt, den bräckliga alliansen som smitts i stridens hetta.

Men under oron och osäkerheten slog en flamma av något annat rot i mitt bröst. En känsla av tillhörighet, av mening, som jag inte hade känt på längre än jag ville minnas. Med Careena och Alyster vid min sida hade jag kanske äntligen hittat en sak värd att kämpa för.

Nu behövde jag bara hitta en fristad åt oss, en plats där vi kunde omgruppera och planera våra nästa steg. Jag pressade min kropp snabbare, fast besluten att bevisa mitt värde för mina följeslagare och att nysta upp de mysterier som band oss samman.

Ett avlägset prassel fångade min uppmärksamhet och jag frös till, varenda muskel spänd. Vinden förde med sig en doft som fick raggarna att resa sig på mig – den otvetydiga auran av faemagi, men inte Alysters bekanta signatur. En annan av hans sort var nära.

Jag kröp framåt och höll mig lågt mot marken medan jag kikade genom lövverket. Där, skridande fram genom de glesa träden med en målmedveten uppsyn, fanns en slående gestalt klädd i skimrande kåpor, lång och slank med distinkt spetsiga öron. En fae. Ett sändebud från faedrottningens hov, om jag skulle gissa, här för att tala med Alyster.

Tankarna rusade. Vi behövde veta vad de ville med Alyster, men vi kunde inte riskera att bli upptäckta. Inte än.

Jag vände om och rusade tillbaka till där Careena och Alyster sakta tog sig uppför en brant sluttning, mina tassar nuddade knappt marken. De tittade upp tvärt när jag dök upp framför dem och återgick till min mänskliga form i en flytande rörelse, medan en stunds triumf vällde fram över hur lätta och smärtfria mina skiften nu kändes.

"Vi har sällskap", flämtade jag. "En annan fe, på väg hitåt. Ser ut som ett officiellt sändebud."

Alysters ögon smalnade, hans hållning stelnade. "Drottningens sändebud", mumlade han. "Hon börjar bli otålig."

Careena såg från den ene till den andre av oss, hennes min var spänd av oro. "Vad gör vi? Vi kan inte låta dem hitta oss, inte med trollboken ..."

En idé tändes i mitt sinne och jag vände mig mot henne. "Vi gömmer oss", sa jag snabbt. "Låt Alyster sköta snacket. Han kan vilseleda dem."

Alyster nickade långsamt, en glimt av gillande i hans silverögon. "Rafail har rätt. Jag tar hand om sändebudet. Håll er två utom synhåll och låt mig sköta det här."

Careena tvekade, men bet sedan ihop och gav en skarp nick. "Okej. Men var försiktig, Alyster. Vi har inte råd med några snedsteg."

"Jag sköter det", försäkrade Alyster henne självsäkert. "Gå nu, båda två. Snabbt."

Jag tog tag i Careenas hand och drog henne med mig till några av de massiva klippblocken som låg utspridda på sluttningen. Vi hukade oss ner bakom ett av dem och kikade försiktigt fram medan Alyster rätade på sig och samlade sig för att hälsa på det annalkande sändebudet.

Mitt hjärta bultade i öronen när jag såg på honom och en nyfunnen respekt blommade i mitt bröst. Alyster var ett osäkert kort, en bedragare med motiv jag fortfarande inte riktigt kunde urskilja. Men i det ögonblicket visste jag en sak med absolut säkerhet.

Jag litade på honom, för att Careena litade på honom. Och jag kunde bara be att vårt förtroende inte var felplacerat.

Sändebudet skred nerför sluttningen, en imponerande gestalt klädd i skimrande gröna kåpor som verkade bölja som vatten vid varje steg. Alyster stod kvar, ett avväpnande leende lekte i hans mungipor.

"Var hälsad, sändebud", ropade han, hans röst len som honung. "Vad har jag nöjet att tacka för detta besök?"

Sändebudets ögon smalnade, en beräknande glimt i deras djup. "Drottningen blir rastlös, Alyster. Hon undrar över dina långsamma framsteg med att hitta grimoiren."

Alysters leende blev bara bredare. "Ah, grimoiren. Jag talade med Hennes Majestät om den för bara några timmar sedan ... hon är otålig, eller hur?" Hans leende bjöd in sändebudet att dela hans munterhet. Sändebudet förblev stenansiktad och Alyster ryckte på axlarna. "Det är en knepig sak att spåra upp, vilket jag är säker på att Hennes Majestät är väl medveten om. Men var lugn, jag närmar mig den i detta nu."

Sändebudet tog ett steg närmare, hans blick borrade sig in i Alysters. "Är det så? Då skulle du kanske inte ha något emot att dela med dig av vilka spår du har hittat hittills?"

Bredvid mig spände sig Careena, hennes fingrar grävde sig in i den steniga marken. Jag lade en hand på hennes arm, en tyst påminnelse om att hålla sig lugn. Vi var tvungna att lita på Alysters slipade tunga.

Alyster tvekade inte ett ögonblick. "Självklart", svarade han lättsamt. "Mina källor säger mig att grimoiren senast sågs i händerna på en grupp nomadiska häxor. Jag har spårat deras rörelser. Med lite tur har jag boken i mina händer inom några dagar, högst en vecka."

Sändebudet övervägde detta med ett outgrundligt uttryck. "Se till att du gör det, Alyster. Drottningens tålamod tryter. Och du känner till konsekvenserna av ett misslyckande."

Alyster gjorde en bugning, sinnebilden av vördnad. "Jag står alltid till Hennes Majestäts tjänst. Grimoiren kommer att bli hennes, sändebud. Du har mitt ord."

Sändebudet gav en kort nick, kåporna virvlade när han vände sig för att gå. "Se till att den blir det. Drottningen kommer att hålla ett öga på dig, Alyster. Gör henne inte besviken."

När sändebudet gick iväg över kullen sjönk Careena ihop mot mig, med lättnad inristad i varje drag i hennes ansikte. Jag lade en arm om hennes axlar och kramade henne kort.

Alyster väntade tills sändebudet var utom synhåll innan han vände sig mot vårt gömställe med ett triumferande leende på läpparna. "Tja, det gick bättre än väntat."

Jag skakade på huvudet, ett motvilligt leende ryckte i mina läppar. "Du har en slipad tunga, Alyster. Det ska jag ge dig."

Han blinkade, ögonen dansade av munterhet. "Det är en gåva. Låt oss nu ge oss av härifrån innan drottningen skickar någon annan. Vi har en trollbok att dechiffrera."

När vi gav oss av genom träden kom jag på mig själv med att betrakta Alyster med en ny känsla av uppskattning. Han var mer än bara en charmig skojare – han var en kvicktänkt strateg, kapabel att tänka snabbt och skydda vår lilla grupp av utstötta.

Den friska bergsluften stack i mina lungor när vi klättrade högre under dagen, och träden glesnade och avslöjade taggiga toppar och klipphällar. Careena visade vägen, hennes steg säkra och stadiga trots den ojämna terrängen.

"Där", sa hon och pekade på en mörk skreva i bergssidan. "Den grottan borde ge tillräckligt med skydd."

När vi närmade oss kunde jag känna temperaturen sjunka, en välkommen lättnad från ansträngningen av den långa klättringen. Grottans mynning gapade framför oss, ett stort mörkt hål som lovade respit från nyfikna blickar.

Inuti var luften fuktig och sval, ljudet av droppande vatten ekade mot stenväggarna. Den svaga doften av mossa och jord fyllde mina näsborrar, en påminnelse om det liv som klamrade sig fast även på de mest ogästvänliga platser.

Careena slog sig ner på en platt sten med trollboken i knät. Hennes fingrar följde de uråldriga symbolerna som var etsade på pärmen, med en blick av hård koncentration i ansiktet.

”Jag kan använda min himmelska magi för att dölja boken”, sa hon med låg och angelägen röst. ”Men det kommer inte att hålla länge. Högst några timmar innan häxcirkeln kan känna av dess närvaro igen, och vi måste ge oss av innan de hinner ikapp oss. Det finns ingen annan väg hit än den vi kom, eller att flyga – och Selene vet redan att vi förgjorde två harpyor. Jag tror att hon kommer att tveka att skicka dem mot oss igen. De kommer att behöva ta den långsamma vägen.”

Alyster nickade, hans min var bister. ”Då får vi utnyttja den tid vi har till fullo. Careena, använd din magi. Rafail och jag säkrar omgivningen och samlar förnödenheter.”

När Careena började mässa och hennes röst steg och föll i en eterisk melodi, kände jag en rysning längs ryggraden. Luften runt henne skimrade i ett svagt gyllene sken som verkade utgå från hennes själva väsen.

Jag såg på, som trollbunden, medan ljuset samlades runt trollboken och svepte in den i en skyddande kokong. För ett ögonblick verkade världen hålla andan, och det enda ljudet var det stadiga droppandet av vatten och mitt eget bultande hjärta.

Och sedan var det över, skenet bleknade när Careena sjönk tillbaka mot klippan, hennes ansikte blekt och ansträngt.

”Det är gjort”, viskade hon med en röst som var hes av utmattning. ”Boken är gömd, för tillfället.”

Jag slet blicken från Careenas ansikte och kände en stöt av oro över den tribut magin uppenbarligen hade tagit på henne. Men det fanns ingen tid att älta det nu. Vi hade arbete att utföra.

Alyster rörde sig redan, hans fotsteg nästan ljudlösa på den fuktiga stenen. ”Kom igen nu, Rafail”, sa han med

låg och angelägen röst. "Vi måste hitta mat och förnöden-
heter."

Jag nickade och kände en adrenalinkick när jag följde
honom ut ur grottan och in i den svala, dimmiga luften.
Jag stannade ett kort ögonblick för att uppskatta utsikten:
skyhöga bergstoppar ovanför oss och gröna dalar nedan-
för.

Alyster stannade framför en liten gräsbevuxen sänka,
hans ögon avsökte undervegetationen. Sedan hukade han
sig ner, lade ena handflatan mot marken, slöt ögonen och
sände en våg av magi som pulserade genom jorden och
lockade växterna till liv.

Jag såg med häpnad på när marken bröt fram i ny växt-
lighet, späda skott trängde sig igenom jorden och vecklade
ut blad och späda blommor. På bara några ögonblick hade
en ranka fylld med vilda bär vuxit upp, mogna och redo att
plockas.

"Imponerande", mumlade jag och knäböjde för att
plocka en handfull av de saftiga frukterna.

Alyster gav mig ett leende, hans silverögon glittrade av
rackartyg. "Bara lite faemagi. Kommer väl till pass när man
är på rymmen."

Jag stoppade ett bär i munnen och njöt av sötman som
exploderade på min tunga. Men till och med medan jag
åt kände jag en rastlös energi byggas upp inom mig, en
uråldrig drift att jaga och försörja.

Utan ett ord gled jag in i min vargform och kände hur
mina sinnen skärptes och mina muskler spändes av kraft.
Jag lyfte nosen mot vinden och kände doften av byte på
brisen.

Och sedan var jag iväg, jag rusade fram genom under-
vegetationen, mina tassar nuddade knappt marken när jag

närmade mig mitt byte. Två kaniner, feta och ovetande, betade vid kanten av en liten bäck.

I ett blixtsnabbt anfall av tänder och päls hade jag dem båda, deras kroppar slappa och livlösa i mina käkar. Jag bar dem tillbaka till där Alyster väntade och släppte dem vid hans fötter med ett nöjt morrande.

"Snyggt jobbat", sa han, hans röst fylld av beundran. "Det verkar som att vi kommer att äta gott i natt, och det finns gott om mat till Careena också." Han hade inte varit sysslolös medan jag var borta; bären hade fått sällskap av svamp, söt vildlök och några rötter som jag inte kände igen men som uppenbarligen var ätliga, annars hade Alyster inte samlat dem.

Vi samlade ihop vår fångst och gick tillbaka till grottan, doften av färskt vilt och mogna bär blandades i luften. Medan vi gick kände jag en märklig känsla av kamratskap med faeriddaren, ett band som smitts genom delad fara och den uråldriga spänningen i jakten.

Vi var tillbaka i grottan och började göra upp en liten eld, våra rörelser effektiva och övade. Alyster tog fram en liten kokskål i metall ur sin väska och skapade en sorts gratäng av rötterna och svampen, medan jag rensade och spettade kaninerna. När lågorna slickade köttet och den fylliga doften av rostad kanin fyllde luften, kände jag en känsla av frid skölja över mig, en tillfällig respit från kaoset och osäkerheten i vår situation.

Alyster och jag satt sida vid sida och slet i det möra köttet med fingrarna, medan saften rann nerför våra hakor. Under några dyrbara ögonblick var vi bara två män som delade en måltid och en stund av kamratskap, världens börda tillfälligt lyft från våra axlar.

När vi kom in i grottan efter att ha ätit såg Careena upp från trollboken, hennes utmattning syntes i hennes hängande vingar och skuggorna under ögonen. Jag räckte henne en generös portion av bären och Alysters grönsaksgratäng, som hon tog emot med ett tacksamt leende.

"Du borde vila lite", föreslog Alyster med mild röst. "Jag tar första vakten."

Careena tvekade ett ögonblick, men nickade sedan och lade boken åt sidan. Jag hjälpte henne att lägga sig tillrätta på grottgolvet och använde min jacka som en provisorisk kudde. Till min förvåning lade hon sitt huvud på mitt bröst, hennes kropp kröp ihop mot min. Värmen från hennes närvaro var både tröstande och oroande, en påminnelse om det växande bandet mellan oss. En enorm svart vinge lade sig över mig, varm och mjuk, en söt doft steg från den och trängde undan grottans fuktiga lukter.

Medan Careenas andning blev djupare och övergick i sömnens stadiga rytm, kom jag på mig själv med att frånvarande stryka hennes hår, de silkeslena slingorna gled mellan mina fingrar. Min blick gled mot Alyster, som hade intagit en position vid grottans mynning, hans silverögon avsökte mörkret utanför.

När jag såg på honom kunde jag inte låta bli att förundras över den märkliga vändning mitt liv hade tagit. För bara några dagar sedan hade jag varit en ensam hamnskiftare, vars enda bekymmer var min egen överlevnad. Nu fann jag mig själv som en del av denna osannolika trio – en upprorisk ängel, en sökande fae-riddare och jag själv – sammanbundna av ödet och omständigheterna.

Där jag låg och kände Careenas värme tränga in i min hud, med Alysters vaksamma närvaro som en tyst väktare, kände jag en känsla av tillhörighet som jag aldrig tidigare hade känt. Det var både spännande och skrämmande, insikten om att mitt liv inte längre enbart var mitt eget.

Sömnen drog i kanterna av mitt medvetande, men jag motstod dess dragningskraft, mitt sinne var en virvel av tankar om vad som låg framför oss. Trollboken, häxcirkeln, det växande bandet mellan oss tre – det var så mycket att bearbeta.

Alysters mjuka fotsteg drog min uppmärksamhet till sig när han närmade sig, hans smidiga gestalt avtecknade sig mot eldens svaga sken. Han hukade sig ner bredvid oss, hans röst var låg. "Vila lite, Rafail. Jag håller vakt."

Jag tvekade, ovillig att släppa min roll som beskyddare, ens för ett ögonblick. Men tröttheten i mina ben och tilliten i Alysters ögon övertalade mig. Med en nick lutade jag mig tillbaka och lät ögonen slutas.

Sömnen tog mig snabbt, men den var långt ifrån vilsam. Drömmar plågade mig – syner av häxcirkeln, av den makt de sökte, av det kaos som skulle följa om de lyckades. Jag ryckte till och mumlade, mitt sinne oförmöget att finna ro.

En mild beröring väckte mig och jag blinkade upp mot Careena, hennes midnattsögon mjuka av oro. "Sch, det är lugnt", mumlade hon och lät fingrarna gå genom mitt hår. "Vi är säkra, för tillfället."

Jag lutade mig mot hennes beröring och fann tröst i hennes närvaro. När jag sneglade mot grottöppningen såg jag Alyster fortfarande på vakt, med ryggen mot oss, en tyst väktare. En våg av tacksamhet sköljde över mig, och jag förundrades än en gång över styrkan i det band som hade bildats mellan oss på så kort tid.

Jag måste ha slumrat till igen, för det nästa jag visste var att jag blinkade och vaknade till synen av Alyster som försiktigt skakade på Careenas axel. "Din tur", mumlade han, hans röst sträv av utmattning.

Careena satte sig upp och gnuggade sig i ögonen. "Vila lite", sa hon till honom med en ton som inte tålde några invändningar.

Alyster såg ut som om han skulle protestera, men tänkte sedan om. Med en trött nick kollapsade han praktiskt taget bredvid mig.

Jag såg på när Careena tog över Alysters post vid grottöppningen, hennes vingar spärrades ut något när hon sträckte på dem. Det mjuka prasslet av fjädrar fyllde luften, och jag fann ljudet märkligt tröstande.

Bredvid mig rörde Alyster på sig, hans axel snuddade vid min. Jag sneglade på honom och såg hur eldsljuset lekte över hans drag och kastade dem i skarp relief.

Jag kom på mig själv med att undra över hans förflutna, över händelserna som hade format honom till den man han var. Det fanns så mycket jag inte visste, så mycket jag längtade efter att förstå.

Som om han kände min blick fladdrade Alysters ögon upp. För ett ögonblick såg han bara på mig, hans uttryck var outgrundligt. Sedan talade han, hans röst knappt mer än en viskning. "Tack, Rafail. För att du litar på mig."

Jag svalde tungt, en klump bildades i min hals. "Jag ...", avbröt jag mig själv, osäker på hur jag skulle svara.

Alyster bara log, ett litet, sorgset leende. "Sov lite", sa han och ekade Careenas tidigare ord. "Vi kommer att behöva vår styrka för vad som än kommer härnäst."

Jag nickade, lutade mig tillbaka och lät ögonen slutas. När jag svävade på gränsen till sömn hörde jag Alysters andning jämna ut sig bredvid mig, och jag visste att han hade gett efter för sin utmattning.

Det var ett märkligt liv, men när jag äntligen lät sömnen ta över mig insåg jag att det inte fanns någon annanstans jag hellre skulle vara och ingen annan jag hellre skulle möta de kommande utmaningarna med än de två extraordinära varelser som på något sätt hade blivit min familj.

Kapitel tjugo

Careena

Natten var djup och fylld av skuggor. Jag satt ensam vid grottans öppning, med tungt hjärta medan jag vände de uråldriga sidorna i trollboken och skärskådade de gamla hieroglyferna i det svaga skenet från elden. Hemligheterna inom den viskade om makt, om mörker. Om fara.

Min oro växte med varje kryptisk symbol jag tydde. Vilka krafter var det vi lekte med? Jag gned mig över tinningarna, medan ansvarets börda tryckte ner mig.

Gryningen bröt in och ett blekt ljus sipprade in i grottan. Alyster och Rafail vaknade och kom fram till mig, med bister förväntan i sina ansikten.

"Vad har du hittat?", frågade Alyster och hans silverögon borrade sig in i mina.

Jag tvekade. "Kraften på de här sidorna ... den är enorm. Och farlig."

Rafail rynkade pannan. "Farlig hur då? Vad exakt har vi att göra med här?"

"Urgammal egyptisk magi. Besvärjelser för att göra fruktansvärda saker." Jag drog med fingret över en bleknad hieroglyf. "I fel händer skulle den kunna släppa lös kaos."

Alyster gick av och an och hans hand var knuten runt svärdsfästet. "Så häxcirkeln försöker tämja denna kraft. I vilket syfte?"

"Inget gott." En kåre for genom mig när jag mötte Alysters blick. "Vi måste stoppa dem."

Rafail nickade med sammanbiten käke. "Håller med. Men hur? Vi är ju inte direkt någon armé."

Jag vände mig tillbaka till trollboken, med pannan djupt veckad i koncentration när jag granskade de uråldriga texterna. De kryptiska symbolerna tycktes dansa framför mina ögon och gäckade mig med sina dolda betydelser – även om jag kunde läsa språket var det fortfarande kryptiskt och krävde tolkning. Jag kunde känna tyngden av Alysters och Rafails blickar på mig, och deras förväntan var påtaglig i grottans spända tystnad.

När jag fördjupade mig i trollbokens hemligheter spred sig en växande känsla av oro i maggropen. Kraften som rymdes på dessa sidor var bortom allt jag någonsin hade stött på tidigare. Den var rå, ursprunglig och fullkomligt skrämmande i sin potential för förstörelse.

Mina tankar rusade iväg med möjligheterna av vad häxcirkeln kunde göra med en sådan kraft till sitt förfogande. Tanken på att de skulle släppa lös den uråldriga egyptiska magin över världen sände en rysning längs min ryggrad. Jag visste att vi var tvungna att stoppa dem, men tvivel började smyga sig in i mina tankar.

Var vi verkligen kapabla att kontrollera en så enorm kraft? Tänk om vi, i våra försök att omintetgöra häxcirkelns planer, oavsiktligt släppte lös något ännu värre? Ansvaret att skydda denna kunskap vilade tungt på mina axlar, och jag kunde känna hur trycket ökade för varje ögonblick som gick.

Jag såg upp på Alyster och Rafail, vars ansikten var fårade av oro när de såg mig arbeta. De litade på att jag skulle lösa trollbokens mysterier och vägleda dem i vårt uppdrag att stoppa häxcirkeln. Men tänk om jag ledde dem vilse? Tänk om mina beslut ledde till ännu större kaos och förstörelse?

När jag vände mig tillbaka till trollboken vacklade min beslutsamhet, ersatt av en växande känsla av osäkerhet. Vägen framför oss var fylld av faror, och jag kunde inte skaka av mig känslan av att vi gick på en knivsegg mellan frälsning och fördömelse.

Rafails röst skar genom mina grubblande tankar. "Careena, jag har funderat på skillnaderna mellan himmelsk magi och faemagi. Kan du förklara det för mig?"

Jag såg upp och en våg av tacksamhet för avbrottet sköljde över mig. "Självklart", sa jag och tog ett djupt andetag för att samla tankarna. "I himlarna är himmelsk magi riklig och fritt tillgänglig, som ett forsande vattenfall. Den är en konstant närvaro, som pulserar av energi och potential."

Min blick vandrade ner mot dalen nedanför oss, badande i den tidiga morgonsolen. "Men här på jorden är det annorlunda. Himmelsk magi är sällsynt, som daggdroppar som måste samlas in och hamstras mödosamt. Utan mitt änglasvärd, som jag var tvungen att lämna kvar när jag blev förvisad, är mina krafter kraftigt begränsade. Jag måste förlita mig på min egen inre styrka och de magra rester av himmelsk energi jag kan samla ihop."

"Och faemagi?", frågade Rafail och hans blick flackade till Alyster. "Hur skiljer den sig?"

Alyster svarade honom. "Faemagi är närmare knuten till den naturliga världen. Den är invävd i jordens väv, vindens viskningar och skogarnas hemligheter. Vi faer har en djup koppling till landet och kan dra nytta av dess kraft på sätt som himmelska varelser inte kan."

Rafail rörde på sig, med intensiv blick när han lyssnade på våra förklaringar. Jag kunde se hur kugghjulen snurrade i hans hjärna, när han bearbetade informationen och övervägde dess innebörd.

"Men", fortsatte jag, "faemagi och himmelsk magi har sitt ursprung i olika världar, vilket innebär att här på jorden är den uråldriga egyptiska magin i denna bok något helt annat. Något som kan vara mycket mäktigare i denna värld, och jag fruktar att inte ens den kombinerade kraften hos himmelska varelser och faer kanske är nog för att kontrollera den."

En tung tystnad lade sig när mina ord sjönk in. Allvaret i vår situation tryckte ner oss, och jag kunde återigen känna tyngden av vårt ansvar på mina axlar.

Rafail lutade sig framåt, med pannan veckad i djupa tankar. "Men Alyster", sa han med en nyfiken ton i rösten, "hur kom det sig att du fick ett himmelskt svärd?"

Jag såg på Alyster och insåg att Rafail inte hade bevittnat vår strid med helveteshunden. Alyster mötte min blick, med en skymt av osäkerhet i sina silverögon.

"Jag skapade svärdet", förklarade jag, med stadig röst trots den bävan jag kände. "Under vår kamp mot helveteshunden förvandlade jag Alysters dolk till ett himmelskt blad så att vi kunde besegra den. Det är bundet till honom nu, och han är den enda som kan svinga det."

Rafails ögon vidgades, och hans uttryck var en blandning av förvåning och fascination.

”Svärdet fungerar som en magnet”, fortsatte jag, ”och samlar himmelsk magi från omgivningen. Det är ett kraftfullt verktyg, men det kommer med ett stort ansvar.”

Alyster lutade sig framåt, med låg och angelägen röst. ”Careena, finns det ett sätt för mig att svinga denna magi? Att utnyttja dess kraft?”

Jag tvekade och mina tankar rusade iväg med de potentiella konsekvenserna av mina handlingar. Aurelius skulle bli rasande om han upptäckte att jag hade gett en fae ett änglablad. Tanken på hans ogillande sände en rysning längs ryggraden.

Men när jag såg in i Alysters ögon såg jag bara en önskan att använda denna nyfunna kraft för gott.

”Jag kan lära dig”, sa jag, med en röst som knappt var mer än en viskning. ”Men du måste förstå allvaret i detta beslut. Att svinga himmelsk magi är ingen liten bedrift, och det kommer att kräva stor disciplin och kontroll.”

Rafails panna veckades när han såg på vårt utbyte, och hans blick flackade mellan Alyster och mig. ”Careena”, sa han med en nyfiken ton i rösten, ”varför gör du inte bara ett nytt himmelskt blad åt dig själv? Skulle inte det hjälpa till att jämna ut oddsen?”

Jag kunde inte låta bli att skrocka åt förslaget och insåg att tanken aldrig hade slagit mig. Varför gjorde jag inte det, förresten? ”Du, Rafail, det är ingen dålig idé”, sa jag, och ett leende ryckte i mungiporna. ”Men jag behöver en lämplig bas att utgå från. En dolk eller en täljkniv, kanske. Jag får hålla utkik efter en.”

Med den saken avgjord vände jag min uppmärksamhet tillbaka till trollboken, vars slitna sidor prasslade under mina fingrar när jag bläddrade igenom dem. De uråldriga symbolerna tycktes dansa framför mina ögon, och deras betydelser nystades sakta upp i mitt sinne.

"Jag har hittat något", sa jag med allvarlig röst och såg upp på Alyster och Rafail. "Trollformelsboken talar om Set, den forntida egyptiska guden av kaos och våld. Jag ... tror att den kan innehålla ritualer för att släppa lös honom!"

Alysters ögon smalnade, och han bet ihop käkarna vid avslöjandet. "Set är en formidabel gudomlighet", sa han med låg och allvarlig röst. "Om häxcirkeln lyckas kanalisera ens en liten del av hans kraft kan konsekvenserna bli katastrofala. Och om de lyckas släppa lös honom ..."

Jag svalde med en kväljande känsla. Det hade gått tusentals år sedan Set bands från denna värld, men jag hade hört viskningar om det kaos han en gång släppte lös, även när han då var begränsad till faraonernas land. Om han befriades idag – jag ville inte ens föreställa mig det.

Vi utbytte blickar, ett tyst samförstånd som passerade mellan oss.

"Vi måste stoppa dem", sa jag, med darrande men beslutsam röst. "Vad det än kostar kan vi inte låta dem släppa lös Set."

"Vilket innebär att vi aldrig kan låta dem få tillbaka den här boken", påpekade Rafail. "Om de inte fortfarande behövde den för att släppa lös honom skulle de inte jaga oss så desperat."

Jag nickade och kände ett litet hopp spira. Vad häxcirkeln än hade gjort, eller kanske skulle göra, måste Rafail logiskt sett ha rätt.

Alyster reste sig för att gå av och an. "Om vi förstör trollboken kan det hindra dem från att slutföra ritualen.

Men vi riskerar att förlora värdefull information som kan hjälpa oss att stoppa dem."

Rafail skakade på huvudet. "För riskabelt. Vi kan inte chansa på att de får tag på den igen. Jag säger att vi bränner den och blir av med den."

Jag bet mig i läppen, sliten mellan de två alternativen. Den upproriska delen av mig ville behålla boken, nysta upp dess hemligheter och använda dem mot våra fiender. Men den logiska sidan visste att Rafail hade en poäng.

"Tänk om vi gömmer den någonstans säkert?", föreslog jag och letade febrilt efter andra lösningar. "Någonstans de aldrig skulle tänka sig att leta. På så sätt kan vi fortfarande komma åt informationen om vi behöver den, men den är utom deras räckhåll."

Alysters silverögon mötte mina, med ett gillande skimmer i djupet. "Det skulle kunna fungera. Men var? Det måste vara en plats som är väl skyddad, både fysiskt och magiskt."

Jag tog ett djupt andetag. "Kanske jag borde ta den tillbaka till Aurelius, som han ursprungligen sa åt mig att göra."

Båda männen såg på mig. Alyster bet sig i läppen och jag kunde se hur han kämpade emot att hålla med mig. Det var dock Rafail som uttryckte motargumentet.

"Jag håller med om att om någon kan stoppa häxcirkeln, så är det hela änglahären. Men vad betyder det för Alyster, Careena? Han kommer att behöva erkänna för faedrottningen att han misslyckades."

Och vi visste alla att det skulle innebära hans död. Inte ens den giltiga ursäkten att en ängel hann före honom till boken – vilket var helt sant – skulle rädda honom från drottningens vrede. Så trots att vi alla visste att det var det bästa alternativet, kunde jag inte göra det.

Jag skakade bestämt på huvudet. "Nej, vi kan inte göra så mot Alyster. Vi hittar ett annat sätt. Vi är i det här tillsammans nu."

Alysters axlar slappnade av, och han gav mig en tacksam nick.

Rafail suckade och drog en hand genom håret. "Okej, så vi gömmer boken. Men vi behöver fortfarande en plan för att stoppa häxcirkeln. Vi kan inte bara sitta och vänta på att de ska göra sitt drag."

"Nja, kanske vi ska det", invände Alyster. "Självklart flyttar vi boken och gömmer den först. Men sen ... kanske vi låter häxcirkeln komma till oss, och slåss mot dem på vår hemmaplan den här gången. På våra villkor."

"Sätta en fälla?" Ett litet leende syntes på Rafails läppar. "Jag visste att det fanns en anledning till att jag gillade dig. Du är lika listig som jag."

Alysters busiga leende återvände. "Hallå, vad är livet utan lite risk? Dessutom har jag längtat efter en rejäl fajt."

Jag himlade med ögonen. "Bara bli inte för ivrig. Vi måste vara smarta med det här."

Alyster och Rafail kurade ihop sig, med låga röster när de diskuterade potentiella fällor. Jag iakttog dem på kort avstånd, utan att vilja avbryta deras strategiska planering.

Rafails reserverade natur verkade smälta bort när han och Alyster arbetade tillsammans, och deras obesvärade kamratskap stod i skarp kontrast till den spänning som hade hängt mellan dem bara några dagar tidigare.

Och Alyster – under hans charmiga yta kunde jag se djupet av hans visdom och den våldsamma lojalitet han kände gentemot dem han betraktade som allierade.

Mellan dem två hade de nästan två årtusendens erfarenhet av att slåss och överleva på sina olika sätt. Jag kände mig nästan som ett barn bredvid dem, trots alla mina änglakrafter.

Och ändå var det till mig de båda vände sig för svar.

"Så var och hur ska vi gömma boken?", frågade Alyster mig, och jag tvingade mig själv att skaka av mig mina känslor av otillräcklighet.

"Jo, jag har tänkt på det. Och på vad vi ska göra om ... ja, om det går snett och vi inte klarar oss."

Båda männens ansikten blev allvarliga, och de nickade. "Ja. Vi behöver en reservplan", instämde Rafail.

"Och om vi inte klarar oss kommer faedrottningens vrede inte längre att vara ett problem, så reservplanen måste vara Aurelius. Eller hur?"

De nickade båda igen.

"Jag ska skriva och skicka ett brev med det mänskliga postsystemet för att berätta för honom var han kan hitta boken. Jag vet hur och var jag ska gömma den så att häxcirkeln inte hittar den." Jag hade kommit på den perfekta platsen nästan så snart idén slog mig. Vatikanarkiven. Skyddade av tusenåriga döljande besvärjelser som inte ens häxcirkeln skulle kunna bryta. Jag skulle gömma den precis på den plats där jag hade stulit det allra första dokumentet Aurelius hade skickat mig för att hämta – det som såg ut som om det inte hade rörts på århundraden.

"Det är genialiskt", sa Alyster, imponerad, när jag förklarade min idé. "Jag tror inte att ens de mäktigaste av faerna skulle kunna hitta den där heller."

"Den kommer att vara säker där tills Aurelius får mitt brev och letar upp den. Eller så besegrar vi häxcirkeln och kommer åt den först. Vilket som." Jag ryckte på axlarna.

"Den döljande förtrollningen på den kommer att hålla tills jag får dit den – det är inte så långt härifrån som en ängel flyger. Femtio mil, eller lite mer. Jag skulle kunna vara tillbaka vid mörkrets inbrott, om jag ger mig av nu."

"Och sen?", frågade Rafail.

"Och sen kommer jag tillbaka hit och vi låter häxcirkeln hitta oss." Jag ryckte på axlarna, spänd som jag kände mig vid tanken. "Ni två får ägna tiden medan jag är borta åt att göra det här stället till en dödsfälla."

"Jag gillar den idén", sa Alyster och hans leende blev vildsint.

"Kyss mig innan du ger dig av", bad Rafail fräckt, och jag skrattade.

"Självklart."

Han lutade sig fram och kysste mig, långsamt och passionerat nog för att få mitt huvud att snurra. "Bara ett smakprov på vad som väntar efter att vi har tagit itu med häxcirkeln och all den här skiten", sa han med ett leende.

"Jag ska hålla dig till det." Jag lade min hand mot hans kind en kort stund, åtminstone tills Alyster lutade sig hoppfullt in på min andra sida. Skrattande kysste jag honom också, och vi tre stod i en omfamning som varade alldeles för kort.

"Jag är tillbaka så fort jag kan", lovade jag och stoppade boken innanför min jacka. Det slet i mitt hjärta att lämna dem, men jag var tvungen att få boken i säkert förvar innan häxcirkeln hittade oss.

Det var ingen lång flygning till Rom, och klockan var strax efter middagstid när jag spiralerade ner för att landa på Petersplatsen, med illusionen som dolde mig från turister och lokalbefolkning stadigt på plats. Jag smet förbi nunnor och präster, följde stegen tillbaka ner i arkiven, och var på väg till gömstället jag hade valt ut när känslan av en bekant närvaro fick mig att stanna tvärt.

Aurelius.

Vad gjorde han här? Jag kikade försiktigt runt ett hörn och där var han, med sina grå vingar prydligt hopvikta bakom sig, även om de utan tvekan var osynliga för den äldre präst han samtalade med.

Jäklar.

Jag funderade på att fortsätta, men om Aurelius uppfattade att jag hade varit här skulle han kunna följa mitt spår. Han skulle hitta boken, långt innan jag ville att han skulle det. Redan medan jag såg på ryckte hans vingar till, och han vände huvudet en aning, som om han kände min närvaro.

Jag måste härifrån, omedelbart!

Jag vände mig om och rusade tillbaka samma väg jag kommit. Jag var tvungen att komma upp i luften och bort innan Aurelius kunde följa efter. Ingen tid att stanna, ingen tid att gömma boken. Bara springa, annars skulle han hitta mig och Alyster skulle vara dömd. Rafail också, för häxcirkeln skulle anfalla dem långt innan Aurelius lät mig återvända till dem.

Jag var halvvägs tillbaka till bergssidan där jag hade lämnat dem när jag insåg det.

Jag hade fortfarande boken.

Jag hade ingen reservplan för var jag skulle gömma den. Och ingen mer tid.

Jag kunde inte lämna Rafail och Alyster att möta häxcirkeln ensamma. Jag var tvungen att återvända och slåss med dem ... och riskera att boken hamnade i häxcirkelns händer, eftersom att gömma den någon annanstans innebar risk för upptäckt.

Den kommande striden hade plötsligt fått en mycket större betydelse. Vi var tvungna att vinna, för det var inte bara våra liv som stod på spel.

Det var hela världens öde.

Kapitel tjugoett

Rafail

Jag skymtade Careenas korpsvarta vingar som skimrade i det falnande ljuset när hon landade precis utanför grottöppningen. Alyster och jag hade precis gillrat den sista av våra fällor – en otrevlig överraskning för eventuella objudna gäster. Vi flinade mot varandra, ivriga att visa henne vårt verk.

Men när Careena steg in i grottan kände jag genast att något var fel. Hennes vanliga smidiga elegans hade ersatts av ryckiga, oroliga rörelser. Paniken vällde av henne i vågor.

”Vad har hänt?”, krävde jag och tog ett steg fram för att möta henne.

”Hörni, vi har ett problem”, flämtade hon med ansträngd röst.

Alysters lekfulla uppsyn försvann och ersattes av oro. ”Vad hände?”

Careena svalde tungt och kämpade för att hitta orden. ”Aurelius ... han var vid Vatikanarkiven. Jag kunde inte lämna kvar boken.” Hon kramade den lilla volymen mot bröstet.

”Fan”, muttrade Alyster. ”Det är inte allt, eller hur?”

Jag förstod på hennes tvekan att det fanns mer. Mina instinkter skrek åt mig att förbereda mig på vilket avslöjande som än skulle komma.

"Nej, det är det inte", erkände hon darrande. "På vägen tillbaka såg jag häxcirkeln. De har slagit läger bara några kilometer bort. De väntar uppenbarligen på att mörkret ska falla för att inleda sin attack. Vi har ingen tid att gömma den nu."

"Skit", svor jag och kände hur situationens allvar tyngde ner oss. Jag sneglade på Alyster och Careena och vägde mina alternativ.

"Okej", sa jag med stadig röst. "Vi måste vara förberedda. Och vi behöver mer information."

Mina tankar rusade genom möjligheterna och landade i en riskabel plan. En som skulle kräva alla mina färdigheter – och en hel del tur. Jag mötte Careenas blick.

"Jag tänker smyga mig in i deras läger. Speja på deras planer och antal."

Både Careena och Alyster började protestera, men jag höll upp en hand för att tysta dem. "Vi behöver underrättelser om vi ska överleva det här. Mina hamnskiftarförmågor ger mig den bästa chansen att ta mig in och ut oupptäckt."

"Nej, Rafail", bönföll Careena. "Det är för farligt."

"Håller med", instämde Alyster, hans vanliga illmariga flin utbytt mot en bister min. "Du har inte en chans mot deras mörka magi. Det är för riskabelt."

"Lyssna", argumenterade jag och försökte hålla rösten lugn. "Vi har inget val. De kommer att anfalla, och vi behöver varje fördel vi kan få." Mina händer knöts till nävar, fyllda av beslutsamhet.

"Dina hamnskiftarförmågor är imponerande", medgav Careena med sammanbitna käkar. "Men du är inte oövervinnerlig."

"Det är ingen av oss, Careena", påminde jag henne och mötte hennes intensiva blick. "Men om jag kan få reda på något som kan hjälpa oss att vända utvecklingen är det värt risken."

Alyster suckade, drog en hand genom håret och ryckte frustrerat i det. "Okej då", mumlade han till slut. "Men vi är här, redo att backa upp dig om det behövs."

"Tack", svarade jag och nickade mot dem båda. Jag visste att de var oroliga, men detta var vår bästa chans att överleva. Jag samlade mig, flyttade fokus inåt och kallade på mina skiftarförmågor.

Det pirrade i kroppen när jag förvandlades och min mänskliga gestalt gav vika för en rävs smidiga och slanka skepnad. Mina sinnen skärptes omedelbart, och jag kände styrkan i min nya kropp strömma genom mig.

"Vänta", befallde Careena precis när jag skulle ge mig av. Hon sträckte ut en hand och hennes fingrar rörde sig i invecklade mönster medan hon började mässa tyst för sig själv. Med varje stavelse utgick ett svagt violett sken från hennes fingertoppar och omslöt mig i sin varma famn.

"Var försiktig, Rafail", viskade hon och böjde sig ner för att försiktigt dra fingrarna genom den tjocka pälsen på min nacke. "Den här besvärjelsen borde hjälpa till att dölja din magi för häxcirkeln, men den kommer inte att göra dig helt osynlig."

"Förstått", svarade jag med en röst som nu var ett lågt morrande. "Jag ska göra mitt bästa för att hålla mig dold. Förhoppningsvis räcker det här."

Med en sista nick mot både Alyster och Careena slank jag ut ur grottan och in i det snabbt fallande mörkret. Nattluften var sval mot min päls när jag rörde mig smygande mot häxcirkelns läger, och mina skarpa öron uppfattade avlägsna viskningar och prasslande löv.

När jag närmade mig fick jag skymtar av deras mörka ritualer – huvprydda gestalter hopkurade kring fladdrande eldar, mässande i kör medan skuggor dansade längs marken. Genom gläntorna mellan träden såg jag dem frammana demoner från underjorden; deras förvridna gestalter materialiserades i plymer av rök och lågor.

Jag tryckte mig närmare med bultande hjärta och ansträngde mig för att fånga upp fragment av samtal mellan häxcirkelns medlemmar. Deras ord var hårda och brådskande, avbrutna av gutturala besvärjelser. Jag lyssnade spänt och försökte pussla ihop deras planer samtidigt som jag höll mig dold under Careenas besvärjelse.

"Selene har nästan slutfört ritualen", muttrade en av dem, och rädslan i rösten var påtaglig. "Snart kommer vår makt att vara oöverträffad."

"Verkligen", svarade en annan med kall och beräknande röst. "När väl trollboken är i vår ägo kommer ingen att våga motsätta sig oss."

Jag spände mig när jag insåg att detta kunde vara min chans att samla avgörande information. Jag fokuserade på min andning, försökte vara så tyst som möjligt medan mina tankar rusade med strategier och mina öron ansträngdes för att höra häxornas ord.

"Men", fortsatte den första häxan tveksamt, "Selene har bara lyckats dechiffrera några av de tidigare besvärjelserna i boken. Den senare delen undflyr henne fortfarande. Vi måste ha tillbaka den så att hon kan fortsätta studera!"

"Tålamod", tillrättavisade den andra häxan. "Hon kommer att förgöra våra fiender och låsa upp dess hemligheter tids nog. Vi måste lita på vår ledare."

"Självklart", medgav den första häxan. "Men vi måste också vara beredda på alla hinder som kan uppstå."

Jag kunde praktiskt taget känna deras oro, en påtaglig spänning som hängde tung i luften. Detta var öppningen jag hade väntat på – det perfekta tillfället att smyga mig längre in i lägret och avslöja fler värdefulla insikter.

När jag kröp närmare, gömd bakom ett buskage, ansträngde jag mig för att se Selene själv. Där stod hon, med sitt mörkt gyllene hår fallande nerför ryggen och sina gröna ögon glödande av beslutsamhet.

"När jag väl har den där trollboken", sa hon till en yngre häxa som stod bredvid henne, "kommer Set själv att stå vid vår sida, och jag kommer att vara hans tjänarinna. Inte ens änglar kommer att våga utmana mig då!"

Selene höjde armarna, hennes smala fingrar ritade mystiska symboler i luften när hon började kasta en besvärjelse. Hennes röst virvlade runt mig som en hemsökande melodi, och jag kände kraften i hennes magi pulsera genom luften.

När besvärjelsen tog form sköljde en oväntad känsla över mig – mina skiftarförmågor genljöd av besvärjelsens energi, en märklig koppling som jag inte riktigt kunde förstå. Innan jag ens hann bearbeta det rycktes Selenes blick mot mig, hennes ögon genomborrade skuggorna där jag gömde mig.

"Vem är där?", krävde hon, hennes melodiösa röst nu spetsad med hot. "Visa dig!"

Mitt hjärta bultade när jag insåg att jag var upptäckt. Det fanns ingen tid för finess nu – det var dags att agera. Med en adrenalinkick kallade jag på mina hamn-skiftarkrafter för att förvandla mig till en skräckinjagande brunbjörn, och min kropp svällde av muskler och styrka.

"Attack!", befallde Selene, och häxcirkelns medlemmar gick till handling och slungade besvärjelser mot mig när jag bröt fram från mitt gömställe.

Jag röt, stormade framåt och slog med mina väldiga tassar mot häxorna, och undvek deras besvärjelser så gott jag kunde. Tankarna rusade medan jag försökte komma på en plan för att fly från denna knipa och återvända till Careena och Alyster med informationen jag hade samlat.

"Dina trick kommer inte att rädda dig, inkräktare!", väste Selene med ögon som brann av raseri.

"Trevlig häxcirkel ni har här", sa jag med en guttural och vild röst i min björnhamn. "Men jag är rädd att jag inte kan stanna på middag."

Jag pressade mig hårdare och utnyttjade min björns smidighet och råa kraft för att stå emot det magiska anfallet. Striden var intensiv, men jag visste att jag inte hade råd att misslyckas – Careenas och Alysters liv hängde på mig.

En kakofoni av besvärjelser och gutturala morrningar fyllde luften när jag slogs med näbbar och klor mot häxcirkelns medlemmar. En häxa kastade sig mot mig, bara för att mötas av ett kraftfullt slag från min tass som skickade henne flygande in i en av hennes kamrater.

"Ge upp, skiftare!", väste en manlig häxa och siktade en blixt av grön energi mot mig. Jag grymtade av smärta när den svedde min päls men kontrade och slog honom ur balans med en vildsint skallning.

Jag kände hur min styrka sinade, men tanken på att Careena och Alyster förlitade sig på mig gav bränsle åt min beslutsamhet. "Är det allt ni har?", hånade jag och försökte dölja min utmattning.

"Din oförskämda best!", spottade Selene ur sig med hopknipna ögon. Hon gestikulerade mot mig, och en osynlig kraft grep tag i min massiva kropp och lyfte mig upp i luften.

"Få se hur du klarar dig mot det här!", skrek hon och slungade mig tvärs över gläntan. När jag störtade genom luften visste jag att jag var tvungen att tänka snabbt eller riskera att krossas under min egen tyngd.

Mitt i flykten skiftade jag till min vargform, vilket avsevärt minskade min massa och lät mig landa mer graciöst. Mina tassar träffade marken i full fart och jag pilade mellan träden, använde mina skarpa sinnen för att navigera genom skogen och undvika den förföljande häxcirkeln.

"Kom igen, Rafail", sa jag till mig själv och pressade mina värkande muskler till bristningsgränsen. "Du har klarat dig så här långt. Ge inte upp nu."

Med bultande hjärta rusade jag genom den mörka skogen, fast besluten att nå mina vänner innan häxcirkeln hann ikapp mig.

Jag stormade in i grottan, mina lungor brände och musklerna värkte efter den desperata spurten. Careena och Alyster vände sig om mot mig, med förvåning och oro ristat i sina ansikten. Jag skiftade tillbaka till mänsklig form och flämtade efter andan.

"De är på väg", flämtade jag fram. "Häxcirkeln. De har frammanat demoner, helveteshundar. Och Selene ..." Jag svalde tungt. "Hon planerar att återuppväcka Set. Att bli hans tjänarinna och gemål."

Careenas midnattsögon vidgades av fasa. "Set? Kaosguden? Är hon galen?"

"Tydligen", muttrade jag dystert. "Maktgalen och galen."

Alysters silverblick sköt mot grottöppningen, hans hållning alert. "Hur mycket tid har vi?"

"Minuter som mest. Jag sprang knappt ifrån dem." Adrenalinet sjöng fortfarande genom mina ådror från den vilda jakten.

Careena fällde ut sina korpsvarta vingar med ett mjukt sus. Violett ljus skimrade längs fjädrarna. "Då tar vi ställning här. Tillsammans."

Alyster blixtrade till med ett vasst flin, men det fanns en skärpa i det, en vild glimt i hans ögon. "Jaha. Låt dem komma då. Vi har några överraskningar i beredskap för Selene och hennes yngel."

Jag nickade, roterade axlarna och knäckte nacken. Min hud kliade av lust att skifta igen, djuret inombords vandrade rastlöst av och an. "Vad som än händer får vi inte låta dem återuppväcka Set."

"Enig", sa Careena högtidligt. "Världarnas öde hänger på en skör tråd."

Avlägsna ylanden och skrik nådde våra öron och blev högre för varje sekund. Häxcirkeln närmade sig. Jag mötte mina kamraters blickar och såg min egen beslutsamhet speglas i dem.

Striden var över oss.

Skrik skar genom luften när häxcirkeln vällde fram, en slingrande massa av mörka kåpor och lysande ögon. Demoner dök ner ovanför på läderartade vingar medan helveteshundar morrade och snäste, deras käftar drypande av svavelliknande galla.

Alyster höjde händerna, och grönt ljus blossade upp runt hans fingrar. Rankor sköt upp ur jorden och snärjde de närmaste hundarna. Vid hans sida lyfte Careena i en virvel av obsidiansfjädrar, och himmelskt violett magi blixtrade från hennes händer när hon angrep demonerna.

Jag grävde djupt inom mig och knackade på den källa av urkraft som alltid hade skrämt mig med sin intensitet. Men den här gången höll jag inte tillbaka. Jag omfamnade den och lät den flöda genom mig tills min kropp darrade av behovet att förändras.

Jag föll ner på alla fyra när min ryggrad förlängdes och huden hårdnade till tjocka, grå plattor. Muskler svällde och ben flyttade på sig, världen expanderade runt omkring mig när jag blev större och större.

Marken skakade av kraften från min förvandling. Jag hade aldrig försökt mig på en så här massiv gestalt tidigare, men desperation och raseri gav mig styrka. När skiftet var fullbordat tornade jag upp mig över slagfältet, en fullvuxen noshörning redo för anfall.

Med ett vrål som splittrade luften dundrade jag framåt och plöjde genom häxcirkelns led som en ostoppbar kraft. Häxor skrek och skingrades, deras besvärjelser studsade ofarligt mot min bepansrade hud. Kluvna hovar trampade ner fallna kroppar när jag vände och anföll igen och spetsade demoner på mitt horn.

I ögonvrån såg jag Alyster svinga sitt svärd, med ett svagt violett ljus skimrande runt det, hans rörelser flytande och graciösa när han dansade genom kaoset. Careena var en suddig virvel av mörka vingar och blixtrande magi ovanför oss, hennes stridsrop vildsint och trotsigt.

Vi kämpade med allt vi hade, magi och makt, kraft och syfte. Världarnas öde balanserade på en knivsegg, Och vi var de enda som stod mellan Selenes galenskap och de krafter hon försökte släppa lös.

Men häxcirkeln fortsatte att komma, en ändlös våg av mörker. För varje fiende vi fällde, tog tre nya deras plats och pressade oss tillbaka steg för bloddränkt steg.

"Dra er tillbaka!", skrek Alyster över stridslarmet, hans röst ansträngd. "Fällorna, nu!"

Jag skiftade tillbaka till mänsklig form, min kropp värkte av ansträngningen. Tillsammans utlöste Alyster och jag de noggrant gillrade fällorna vi hade ägnat timmar åt att förbereda. För ett ögonblick vände stridslyckan till vår fördel.

Explosioner skakade marken och skickade gejsrar av jord och krossade kroppar mot himlen. Helveteshundar ylade och skrek när de snärjdes i smart förklädda gropar och spetsades på vässade pålar. Demoner skrek när de trasslade in sig i nät gjorda av rankor sammanvävda med trådar av förtrollat faesilver, deras kött fräsande och rykande där metallen vidrörde det.

Men det var inte tillräckligt. Häxcirkelns antal verkade outtömligt, och för varje monster vi fångade vällde ett dussin till fram, hungriga efter blod.

Ovanför oss skrek Careena till av smärta och frustration. Jag tittade upp och såg henne inlåst i luftstrid med en trio harpyor, deras grymma klor och taggiga näbbar rev mot hennes vingar. Hon höll stånd, men med nöd och näppe, och fler av de flygande fasorna var på väg mot henne.

"Vi kan inte hålla dem stången!", skrek jag, min röst rå av desperation. "De är för många!"

Alysters blick mötte min, bister beslutsamhet etsad i varje drag av hans ansikte. "In i grottan", befallde han, hans svärd blixtrade till när han parerade ett slag från en morrande demon. "Det är vår enda chans."

Vi kommer inte att klara det, viskade en röst i mitt bakhuvud när vi kämpade oss mot grottans gapande mynning. *Vi kommer att dö här, sönderslitna av monster, och världen kommer att brinna.*

Men jag trängde undan tanken och bet ihop tänderna när jag skiftade till formen av en bengalisk tiger, mina kraftfulla käkar slog ihop om strupen på en framrusande helveteshund. Jag skulle inte ge upp. Inte nu, inte någonsin. Vi skulle hitta ett sätt, eller dö på kuppen.

Tillsammans backade vi tre in i grottan, med häxcirkelns styrkor böljande efter oss som en våg av förkroppsligad mardröm.

Alyster vände sig mot ingången, hans gyllene hår tovigt av blod och svett. ”Careena!”, skrek han. ”Kom igen!”

Jag tittade upp och såg Careena bryta sig loss från harpyorna, hennes vingar slog ursinnigt när hon dök in i grottan efter oss. Tillsammans sprang vi till den bortre väggen.

”Eld i hålet!” skrek Alyster, vilket förbryllade mig. Vi hade inte gillrat några fällor vid grottöppningen.

Han höll ut sin svärdshand mot grottöppningen, och demonerna som strömmade in, och släppte ... en sten?

Jaha.

Sympatisk faemagi. Han måste ha tagit stenbiten från grottaket vid ingången.

Grottaket exploderade. Tonvis med sten och splitter regnade ner i en öronbedövande lavin och begravde de annalkande demonerna. Kanske hade vi också blivit begravda, om det inte vore för Alysters andra hand, som pekade mot taket rakt ovanför oss och skapade en ficka av säkerhet för oss tre att stå i.

Under ett långt ögonblick fanns inget annat än mörker och ljudet av min egen flämtande andning. Sedan, sakta, började dammet lägga sig, och jag kunde urskilja det svaga violetta skenet från Alysters svärd, som lyste upp den raserade grottan.

”Är alla okej?”, frågade han med en röst som var sträv av oro.

”Jag är här”, kraxade jag och reste mig upp. ”Careena?”

”Jag mår bra”, svarade hon, trots att hon uppenbarligen inte mådde bra, med blod rinnande över huden och kläderna sönderrivna på flera ställen. ”Men vi är instängda. Det var den enda vägen ut.”

Kapitel tjugotvå

Careena

Jag klamrade mig fast vid den uråldriga trollboken, dess väderbitna papyrussidor prasslade under mina fingertoppar. Luften pulserade av mörk energi och demoner krafsade och skrek mot de nedfallna stenarna som var den enda barriären mellan oss. Som gamar som samlas kring ett färskt byte. Mitt hjärta rusade och vingarna darrade. Jag mötte Rafails och Alysters blickar och såg samma bistra insikt återspeglas i dem.

"Vi kan inte låta Selene lägga vantarna på den här", sa jag med darrande röst. "Den är för farlig."

Rafail nickade med spända käkar. "Håller med. Bättre att förstöra den än att släppa lös den kraften i världen."

"Gör det, Careena", uppmanade Alyster och grep tag i sitt svärd. "Vi håller dem stången så länge vi kan."

Jag tvekade ett ögonblick till, medan beslutets slutgiltighet sköljde över mig. Men det fanns inget annat sätt. Det här var vår sista strid. Om vi skulle stupa tänkte vi ta boken med oss.

Jag drog ett djupt andetag, fokuserade mina energier och ägnade en vemodig tanke åt mitt himmelska svärd, som jag lämnat bakom mig när jag förvisades från himlen.

Med det i min hand skulle det här vara så mycket enklare. Kanske kunde jag använda Alysters? Men jag visste att det var ett fåfängt hopp. Hans svärd var bundet till hans vilja långt innan jag förvandlade det till ett himmelskt blad; det skulle inte lyda mig.

Nej, jag var tvungen att göra det här den hårda vägen, en väg jag visste var teoretiskt möjlig även om jag aldrig hade provat den förut. Varje ängel hade skapelsens makt, även om vi inte kunde skapa något ur intet; jag hade till exempel använt en faesilverdolk för att skapa Alysters svärd. Och precis som vi hade skapelsens makt hade vi makten att *oskapa*. Jag kunde förvandla den här boken tillbaka till bara en samling papyrusvasstrån.

"Håll er undan", varnade jag Alyster och Rafail, och de backade så långt som det lilla utrymmet vi var instängda i tillät. Jag vände ryggen mot dem och bredde ut mina vingar i hopp om att det skulle skydda dem från det som skulle hända.

Jag kanaliserade min kraft och kände den flöda genom mina ådror som flytande eld. Mina ögon flammade med en utomvärldslig intensitet medan jag fokuserade all min energi på trollboken som jag kramade hårt i mina händer. Luften runt mig sprakade av rå, otämjd kraft, vilket fick de fina håren på mina armar att resa sig.

Trollboken skälvde i mitt grepp, dess urgamla sidor fladdrade vilt som om de fångats i en storm. Ett kusligt, pulserande sken utgick från boken och kastade ett eteriskt ljus över mitt ansikte. Jag kunde känna bokens kraft kämpa emot mig och motstå mina försök att oskapa den.

Jag bet ihop tänderna och ansträngde mig hårdare, och lade varenda uns av min himmelska styrka på uppgiften. Svettdroppar bildades på min panna när jag kämpade mot

den uråldriga, mörka magi som hade vävts in i själva troll-
bokens väv.

Papyrussidorna sprakade och fräste, kanterna krullade
sig och svartnade när min kraft strömmade genom dem.
Luften blev tung av lukten av bränt och boken blev het att
vidröra, hotade att bränna min hud.

Men jag vägrade att ge efter. Jag hade kommit för långt,
offrat för mycket, för att låta den här boken hamna i orätta
händer. Med en sista, desperat kraftansträngning släppte
jag lös en kraftfull stöt.

Trollboken skakade våldsamt, sidorna revs och slets sön-
der när den uråldriga magin som band den samman löstes
upp. Det utomjordiska skenet intensifierades och badade
hela området i ett bländande, brännande ljus.

Jag kände hur min kraft snabbt dränerades, då
ansträngningen att oskapa en så kraftfull artefakt tog ut
sin rätt på mina himmelska reserver. Men jag stod fast, fast
besluten att genomföra det här till slutet, oavsett priset.

En plötslig, bländande blixt av rent vitt ljus utbröt från
trollboken och uppslukade oss alla. Intensiteten var svin-
dlande och brände genom mina slutna ögonlock. Jag lyfte
instinktivt armen för att skydda ansiktet och vände mig
bort från det starka skenet.

"Careena!", ropade Alyster med ansträngd röst. "Vad
händer?"

Jag kunde inte svara, dånet av energi dränkte alla andra
ljud. Även med slutna ögon tycktes ljuset tränga igenom
mig och nå djupt in i mitt innersta.

Genom kaoset kände jag en förskjutning i energin kring
trollboken. Den uråldriga magin som en gång hade pulser-
at inom dess sidor förvandlades och förändrades till något
nytt och obekant.

Lika abrupt som det hade börjat försvann ljuset och försänkte oss i en kuslig stillhet. Långsamt sänkte jag min arm och blinkade bort efterbilderna som dansade framför mina ögon.

Jag tappade andan när min blick föll på trollboken, eller snarare, vad som en gång hade varit trollboken. På dess plats, svävande i luften, fanns ett glänsande svärd olikt något jag någonsin hade sett.

Dess klinga var av ett skimrande guld och ytan krusades av en utomvärldslig energi. Fästet var prytt med invecklade hieroglyfiska gravyrer som verkade skifta och förändras inför mina ögon, pulserande i en hypnotisk rytm.

Jag stirrade på svärdet, mitt sinne kämpade för att förstå den förvandling som just hade ägt rum. Den råa, otämjda kraften som utgick från klingan var påtaglig och sände kårar längs ryggraden.

"Är det där...?", flämtade Alyster, hans röst fylld av en blandning av vördnad och misstro.

Jag nickade långsamt, oförmögen att slita blicken från det eteriska vapnet. "Trollboken", viskade jag. "Den har blivit ett svärd."

Rafail gav ifrån sig ett halvt skratt, hans ögon gnistrade av munterhet trots allvaret i vår situation. "Ja, titta på den där. Var det inte bara för ett ögonblick sedan du önskade dig ett svärd, Careena?"

Jag vände mig mot honom, med rynkad panna av förvirring. "Va? Nej, jag gjorde inte..."

Rafail höjde ett ögonbryn och ett snett leende spelade vid hans mungipor. "Jaså? För jag minns tydligt att du sa något om att vilja ha ett vapen för att slåss mot de där demonerna."

Jag skakade häftigt på huvudet, mina vingar fladdrade av upprördhet. "Nej, det var inte det jag menade. Jag hade aldrig för avsikt att det här skulle hända."

Rafail ryckte på axlarna och hans blick gled tillbaka till den skimrande klingan. "Tja, avsikt eller ej, det verkar som att universum har besvarat ditt anrop."

Jag bet mig i läppen, en blandning av osäkerhet och rädsla virvlade i mitt bröst. Kraften som utgick från svärdet var både lockande och skrämmande, och jag kunde inte låta bli att undra om jag verkligen var värdig att svinga ett sådant vapen.

"Jag vet inte om jag klarar av det här", viskade jag, min röst darrade lätt. "Jag är ingen krigare, Rafail. Jag är bara en fallen ängel som försöker hitta min väg."

Rafails uttryck mjuknade och han tog ett steg närmare mig, lade sin hand på min axel. "Careena, du må vara en fallen ängel, men du är långt ifrån 'bara' någonting. Du har en styrka inom dig som inte ens du själv har insett än."

Jag såg upp på honom och sökte i hans ögon efter någon antydan till tvivel eller svek. Men allt jag såg var en orubblig tro på mig, ett förtroende som jag inte helt förstod men desperat behövde i det ögonblicket.

"Tror du verkligen att jag klarar det här?", frågade jag, min röst knappt högre än en viskning.

Rafail nickade, och ett litet leende ryckte i hans mungipor. "Jag vet att du kan. Och du kommer inte att vara ensam. Alyster och jag kommer att vara precis vid din sida, varje steg på vägen."

Jag drog djupt efter andan och kände en gnista av hopp tändas inom mig. Kanske hade Rafail rätt. Kanske var jag kapabel till mer än jag någonsin hade kunnat föreställa mig.

Med nyvunnen beslutsamhet vände jag mig tillbaka till svärdet och det kliade i fingrarna att sluta dem runt dess fäste och släppa lös kraften som låg latent inom det.

När mina fingrar snuddade vid svärdsfästets svala metall forsade en plötslig våg av energi genom mina ådror, vilket fick mina vingar att ofrivilligt fladdra bakom mig. Det var som om svärdet självt var levande, pulserande med en kraft som genljöd djupt inom mig – men en helt annan typ av kraft än de himmelska energier jag hade hanterat hela mitt liv.

Jag tvekade ett ögonblick, mitt hjärta rusade av bävan. Tänk om jag inte kunde kontrollera den här kraften? Tänk om den skulle förtära mig, precis som den förbjudna kunskapen jag hade sökt i det förflutna hade lett till mitt fall?

Men när jag stod där, med handen svävande över svärdet, kände jag en mild värme omsluta mig, en tröstande närvaro som tycktes viska i mitt öra och uppmana mig att lita på mig själv och den väg som låg framför mig.

Med ett djupt andetag grep jag tag i fästet och kände svärdet brumma av energi när det formade sig perfekt efter min hand. Det var som om det hade skapats specifikt för mig, en vacker och dödlig förlängning av mitt eget väsen.

Medan jag höll svärdet upplyft kände jag en nyvunnen styrka strömma genom min kropp, mina vingar sträcktes ut bakom mig som om även de vaknade till ett nytt syfte. Kraften som utgick från bladet var berusande, och för ett ögonblick kände jag mig oövervinnerlig, som om ingenting kunde stå i min väg.

Jag höjde svärdet högt över mitt huvud, dess strålande glöd lyste upp området runt omkring och kastade ett eteriskt ljus på mina följeslagare och häxcirkeln när demonerna började bryta sig igenom stenraset. Luften sprakade av energi och jag kunde känna svärdets kraft pulsera genom mina ådror och smälta samman med min egen himmelska essens.

Rafail och Alyster stod bredvid mig, deras ansikten fyllda av vördnad när de bevittnade omfattningen av den kraft jag nu förfogade över.

Demonerna, som kände av maktförskjutningen, började konvergera mot vår position, deras groteska gestalter slingrade sig fram genom skuggorna, deras ögon glödde av illvillig hunger. Jag kunde känna deras mörka energi pressa mot min egen och försöka kväva det ljus som nu flammade inom mig.

Men jag vägrade att ge efter. Jag svingade svärdet genom luften och kanaliserade all min styrka och beslutsamhet in i slaget. En chockvåg av energi spred sig utåt, vars kraft fick demonerna att rygga tillbaka och försvinna, deras gestalter upplöstes i tomma intet när svärdets kraft sköljde över dem.

Jag kände en våg av triumf när jag såg demonerna försvinna, deras essens skickades tillbaka till underjorden. Men även när jag frossade i segern visste jag att detta bara var början. Svärdets kraft var ett tveeggat blad, och jag skulle behöva lära mig att hantera det med omsorg och precision om jag hoppades kunna skydda dem jag höll kära.

Häxcirkeln, som hade bevittnat uppvisningen av min nyfunna kraft, började retirera i rädsla. Deras ögon vidgades, fyllda av skräck när de kämpade för att undkomma vreden från den fallna ängel de nu stod inför. Häxornas rörelser var panikartade, deras en gång så självsäkra uppträdande krossat av insikten om den sanna vidden av den kraft jag besatt.

Mitt i kaoset stod Selene, häxcirkelns ledare, kvar. Hennes genomträngande gröna ögon fästes vid mina, en brännande blick som förmedlade en blandning av raseri och beslutsamhet. Hon vägrade att krypa ihop som resten av sina följare, hennes stolthet och ambition drev på hennes trots.

"Du kanske har vunnit den här striden, du fallna", väste Selene, hennes röst droppade av gift. "Men lägg mina ord på minnet, det här är långt ifrån över. Våra vägar kommer att korsas igen, och när de gör det, kommer jag att få dig att ångra att du någonsin korsade min väg."

Jag mötte hennes blick utan att blinka, svärdets kraft pulserade genom mina ådror och gav mig en nyvunnen känsla av självförtroende och syfte. "Jag kommer att vara redo, Selene", svarade jag lugnt.

Selenes läppar kröktes till ett hånleende, hennes ögon blixtrade av knappt återhållen vrede. "Det får vi se, du fallna. Det får vi se." Med de sista orden vände hon på klacken och försvann in i natten, och lämnade en kuslig tystnad i sitt kölvatten.

Jag kände en rysning längs ryggraden, tyngden av Selenes hot hängde tungt i luften. Jag visste att vi definitivt inte hade sett det sista av häxan. Även om trollboken nu var förlorad för henne, tillsammans med hennes förhoppningar om att återuppväcka Set och bli hans tjänarinna, var hon fortfarande en farlig fiende med alldeles för mycket makt till sitt förfogande.

När det omedelbara hotet avtog sänkte jag svärdet, dess eteriska sken dämpades något. Mitt hjärta bultade i bröstet, en blandning av triumf och osäkerhet strömmade genom mina ådror. Den kvardröjande faran med trollbokens kraft fanns kvar, en ständig påminnelse om det ansvar jag nu bar.

Med ett djupt andetag vände jag mig om för att möta Rafail och Alyster. Deras ögon mötte mina i en tyst utväxling som förmedlade en myriad av känslor — tacksamhet, beslutsamhet och en gemensam förståelse för de utmaningar som låg framför oss.

Rafail, med bekymrad rynka i pannan, bröt tystnaden. "Careena, är du okej?" Hans röst var fylld av genuin oro, ett bevis på det band vi hade knutit genom våra prövningar.

Jag lyckades le svagt och mitt grepp om svärdsfästet hårdnade. "Jag mår bra, Rafail. Bara... överväldigad." Tyngden av min nyfunna kraft lade sig på mina axlar, en börda jag visste att jag måste bära.

Alyster steg fram, blicken fäst på svärdet, med chockad vördnad i sitt uttryck. "Det där var... otroligt", flämtade han, hans röst knappt högre än en viskning. "Men vad betyder det här för oss?"

Jag visste vad han tänkte. Trollboken fanns inte längre, och faedrottningen skulle bli mycket missnöjd med det. Alyster skulle aldrig kunna återvända hem, och det visste han.

Och hur var det med mig? Mitt uppdrag hade varit att hitta trollboken och återlämna den till Fristaden. Vad skulle Aurelius säga när jag räckte honom ett svärd istället?

Jag gav mig själv ett ögonblick att andas, att bearbeta omfattningen av det som hade hänt. Trollbokens förvandling till ett svärd var en utveckling jag aldrig hade kunnat förutse, och ändå kändes det märkligt rätt. Som om detta var den väg jag var menad att vandra.

"Jag vet inte exakt, Alyster", medgav jag. "Men det här vet jag: jag kommer aldrig att överge dig. Även om jag måste möta faedrottningen själv."

"Det hoppas jag inte", sa Alyster tyst. "Men... tack. Jag är med dig, Careena. Vad som än händer."

"Och jag", sa Rafail och överraskade både Alyster och mig.

"Du behöver inte stanna", sa jag och vände mig om för att titta på Rafail. "Din förbannelse är hävd. Du är fri."

Han ryckte på ena axeln och ett halvt leende dök upp i hans ansikte. "Det är jag, och jag är mer tacksam än jag någonsin kan uttrycka. Men ändå. Jag tror jag stannar kvar ett tag."

Jag kunde inte förneka att jag var glad över att ha honom kvar. Jag sträckte ut handen och grep hans axel i ett ordlöst tack, och hans leende blev bredare.

"Vi borde ge oss av härifrån", föreslog Alyster med låg och angelägen röst. "Ifall häxcirkeln kommer tillbaka. Vi måste omgruppera och planera vårt nästa drag."

Rafail nickade instämmande, och hans blick for runt i det omgivande området. "Vi är för exponerade här. Vi måste skapa lite avstånd mellan oss och den här platsen."

Jag tog ett djupt andetag och mitt grepp om svärdsfästet hårdnade. "Håller med. Låt oss ge oss av. Kan du förvandla dig, Rafail?"

Han nickade. "Och du? Är du i skick att flyga och bära Alyster?"

"Ja." Jag borde inte vara det, insåg jag vagt. Jag hade tagit en del hårda smällar under luftstriden med harpyorna, för att inte tala om att jag förbrukat varenda gnutta himmelsk energi jag hade kvar i försöket att oskapa boken, men i samma ögonblick som jag grep tag i svärdets fäste hade jag känt mig översvämmad av ny styrka. "Låt oss försvinna härifrån."

Och ju förr, desto bättre. Det var inte bara häxcirkeln som kunde lockas av den mängd magisk energi som just hade förbrukats på denna plats. Aurelius skulle troligen skicka någon för att undersöka saken förr eller senare, och jag ville inte vara här när de anlände.

Kapitel tjugotre

Alyster

Striden var över, men förödelsen fanns kvar. Jag granskade den förkolnade marken och lät blicken svepa från den ena stupade fienden till den andra. Min hand grep om hjältet på mitt förtrollade svärd – Careenas besvärjelse hade förvandlat den uråldriga boken till ett mäktigt vapen, men till vilket pris? Oron malde i mig. Svärdet kändes tungt av ansvar. Nu när boken var borta var mitt uppdrag från drottning Maeve säkerligen ett misslyckande.

Careena stod bredvid mig med sina ebenholtssvarta vingar utfällda. Hon vände sig mot mig med sina mörka ögon fyllda av beslutsamhet. ”Jag kommer aldrig att överge dig. Även om jag så måste möta faedrottningen själv.”

Tacksamhet vällde upp inom mig vid hennes ord. Tanken på att behöva möta Maeve för att erkänna vad som hade hänt gjorde mig illamående. Hon skulle utan tvekan döda mig för mitt misslyckande. Den enda frågan var hur lång och plågsam min död skulle bli.

Jag skulle aldrig kunna återvända hem, men konstigt nog kände jag ingen sorg vid tanken. Min lojalitet låg inte längre hos drottning Maeve och faehovet. Jag hade valt min väg, och den var att följa den fallna ängeln vid min sida, som redan hade riskerat allt för min skull.

Jag betraktade den glimmande guldklingan i Careenas hand ett ögonblick till. Den sällsamma, uråldriga magin som strålade från den sände en rysning längs min ryggrad. Vilka krafter ägde detta svärd nu? Och vad skulle priset bli för att använda dem?

Vad framtiden än hade i sitt sköte spelade det ingen roll. Jag hade gjort mitt val, och jag skulle möta allt som kom stående, med svärdet i hand.

"Vi borde ge oss av härifrån", sa jag. "Ifall cirkeln kommer tillbaka. Vi måste omgruppera och planera vårt nästa drag."

Careena nickade, men hennes blick var fortfarande fäst vid svärdet. Hennes fingrar hårdnade om hjältet och ett stråk av oro syntes i hennes ansikte. "Det här svärdet ... jag förstår inte. Jag försökte förgöra boken, men den förvandlades ..."

Jag steg närmare, med blicken dragen till de invecklade hieroglyfiska graveringarna längs klingan. "Vi ska lista ut det tillsammans. Men först måste vi se till att det är säkert."

Jag såg mig omkring och fick syn på Careenas skadade skinnjacka som låg på marken. Jag tog upp den och skar den i långa remsor. Careena såg nyfiket på när jag närmade mig henne och räckte fram handen.

"Får jag?" frågade jag och pekade mot svärdet.

Efter en stunds tvekan gav Careena mig det. Jag lindade försiktigt läderremsorna runt klingan och skapade en provisorisk skida och ett bälte så att Careena kunde bära det utan att behöva hålla det i handen. Det var inte perfekt, men det fick duga för tillfället.

Medan jag arbetade anslöt sig Rafail till oss, med pannan fårad av oro. "Vi kan inte stanna här. Striden var som en fyrbåk som drar till sig uppmärksamhet från alla håll. Vi måste ge oss av."

Jag fäste klart svärdet och räckte tillbaka det till Careena. Hon tog det försiktigt och hennes fingrar snuddade vid mina. Hon såg väldigt ung ut när hon gav mig ett tacksamt leende, och jag kände en plötslig lust att dra henne intill mig, att försäkra henne om att allt skulle bli bra.

Men jag trängde undan känslan. Vi hade mer brådskande saker att ta itu med.

"Rafail har rätt", sa jag och vände mig mot dem båda. "Vi måste ge oss av och lämna Frankrike. Cirkeln kommer att leta efter oss, och Aurelius kommer inte att vara långt efter."

Rafail rynkade oroligt pannan. "Men vart kan vi ta vägen? Vi kan inte bara vandra omkring planlöst."

Mina tankar rusade med möjligheter, men varenda en jag kom på avfärdade jag omedelbart som för lätt för faerna att hitta. "Vi kommer på något. Men för tillfället måste vi få lite avstånd mellan oss och den här platsen. Nu går vi."

Careena rynkade pannan i koncentration när hon övervägde våra alternativ. "Vad sägs om Spanien?" föreslog hon. "Det är tillräckligt långt härifrån och från Aurelius senast kända position i Vatikanen. Det skulle kunna ge oss lite tid att omgruppera och planera vårt nästa drag."

Hennes ord hängde i luften, och jag fann mig själv nicka långsamt. Spanien. Det lät rimligt. Vi behövde ligga steget före våra fiender, och att få ett betydande avstånd mellan oss och Frankrike var en solid strategi.

Jag mötte Careenas blick, hennes ögon sökte efter samtycke i mina. "Spanien blir det", sa jag med stadig röst trots tyngden av vår situation. "Men vi måste vara försiktiga. Drottning Maeve kommer att leta efter oss, liksom Aurelius och cirkeln, och vi har inte råd att sänka garden."

Careenas axlar slappnade av något, ett stråk av lättnad syntes i hennes eteriska drag. "Håller med. Vi måste vara smarta med hur vi rör oss och hålla en låg profil."

När vi slutförde våra planer kunde jag inte låta bli att förundras över Careenas motståndskraft. Hon hade gått igenom så mycket, men hennes beslutsamhet vacklade aldrig. Det var en egenskap som jag både beundrade och avundades.

Rafail förvandlade sig till en falk, uppenbarligen ivrig att lyfta. Jag visste att han hade rätt – vi var tvungna att röra oss snabbt. Varje ögonblick vi dröjde kvar var ett ögonblick våra fiender kunde använda för att komma närmare oss.

Jag fann mig i att bli buren av Careena igen. Hennes starka armar slogs om min midja, och med ett kraftfullt slag av hennes korpsvarta vingar var vi i luften. Vindens sus ven genom mitt hår när vi steg högre och lämnade slagfältet bakom oss.

Vi styrde mot kusten och ut till havs, och flög högt för att fånga vindarna. Medelhavets vidder sträckte ut sig framför oss, med vågornas vita gäss som glimmade i månskenet.

Det dröjde inte länge förrän ett stort containerfartyg dök upp i sikte, dess massiva skrov skar genom vågorna på väg söderut och västerut. Rafail cirklade tillbaka och indikerade att detta kunde vara en tillfällig tillflyktsort, på väg åt rätt håll. Vi sänkte oss och landade tyst bland labyrinten av fraktcontainrar.

Metallådorna tornade upp sig över oss och gav en känsla av skydd och anonymitet. Jag kunde inte låta bli att känna en gnutta oro, med medvetenheten om att vi i praktiken var fripassagerare på detta fartyg. Men desperata tider kräver desperata åtgärder.

Rafail förvandlade sig tillbaka till sin mänskliga form, hans ögon for runt i vårt provisoriska gömställe. "Jag går och letar efter lite mat i fartygets mäss", sa han med låg röst. "Ni två stannar här och håller utkik."

Innan vi hann svara var han borta, hans fotsteg tysta när han smälte in i skuggorna. Jag sneglade på Careena och lade märke till tröttheten i hennes ansikte. De senaste dagarnas händelser tog ut sin rätt på oss alla.

Vi satt tysta med ryggarna pressade mot containerns svala metall. Fartygets långsamma gungande var nästan rogivande, en tillfällig respit från det kaos som hade blivit vår verklighet.

Rafail återvände med armarna fulla av diverse matvaror. Han delade ut dem mellan oss och vi åt tyst, var och en försjunken i våra egna tankar. Allvaret i vår situation vägde tungt på mitt sinne.

Medan jag tuggade på en brödbit kunde jag inte låta bli att undra vad framtiden hade i beredskap för oss. Vi var på flykt, förföljda av mäktiga fiender, och trollboken som blivit ett svärd var en gåta som vi ännu inte hade löst.

Rafail fiskade upp en kontantkortstelefon och ett kreditkort ur jackfickan, hans fingrar flög över skärmen.

"Vi är tillräckligt nära kusten för att jag har täckning. Jag ska ordna en plats där vi kan hålla oss undan", sa han utan att släppa blicken från telefonen. "En privat villa, avsides."

Jag nickade, tacksam för hans påhittighet. Vi behövde en fristad, en plats att omgruppera och planera vårt nästa drag.

Rafail utövade sin magi, och inom några minuter hade han säkrat vårt boende. Han gav oss ett flin, ett spår av hans vanliga rackartyg glimtade i hans ögon.

"Okej", sa han och stoppade ner telefonen och kortet i fickan. "Vi har ett gömställe, en lugn plats, en bit upp längs kusten från Barcelona."

Careena nickade, men gjorde ingen ansats att resa sig. "Låt oss vänta tills det blir ljust", föreslog hon när jag såg frågande på henne. "Det blir säkert lättare att hitta i dagsljus."

Rafail såg ut som om han skulle säga något, förmodligen om hur hans moderna teknik kunde guida oss dit i mörker eller ljus, men jag puffade snabbt till honom och skakade på huvudet.

Rafail såg tillbaka på Careena, som satt hopsjunken mot fraktcontainern med hängande vingar och halvslutna ögon, och han stängde munnen och nickade. "Låter som en bra idé, Careena."

Jag gav honom ett snabbt, tacksamt leende, och sedan satte vi oss ner på varsin sida om Careena utan att behöva säga något mer, och inneslöt henne mellan vår värme. Hon vilade sitt huvud på min axel och suckade djupt.

"Försök att vila lite", viskade jag och tryckte en kyss mot de tjocka vågorna i hennes mörka hår. "Vi är säkra här. Sov."

Dagens första ljus smög sig över horisonten och målade himlen i nyanser av orange och rosa. Jag blinkade, blev omedelbart klarvaken och spände varje muskel.

Rafail sträckte på sig så att det knakade i lederna. "Dags att ge oss av", sa han med en röst som fortfarande var tung av sömn.

Careena nickade, hennes hand sökte sig instinktivt till svärdet som vilade över hennes knän när hon sov. Jag kunde se spänningen i hennes axlar, tyngden av vår nya verklighet som lade sig över henne.

Rafail förvandlade sig till sin falkform, sträckte ut sina vingar och steg mot skyn.

Careena slog armarna om mig och jag förberedde mig för känslan av att flyga. När vi lyfte från fartyget ven vinden genom mitt hår, och jag kunde inte låta bli att känna en känsla av upprymdhet trots våra svåra omständigheter.

Vi flög i timmar, med Medelhavets skimrande blå vidder som sträckte ut sig under oss. Spaniens kust kom i sikte och Rafail ledde oss till den lilla staden norr om Barcelona, och villan han hade hyrt i dess utkanter.

När vi tog oss mot vår tillfälliga fristad kunde jag inte skaka av mig känslan av att vår resa var långt ifrån över. Svärdet pulserade vid Careenas sida, en ständig påminnelse om den kraft vi bar på och faran som följde oss.

Vi landade utanför villan, en charmig vitkalkad byggnad omgiven av lummiga trädgårdar. Rafail förvandlade sig tillbaka till sin mänskliga form med ett nöjt flin i ansiktet när han granskade vårt boende.

"Inte illa, va?" sa han och höjde ett ögonbryn i min riktning.

Jag var tvungen att erkänna att det var stor skillnad mot våra tidigare logier. "Rafail, det här är perfekt. Tack."

Careena nickade, hennes röst var mjuk men uppriktig. "Vi behövde det här. En plats att vila på, att planera vårt nästa drag."

När vi gick in i villan kunde jag inte låta bli att förundras över Rafails påhittighet. Han hade tänkt på allt – från det avskilda läget till det välfyllda köket.

En knackning på dörren ryckte mig ur mina tankar. Rafail var där på ett ögonblick, hans kropp spänd och redo för strid.

Men det var bara en leverans – påsar med nya kläder, lådor med mat, till och med en ny laptop. Rafail hade tänkt på allt.

När vi installerade oss i villan märkte jag Careenas obehag. Hon hade lämnat svärdet i vardagsrummet när hon gick för att duscha, men kom tillbaka några ögonblick senare, blek och tärd i ansiktet.

Jag gick fram till henne, med oro i ansiktet. "Careena, är allt bra med dig?"

Hon försökte le, men det blev mer en grimas. "Det är ingen fara, Alyster. Det är ingenting."

Men jag visste bättre. Jag hade sett hur hennes blick for till svärdet med några sekunders mellanrum.

"Du har ont", sa jag mjukt och sträckte mig ut för att röra vid hennes arm. "När du är borta från svärdet."

Careena suckade, hennes axlar sjönk ihop i nederlag. "Jag trodde att jag kunde hantera det", erkände hon. "Men smärtan ... det är som om en del av mig saknas."

Jag rynkade pannan och mina tankar rusade med innebörden av hennes ord. "Vad menar du?"

Hon skakade på huvudet, hennes blick var frånvarande. "När svärdet inte är tillräckligt nära för att jag ska kunna röra vid det känns det som om hela min essens slits isär. Som om jag är ofullständig."

Jag svalde tungt, en känsla av oro lade sig i magen. Vad hade vi släppt lös med den där desperata förtrollningen?

"Vi ska lösa det här", lovade jag henne, min röst fast trots mina egna tvivel. "Tillsammans."

Careena nickade och sträckte ut handen för att återigen gripa tag i svärdet. När hennes fingrar slöts om hjältet såg jag spänningen rinna av hennes kropp, ersatt av en känsla av lättnad.

Jag såg på när Careena lät sina fingrar löpa längs klingan, en blandning av vördnad och oro flimrade över hennes ansikte. Svärdet verkade surra under hennes beröring, dess kraft kännbar även på avstånd.

"Vad ska vi göra?" frågade hon, hennes röst knappt en viskning. "Om jag inte kan förstöra det, och jag inte kan vara åtskild från det ..."

Jag skakade på huvudet, mina tankar rusade med möjligheter. "Vi ska hitta ett sätt att bryta bandet", sa jag och försökte låta mer självsäker än jag kände mig. "Det måste finnas ett sätt."

Men redan när orden lämnade min mun visste jag att det inte skulle vara så enkelt. Magi så här kraftfull, så här uråldrig, var inte lätt att upphäva. Och om Careenas självva essens nu var knuten till svärdet ...

Jag trängde undan tanken och vägrade låta mina rädslor förtära mig. Vi hade mött omöjliga odds tidigare och segrat. Det här skulle inte vara annorlunda.

"Tills vidare fokuserar vi på att hålla oss ett steg före våra fiender", sa jag med fast röst. "Aurelius och cirkeln kommer att leta efter oss, och vi kan inte låta dem få tag på det där svärdet."

Careena nickade och hennes grepp om hjältet hårdnade. "Och faedrottningen då?" frågade hon och mötte min blick. "Du skulle ge henne trollboken, inte ett svärd."

Jag suckade och drog en hand genom håret. "Just nu är vår prioritet att hålla dig och svärdet säkra", svarade jag och undvek frågan. Jag misstänkte att hon redan visste svaret – att jag skulle tillbringa resten av mitt liv på flykt från Maeves vrede.

Careena log mjukt och hennes fria hand sträckte sig ut för att röra vid min kind. "Tack, Alyster", mumlade hon. "För allt."

Jag lutade mig mot hennes beröring, min egen hand kom upp för att täcka hennes. "Vi är i det här tillsammans", lovade jag henne. "Oavsett vad som händer härnäst."

KAPITEL TJUGOFYRA
CAREENA

JAG STOD PÅ VILLANS balkong och vinden rufsade till mitt hår medan jag blickade ut över de vidsträckta trädgårdarna nedanför. Mina skimrande vingar ryckte till och lyste svagt violetta i det dunkla kvällsljuset. Så mycket hade hänt de senaste dagarna. Alyster, Rafail och jag hade gått från att vara misstänksamma allierade som slumpen fört samman, till något mycket djupare. Ett band av tillit och kanske mer hade bildats mellan oss, trots våra vitt skilda naturer – fae, hamnskiftare och fallen ängel.

Glasdörren bakom mig gled upp. Jag kände Alysters faemagi när han närmade sig, en pirrande statisk elektricitet som fick min hud att surra. Hans steg var tysta när han ställde sig bredvid mig, med sitt gyllene hår glänsande.

"Vad tänker du på?" Hans ton var lättsam men hans silverfärgade ögon sökte intensivt i mina.

Jag suckade. "Bara funderar över det som hänt. Över hur långt vi har kommit ... tillsammans."

Han nickade och hans kraftiga käke spändes. "Verkligen. Jag hade aldrig kunnat föreställa mig att jag skulle lita så fullständigt på en fallen ängel och en hamnskiftande tjuv."

Ett litet leende ryckte i mina läppar. Stora ord från den listiga faeriddaren.

"Jag har tänkt", fortsatte Alyster. "De här trädgårdarna – jag kan använda min jordmagi för att sätta upp skyddsformler runt villans gränser. Då får vi veta om någon närmar sig."

"Bra idé", höll jag med. "Jag förstärker dem med himmelska skyddsformler som även vaktar skyn."

Vi satte igång. Han kanaliserade slingor av sprakande grön faemagi genom de frodiga trädgårdarna medan jag etsade glödande violetta sigill i luften med svepande vingrörelser under en kort flygtur runt trädgårdens utkant. Våra magiska krafter smälte samman och skapade en skimrande skyddskupol runt egendomen.

Balkongdörren gled upp igen precis när jag landade och Rafail klev ut. Han rörde sig med en rovdjurslik elegans även i mänsklig skepnad. Hans ögon, varma och whiskybruna i den här formen, flackade mellan oss.

"Är allt som det ska?" Hans röst var låg och lugnande, med en underton av stål. Alltid beskyddaren.

"Bara vidtar några extra försiktighetsåtgärder", försäkrade jag honom med en nick mot skyddsformlerna.

"Smart." Han kom närmare och en förhårdnad hand snuddade vid min, vilket skickade ilningar uppför min arm. "Man kan inte vara för försiktig."

Plötsligt blev jag plågsamt medveten om vår närhet, värmen som strålade mellan oss och den laddade luften som sprakade av åtrå. En liten del av mig ryggade tillbaka vid tanken på att riskera allt – men den berusande spänningen från lusten segrade.

Jag tog ett djupt andetag och min bröstkorg höjdes mot tyget i min rena blus. "Alyster ..."

Han höjde ett ögonbryn och de silverfärgade ögonen glimtade av förväntan. "Ja, Careena?"

"Jag ... jag har funderat ..." avbröt jag mig själv, och kinderna hettade.

"Funderat?" uppmanade Alyster, och hans flin breddades till ett leende likt Cheshirekattens. "Fortsätt du."

"Jo ... jag undrade ... om vi kanske i kväll ... kunde ... vi tre ..." Jag stakade mig och kände hur kinderna blossade.

Rafails ögon spärrades upp av förståelse. "Menar du ...?"

Jag nickade, oförmögen att forma orden högt.

Alysters flin blev ännu bredare. "Ser man på, det verkar som om vår fallna ängel har några stygga begär."

Rafails flin matchade hans. "Kom bara ihåg, Careena – det här går inte att göra ogjort."

Ändå nickade jag, säkrare på mitt beslut än någonsin tidigare.

En sista blick mellan oss tre, och all skenhelighet föll bort. Alysters skjorta var den första som åkte av och blottade en mejslad överkropp som formats av ett helt liv i faeriket. Rafails händer skakade ytterst lite när han knäppte upp knapparna på min blus och blottade min spänstiga, värkande hud för deras hungriga blickar.

Alysters händer låg på mina höfter och drog mig så nära att jag kunde känna hans stenhårda lem pressas mot mitt lår. Hans läppar fann min hals och lämnade retsamma kyssar nerför mitt nyckelben medan hans fingrar dansade förbi byxlinningen och sköt ner byxorna över mina lår. Jag kände hur han knöt upp läderremmen som fäste svärdet vid min höft och spände mig, men han nickade som om han förstod min oro.

"Kom in här", viskade han och ledde mig in genom balkongdörren och till det överdådiga sovrummet. "Vi lägger det här. Fint och nära." Han lade svärdet på säng-bordet och jag kände hur jag kunde andas ut.

Genom halvslutna ögon såg jag Rafail klä av sig, hans slanka gestalt avslöjade en hårdhet som gjorde mig andlös.

"Ikväll", spann Alyster i mitt öra, "handlar allt om din njutning."

Alyster knäböjde vid mina fötter för att snöra upp mina kängor och dra av dem, medan Rafail kom för att befria mig från mina sista kläder. Hans mun var het mot min när jag sökte hans kyss. Jag stönade in i hans mun när Alyster nosade sig uppåt mellan mina lår, särade försiktigt på dem och slickade lätt med tungan över min knopp.

"Så våt", spann han, med rösten sträv av åtrå. "Du har väntat på det här, eller hur, Careena?"

Jag förnekade det inte. Istället bet jag mig i underläppen och svankade mot hans beröring.

"Titta på henne", morrade Rafail, hans ögon mörka av lust. Hans läpp krullades till ett rovdjurslikt flin. "Ikväll är hon vår."

Alyster småskrattade och hans fingrar grävde sig djupt in, vilket försatte mig i ett tumult av känslor när han för-siktigt krökte dem. "Åh, min kära Careena", spann han, "förbered dig. Vi har en evighet på oss att utforska varenda centimeter av din dekadenta gestalt." Och sedan tystnade han och lät sin mun tala på ett annat sätt medan hans tunga piskade min klitoris om och om igen.

Rafail skrattade strävt när mina ögon nästan rullade bakåt i huvudet. "Jag tror hon gillar det, Alyster. Fortsätt." Hans starka händer kupade mina bröst och rullade de värkande bröstvårtorna mellan fingrar och tummar, innan han böjde sitt huvud för att ta den ena känsliga toppen i sin mun.

Medan mina två älskare fortsatte sina förehavanden förlorade jag mig i känslorna och mina stön ekade mot väggarna. Mina vingar vecklades ut, ett bevis på min upphetsning, medan rummet snurrade runt mig i en virvelvind av njutning.

Jag hade aldrig känt en sådan hänförelse.

Medan Alysters tunga fortsatte att göra sin magi släppte Rafail mitt bröst och flyttade sig bakom mig. Hans händer gled nerför min ryggrad tills de nådde mina skinkors kurva. Han klämde försiktigt och hans fingrar följde skåran mellan mina kinder, vilket skickade rysningar av förväntan uppför min ryggrad. Jag visste vad han ville, och jag ville det också.

"Ja", viskade jag och såg på honom över axeln. "Snälla, Rafail."

Hans ögon mörknade av åtrå, och han nickade och tryckte en mjuk kyss mot mitt skulderblad. Hans fingrar gled framåt och han samlade upp fukten från min skåra, innan han arbetade sig tillbaka till min rumpa och retade försiktigt den spända, darrande köttringen medan han började förbereda mig för honom.

Alyster såg upp på mig, hans silverfärgade ögon fyllda av hetta. "Är du säker på det här, Careena?" frågade han, hans röst sträv av åtrå.

Jag nickade, med andan i korta flämtningar medan Rafails fingrar gjorde sin magi. "Jag vill ha er båda", lyckades jag säga. "Tillsammans."

Alysters flin var ondskefullt när han reste sig, hans kuk hård och redo. Han fångade min mun i en brännande kyss och hans tunga trasslade in sig i min medan Rafail fortsatte att töja ut och förbereda mig. Jag kunde känna spänningen byggas upp i min kropp, förväntan på vad som komma skulle pressade mig närmare och närmare kanten.

Till slut stannade Rafails fingrar. "Kom hit", mumlade han, och jag satte mig lydigt på sängen på hans uppmaning och hamnade i hans knä när han drog mig bakåt. "Så ja. Duktig flicka. Slappna bara av nu ..."

Jag stönade när jag kände ollonet på hans kuk pressas mot min rumpa. Jag tog ett djupt andetag och tvingade mig själv att slappna av när han sakta började tränga in. Det kom ett ögonblick av obehag, men det ersattes snabbt av en känsla av fyllighet som var nästan överväldigande.

Alysters hand fann min klitoris igen, hans fingrar cirkulerade försiktigt medan Rafail fortsatte att ta sig in. De kombinerade sensationerna var nästan för mycket att bära, och jag skrek till och mina fingrar grävde sig in i Alysters axlar när jag höll i honom för att få stöd.

"Lugn, älskling", mumlade Alyster med lugnande röst. "Bara andas. Vi håller dig."

Jag tog ett djupt andetag, och sedan ett till, och kände hur min kropp slappnade av runt Rafails intrång. Han stönade och hans höfter pressades tätt mot min rumpa när han fyllde mig helt och hållet.

"Herregud, Careena", pressade han fram, hans röst sträv av åtrå. "Du känns otrolig."

Jag log och såg upp på Alyster genom tunga ögonlock. "Jag är redo", sa jag med en röst som knappt var en viskning.

Alysters flin var fullkomligt syndigt när han grep tag i mina höfter och positionerade sig vid min ingång. Jag kunde känna ollonet på hans kuk pressas mot mig, och sedan gled han in och fyllde mig centimeter för läcker centimeter.

Känslan av att ha dem båda inom mig var obeskrivlig. Jag kände mig uttänjd till bristningsgränsen, totalt fylld, helt besatt. Och ändå var det perfekt. Det var allt jag aldrig hade vetat att jag behövde.

Alyster och Rafail började röra sig, deras kroppar arbetade i perfekt synkronisering när de stötte in och ut ur mig. Jag kunde känna varje åder, varje kant av deras kukar när de rörde sig inom mig. Friktionen var otrolig och sände chockvågor av njutning genom mig.

Jag kunde känna min orgasm byggas upp, spänningen som slingrade sig allt hårdare i min kärna när de drev mig högre och högre.

"Nära", flämtade jag fram, min kropp darrade av ansträngningen att hålla tillbaka. "Så nära."

Rafails grepp om mina höfter hårdnade och hans fingrar grävde sig in i mitt kött när han stönade. "Jag också", pressade han fram. "Fan, jag kommer inte hålla mycket längre."

Alysters ögon låstes i mina, hans silverblick fylld av hetta och kärlek. "Kom med oss, Careena", sa han, hans röst sträv av åtrå. "Släpp taget."

Och med ett skri som tycktes eka genom rummet, gjorde jag det. Min kropp krampade, mina inre muskler klämde sig om deras kukar när våg efter våg av njutning sköljde över mig. Jag kunde känna dem komma också, deras heta säd spillde in i mig när de red ut sina egna orgasmer.

När de sista skälvningarna från vår urladdning tonade bort, kollapsade vi på sängen i ett virrvarr av lemmar, våra kroppar fortfarande intimt sammanflätade. Jag kunde känna deras hjärtan slå i takt med mitt, deras andetag blanda sig med mina när vi landade från vår älskogs rus.

Jag hade aldrig känt mig så fullkomlig, så fullständigt tillfreds. I det ögonblicket visste jag att jag aldrig skulle bli densamma igen. Jag hade gett mig själv till dessa två otroliga män, kropp och själ, och genom att göra det hade jag hittat en del av mig själv som jag inte hade vetat saknades.

Alyster och Rafail, utmattade, drog sig långsamt ur mig, deras kroppar hala av svett, deras ögon glödande av mättad lust.

Jag hade ingen energi kvar, var fullständigt tömd, och kollapsade slappt på sängen. Jag hörde Alysters låga skratt innan han lade sig bredvid mig och drog mig i sina armar, och sedan var Rafail på min andra sida, båda solida och saligt varma. Sömnen kom snabbt och drog ner mig som en tidvåg.

Mina drömmar var ett virvlande landskap av mörker, skuggor som skiftade och förändrades framför mina ögon. Jag kände mig desorienterad, osäker på var jag var eller hur jag hade kommit dit. Mörkret verkade svepa sig runt mig och kväva mig i sin kalla omfamning.

När jag försökte förstå tomrummet som omgav mig, klev en gestalt ut ur skuggorna. Den muskulösa kroppen var en mans, men hans huvud var otvivelaktigt en schakals, och jag visste med skrämmande säkerhet att det var Set som stod framför mig. Hans svarta päls glänste, även i mörkret, och hans sneda, gyllene ögon med smala pupiller borrade sig in i mig med en intensitet som fick mig att rysa.

Skräcken rev i mina inälvor när jag stirrade in i denna uråldriga guds genomträngande blick. Jag visste att vårt möte skulle bli mycket mer än bara ett enkelt samtal. Det här var en viljekamp, en som jag inte hade råd att förlora. Mitt hjärta bultade i bröstet och jag svalde hårt och försökte mana fram modet att möta honom.

"Ah, min kära tjänarinna", ekade Sets röst genom mörkret, ett djupt och resonant ljud som tycktes vibrera i min själ. "Du har äntligen kommit till mig."

Jag ville rygga tillbaka från honom, springa och gömma mig, men fann mig oförmögen att röra mig, hans blick höll mig fången likt en orm håller en mus.

"Tjänarinna?" spottade jag ur mig ordet, min röst darrande av trots trots rädslan som rusade genom mig. "Jag är ingen tjänarinna till dig."

"Verkligen?" Sets ögon smalnade, och för ett ögonblick verkade det som om en glimt av förvirring syntes i hans hundlika drag när han stirrade på mina vingar. "Du är inte drottning Maeve, och inte heller häxan Selene." Hans ton var kall och beräknande. "Spelar ingen roll. Säg mig, ängel, vad vet du om deras avsikter?"

Mina tankar rusade när jag insåg innebörden av hans ord. Både drottning Maeve och Selene hade försökt befria Set och hade kommit så långt som att kommunicera med honom.

"Tillräckligt för att veta att din ondska måste stoppas", svarade jag och försökte hålla rösten stadig.

Set lät höra ett lågt, olycksbådande skratt. "Dumma flicka", hånade han. "Tror du verkligen att du kan stå emot mig? Mot en guds makt?"

"Kanske inte ensam, men jag är inte utan allierade", kontrade jag.

"Ah, just det", funderade Set, och hans flin breddades och blottade vassa rovdjurständer. "Dina dyrbara älskare.

Sådana bräckliga varelser, lättpåverkade av dödliga begär. De kommer att falla, precis som du kommer att göra.”

”Aldrig!” skrek jag, min röst ekande i tomheten som omgav oss. ”Vårt band är starkare än något du kan kasta mot oss!”

”Är det?” Sets blick borrade sig in i mig, och jag kände det som om han skådade in i de djupaste vrårna av min själ. ”Vi får se, Careena Seraphiel. Vi får se.”

Med de isande orden började mörkret sluta sig omkring mig, kvävande och tryckande. Paniken rev i mitt bröst och jag kämpade för att slita mig loss från Sets grepp. Jag skulle inte låta honom vinna. Jag kunde inte låta honom vinna. *Hur vet han mitt namn? Är han inne i mitt sinne? Hur kan jag vinna mot det?*

Jag samlade all min beslutsamhet och kämpade emot, och plötsligt förvreds hans ansikte av raseri. Jag hade på något sätt tvingat ut honom ur mitt sinne, även om det var en annan fråga om jag kunde hålla honom ute.

”Trotsighet klär dig”, sade Set släpigt, hans röst drypande av illvilja. ”Men det kommer inte att hjälpa dig ett dugg. Du kan inte undfly bandet som binder oss samman. Du är min, tjänarinna. Din vilja är underordnad min egen.”

Åh, nej för fan. Jag skrattade honom trotsigt rakt i ansiktet. ”Jag tillhör ingen, minst av allt en bortglömd gud som klamrar sig fast vid de trasiga resterna av sin forna glans.”

”Försök du, tjänarinna, men kom ihåg detta: våra öden är nu sammanflätade. Vad som händer med en av oss kommer att påverka den andra.” Sets ord sände en kåre längs min ryggrad, men jag vägrade låta honom se min rädsla.

”Dina hot betyder ingenting för mig”, spottade jag och kanaliserade all min himmelska kraft för att bryta mig loss från hans grepp. Svett droppade nerför min panna när jag ansträngde mig mot det påträngande mörkret, mitt hjärta bultade i öronen.

"Mycket väl." Sets ton skiftade, plötsligt kall och avvisande. "Lär dig den hårda vägen, om du måste. Men kom ihåg, Careena Seraphiel: du blev varnad." Han lutade sig framåt, höjde sina händer och jag kände en våg av hans kraft krossa mig. "Ge dig", befallde han. "Ge dig, och jag ska vara barmhärtig."

Trycket runt mig intensifierades, krossade mig från alla sidor och hotade att släcka själva essensen av mitt väsen. Mina andetag kom i korta, ansträngda flämtningar när jag desperat försökte behålla min beslutsamhet.

"Barmhärtighet? Från kaosets och stridens herre? Bespara mig dina lögner, Set. Jag kommer aldrig att ge mig för dig." Jag skrek det nästan rakt i hans schakalansikte, trotsigt.

Och med det sista ropet samlade jag varje uns av styrka som fanns kvar inom mig och tryckte tillbaka mot mörkret. Det svaga grepp Set hade om mig började vackla, och för ett kort ögonblick såg jag en glimt av förvåning i hans ansikte.

"Omöjligt", viskade han, precis när mörkret splittrades runt mig som glasskärvor.

Plötsligt slog jag upp ögonen och vaknade skrikande. Det plötsliga uppvaknandet lämnade mig desorienterad, ekot av mitt skrik ringde fortfarande i mina öron. Mitt hjärta bultade vilt i bröstet när jag försökte förstå min omgivning.

"Careena!" Alysters röst var fylld av oro när han skakade av sig sömnen och flyttade sig till min sida. Hans genomträngande silverögon sökte i mina efter svar, hans vanliga busiga charm ersatt av genuin oro.

"Lugn, älskling", mumlade Rafail. Han sträckte ut en stadig hand och lade den försiktigt på min axel. "Du är i säkerhet. Vi är i säkerhet."

När jag hämtade andan slog insikten mig som ett godståg: Sets själ var nu bunden inuti svärdet och till mig. En kall fasa sänkte sig över mig när jag övervägde konsekvenserna av denna uppenbarelse. Vilken slags kraft hade jag oavsiktligt släppt lös?

"Något ... hände", viskade jag, min röst darrande av osäkerhet. "I min dröm ... Det var Set."

"Set?" Alyster stelnade till, fasa syntes i hans ansikte. "Vad ville han?"

"Kontroll", svarade jag och försökte hålla rösten stadig. "Han sa att våra öden var sammanflätade och att det som händer en av oss kommer att påverka den andra. Han kallade mig sin *tjänarinna*."

"Hans hot betyder ingenting", försäkrade Rafail mig, hans hand vilade fortfarande på min axel. "Vi kommer att skydda dig, Careena. Oavsett vad. Och han kan inte tvinga dig att göra något du inte vill."

Trots den tröst Alyster och Rafail erbjöd, kunde jag inte skaka av mig känslan av fasa som klamrade sig fast vid mig som en andra hud. Om Sets ord innehöll någon sanning, fanns det ingen som kunde säga vilka faror som väntade. Jag visste då att jag var tvungen att hitta ett sätt att bryta bandet mellan Sets själ och svärdet – inte bara för min egen skull, utan för säkerheten för dem jag brydde mig mest om.

Där låg jag med bultande hjärta medan den kvardröjande rädslan från drömmen hotade att kväva mig. Rafails och Alysters tröstande ord verkade avlägsna, dämpade av tyngden från den uppenbarelse jag nu kämpade för att bearbeta. Ändå, trots min inre oro, kunde jag inte låta bli att lägga märke till värmen från deras kroppar på vardera sidan om mig – en bitterljuv påminnelse om det band vi delade.

Mina tankar rusade, slitna mellan önskan att skydda dem jag älskade och osäkerheten i att hantera svärdets kraft. Sets själ var bunden inom det, sökande kontroll över mig, men vad mer kunde svärdet innehålla? Möjligheterna både fascinerade och skrämde mig.

"Kanske kan vi hitta ett sätt att fördriva Sets själ från svärdet", föreslog Alyster.

Hans optimism rörde upp något inom mig, men tanken på att förlora kontrollen till Sets ondskefulla inflytande sände rysningar längs min ryggrad. Tänk om jag inte kunde motstå honom? Tänk om jag blev en bricka i hans förvridna spel?

"Kanske ... kanske vi borde förstöra svärdet", mumlade jag, medan idén rotade sig i mitt sinne. "Om vi kunde bryta bandet mellan hans själ och klingan, då skulle Set kanske besegras en gång för alla."

"Förstöra det?" upprepade Rafail och hans panna rynkades i eftertanke. "Vi försökte det redan en gång, Careena. Och nu är du bunden till det ... konsekvenserna kan bli allvarliga."

"Ändå kan det vara vår enda chans", insisterade jag och kände hur brådskan i situationen växte för varje sekund.

"Eller så kan det vara precis vad Set vill", kontrade Alyster med skarp blick. "Vi behöver veta mer innan vi fattar några beslut."

De hade rätt, förstås. Vi behövde svar, men var skulle vi hitta dem? Sets ursprung var höljt i dunkel, hans sanna syfte okänt. Hur kunde jag hoppas på att nysta upp hans hemligheter och bekämpa mörkret som hotade att uppsluka oss alla?

"Först måste vi samla information", sa jag med nyvunnen beslutsamhet. "Det måste finnas något sätt att förstå kraften i svärdet och hur man kontrollerar den."

"Absolut." Rafail nickade med ett allvarligt uttryck.

"Ju förr vi kan hitta en lösning, desto bättre!" instämde Alyster.

Mitt hjärta svällde av tacksamhet för Alysters och Rafails orubbliga stöd. Ändå, även när deras närvaro stärkte min anda, kunde jag inte skaka av mig det gnagande tvivlet som dröjde sig kvar i utkanten av mina tankar. Tänk om jag, i mitt sökande efter den kunskap jag så desperat längtade efter, bara lyckades besegla vårt öde?

EPILOG
SET

MINA ÖGON SLOGS UPP och ett triumferande skri slets ur min strupe när kraft strömmade genom min själ. Årtusenden av minnen översvämmade mitt uråldriga sinne – imperiers uppgång och fall, tillbedjan från räddhågade dödliga, det strålande kaos jag släppte lös över jorden.

Jag är Set, stormarnas och oordningens gud, och jag har återvänt.

Jag kände hur bandet formades, hur magins rankor än en gång band mig till de levandes rike. Min tjänarinna hade lyckats – hon hade fullbordat de heliga riterna för att återupprätta mig. Men något saknades. Kopplingen kändes svag, ofullständig.

Missnöje mullrade inom mig. "Vad är detta för svek?", morrade jag, och min röst ekade genom mitt kroppslösa fängelses avgrund. "Varför vandrar jag inte åter bland de dödliga? Var är den kropp som jag blev lovad?"

Jag sträckte ut mitt medvetande för att söka efter min lojala tjänare, men fann bara tomhet. Bandet sträckte sig in i skuggorna och gled mig retsamt ur greppet. Jag rasade och min vrede fick intigheten omkring mig att skaka.

Efter en evighet lugnade jag mig. Det spelade ingen roll. Jag kunde ha tålamod. Jag skulle ta reda på vad som gått fel. Och när jag gjorde det skulle denna värld återigen darra inför Sets makt. Kaos skulle råda allenarådande.

Ett mörkt skratt undslapp mig och jag inväntade tålmodigt, med mina uråldriga ögon hungrigt fästa på det avlägsna ljuset från den levande världen, den svaga ledstjärnan från min tjänarinnas sinne. Min tid skulle komma. Och ve den som vågar stå i min väg.

Medan jag slog mig till ro i mitt kroppslösa sinnes mörka vrår, spände jag min vilja och sökte efter de krafttrådar som nu band mig till världen ovanför. Där – ett flimmer, en livspuls i andra änden av bandet. Min tjänarinna.

Ivrigt kastade jag mitt medvetande längs den eteriska tjudran och sträckte mig efter hennes sinne. För att se genom hennes ögon, för att fylla hennes tankar med mina önskningar och begär. Hon skulle bli mitt redskap för min uppstigning.

Men när jag vidrörde hennes psyke ryggade jag tillbaka som om jag bränt mig. Ogenomträngliga murar av flammande violett ljus omgav hennes sinne och kastade tillbaka mig in i skuggorna. Jag väste av frustration och kände hur raggarna reste sig.

"Vem är denna dödliga som vågar trotsa mig?", morrade jag och vandrade av och an i mitt fängelses ändlösa tomrum. Aldrig tidigare hade jag stött på mentala sköldar av sådan styrka.

Jag samlade min kraft och kastade mig mot hennes barriärer om och om igen, sökande efter minsta lilla spricka att slinka igenom. Hennes sinne förblev envist stängt, och bandet mellan oss pulserade av trots.

"Oförskämda varelse!", röt jag, och min röst svaldes av det hungriga mörkret. "Du kan inte neka mig för evigt. Jag kommer att hitta en väg in i ditt sinne. Och när jag gör det ..."

Jag lät hotet hänga kvar i tystnaden, illvilligt och sjudande. Denna tjänarinna, vem hon än må vara, *ska* underkasta sig mig. Jag är Set, den mäktige och fruktansvärde. Och jag låter mig inte trotsas.

Men för tillfället verkade jag inte ha något annat val än att vänta. Att fördriva tiden tills min tjänarinnas mentala murar sänktes i sömnens sårbarhet. Först då kunde jag slinka in i hennes sinne och böja henne efter min vilja.

Medan jag strövade omkring i mitt eteriska fängelses skuggor funderade jag på vilken av mina potentiella lärjungar som hade lyckats delvis fullborda ritualen. Jag hade omsorgsfullt odlat flera kandidater, var och en mäktig på sitt eget sätt.

Drottning Maeve av faerna var en stark kandidat, funderade jag. Hennes magi var uråldrig och potent, hennes list oöverträffad. Hon regerade sitt hov med järnhand, fruktad och vördad i lika stor utsträckning. Om hon var min tjänarinna skulle faernas alla riken stå till mitt förfogande.

Och ändå fanns det en annan som fängslade mig. Selene Nightshade, den stigande stjärnan i häxcirkeln. Ung och ambitiös, men hennes behärskning av mörk magi dolde hennes ringa ålder. Hon brann av en makthunger som kunde mäta sig med min egen. Med henne vid min sida skulle den dödliga världen darra inför oss.

Jag kände en rysning av förväntan inför möjligheterna som låg framför mig. Vare sig faedrottning eller mörk häxa skulle min tjänarinna vara nyckeln till min triumf. Tillsammans skulle vi släppa lös kaos över rikena och omforma dem i min avbild.

Men först behövde jag tillgång till hennes sinne. För att viska mitt gift i hennes öra och se det slå rot. Jag slog mig till ro för att vänta, ett rovdjur redo att slå till.

"Sov, min lärjunge", kuttrade jag, och mina ord ekade genom tomrummet. "Sänk din gard, så att jag kan göra dig till min. För när du vaknar kommer du att buga inför Set, den återfödda guden av stormar och kaos!"

Mitt skratt skallade, mörkt och fyllt av löftet om kommande förstörelse.

Tiden gick, varje ögonblick en evighet medan jag väntade på att min tjänarinna skulle somna. Otåligheten rev i mig och manade mig att handla, att gripa kontrollen. Men jag har väntat i eoner; några timmar till är ingenting.

Äntligen kände jag förändringen. Hennes sinne gled iväg, försvaret sänktes när sömnen tog över henne. Ivrigt sträckte jag mig ut, redo att omsluta hennes medvetande med mitt eget, och där stod hon innanför mitt fängelses murar, med vidöppna ögon när jag uppenbarade mig för henne.

Men när jag såg på min tjänarinna ryggade jag nästan tillbaka i chock. Det här var ingen faetrollkvinna eller dödlig häxa. Lång och mörkhyad som de forntida egyptierna som en gång tjänat mig var hon ingen dödlig, och hade aldrig varit det, inte med de där violettkantade svarta vingarna som reste sig bakom henne när hon modigt mötte min blick. Hennes väsens strålande essens bländade mig nästan – jag stod i en ängels närvaro.

"Omöjligt", väste jag och försökte förstå det hela. Änglar var sällsynta varelser, bestående av rent ljus och godhet. Vad gjorde en av dem med min bok om kaos och mörker?

Jag sonderade djupare medan hon försökte förneka mitt anspråk, sökande efter svar i hennes sinnes skrymslen. Hennes namn steg upp till ytan ... Careena Seraphiel. En fallen ängel, men fortfarande en varelse med enorm kraft.

Vaksamt utforskade jag vidare, bara för att mötas av en häpnadsväckande uppenbarelse. Denna fallna ängel hyste en djup tillgivenhet för två andra – en faeriddare och en mänsklig hamnskiftare. Deras ansikten dröjde sig kvar i hennes minne, knutna till en rad komplexa känslor. Till och med nu, insåg jag, sov de bredvid hennes kropp i världen ovanför.

Jag hejdade mig och kalkylerade. En ängel förälskad i varelser av magi och skugga? Det var oerhört. Onaturligt.

Och ändå, kanske låg där en möjlighet. Kärlek var en svaghet som kunde utnyttjas, en reva i hennes heliga rustning.

Hjulen i mitt sinne snurrade och smidde planer i planerna. Jag skulle nysta upp mysteriet med denna ängel och vrida henne till min vilja. På ett eller annat sätt skulle Careena tjäna mig.

Då skulle rikena brinna, och ur askan skulle en ny era uppstå – Sets tidsålder, obunden och ostoppbar.

Jag drog mig tillbaka från Careenas sinne och begrundade mitt nästa drag. Hon var ett mysterium, den här ängeln, och ett som jag ämnade lösa. Men först behövde jag lära mig mer om hennes älskare – faen och hamnskiftaren. De kunde vara nyckeln till att avslöja hennes hemligheter.

Jag fokuserade min kraft och sände ut tankeslingor som virvlade utåt, i jakt på minsta spår av de två männen. Faen var lätt nog att lokalisera; hans sort lämnade alltid ett glimrande spår på astralplanet. Hamnskiftaren visade sig vara mer svårfångad, hans aura dold av odjuret inom honom.

Men jag var inget om inte ihärdig.

Till slut fångade jag ett flimmer av hamnskiftarens närvaro. Han var nära Careena, hans drömmar sammanflätade med hennes. Jag slank in i hans sovande sinne, noga med att inte varsko honom om mitt intrång.

Fragment av färska minnen blixtrade förbi mig – en månbelyst skog, en mörk grotta och alltid, alltid, ängeln vid hans sida. Careena, vild och strålande, kämpandes med en elegans som dolde hennes dödliga skicklighet.

Och genom allt detta, ett obrytbart band av kärlek och lojalitet. Djupet av deras förbindelse fick mig att vackla.

Jag drog mig tillbaka, skakad. Detta var ingen simpel förälskelse från Careenas sida. Ängeln, faen och hamnskiftaren var bundna av något mycket djupare.

Kunde jag slita isär dem?

Tvivel smög sig på, lömskt och ovälkommet. Jag sköt det åt sidan. Jag var Set, kaosets och splitets gud. Jag bugade inte för någon – allra minst för en fallen ängel och hennes brokiga skara älskare.

Deras band skulle bli deras undergång. Det skulle jag se till.

Jag grävde mig tillbaka in i Careenas sinne med avsikt att förvrida hennes drömmar till mardrömmar. Att plantera frön av tvivel och misstro som skulle gro och växa och driva en kil mellan henne och hennes älskade följeslagare.

Men i samma ögonblick som jag korsade tröskeln till hennes medvetande, fann jag mig själv öga mot öga med ängeln själv. Hennes nattmörka ögon flammade av raseri, och hennes korpsvarta vingar var utfällda i en uppvisning av trots.

”Du vågar invadera mitt sinne, Set?”, Careenas röst var ett pisksnärt av vrede. ”Du tillmäter dig för mycket.”

"Trots klär dig", sa jag och beundrade motvilligt hennes vilda skönhet. "Men det kommer inte att hjälpa dig. Du kan inte undfly bandet som binder oss samman. Du är min, tjänarinna. Din vilja är underordnad min egen."

Då skrattade hon, ett ljud som krossat glas. "Jag tillhör ingen, allra minst en bortglömd gud som klamrar sig fast vid de trasiga resterna av sin forna glans."

Vrede vällde upp inom mig, het och bitter. Jag slog ut med mitt sinne och försökte krossa hennes trots under tyngden av min gudomliga makt.

Men Careena mötte mig slag för slag, och hennes egen kraft flammade starkare för varje sammandrabbning mellan våra viljor. Jag hade underskattat henne, insåg jag med en sjunkande känsla. Detta var ingen vanlig ängel, utan en varelse smidd i upprorets degel och härdad av sina egna övertygelsers eldar.

"Ge upp", befallde jag med en röst spetsad av en guds tvång. "Ge upp, och jag ska vara barmhärtig."

Careenas läppar kröktes i ett hånfullt leende. "Barmhärtighet? Från kaosets och splitets herre? Bespara mig dina lögner, Set. Jag kommer aldrig att ge upp för dig."

Med en våg av kraft som fick mig att vackla krossade Careena drömmens band och slungade mig ur sitt sinne med en kraft som fick mig att stappla.

Jag återfann mig själv i astralplanets formlösa tomrum, med min stolthet lika tilltufsad som mitt psyke. Careena hade inte bara trotsat mig – hon hade fullständigt besegrat mig och förvisat mig från sitt medvetande med en lätthet som gjorde mig skakad.

Det här skulle bli mycket svårare än jag hade förväntat mig. Ängeln var viljestark och våldsamt självständig, hennes lojalitet mot sina älskare orubblig. Att böja henne efter min vilja skulle kräva finess och list, inte råstyrka.

Men jag var Set, den store bedragaren, den som sår split. Jag skulle hitta ett sätt att bryta ner henne, att krossa de band som fäste henne vid faen och hamnskiftaren.

Och när jag väl gjorde det, när Careena knäböjde inför mig i underkastelse, skulle jag njuta av min seger desto mer för den utmaning hon hade utgjort.

Spelet hade bara börjat.

Careena, Alyster, Rafail och Set återvänder i *Den trotsiga ängeln*, **den andra halvan av duologin *Den fallna ängeln*!**

FLER BÖCKER AV CARYSSA COLE

Chimera-projektet

Mörkt ursprung
  Onaturligt urval
  Laglös evolution

Den fallna ängeln

En fallen ängel
  Den trotsiga ängeln

Atlantis uppgång

En tron av korall och ben
  Ett hov av tidvatten och stormar
  En krona av malströmmar och minnen

Fristående titlar

Svarta vingar i snön: En insnöad paranormal julromance

Alkemistens lärling: En romantasy om hovintriger, dödligt gift och förbjuden magi

En Önskan som Blev För Mycket (endast för nyhetsbrevsprenumeranter)

Upptäck alla Shenanigans Press-utgivningar på vår we bbplats(https://www.shenaniganspress.com/se) !

Eller följ oss på sociala medier – vi finns på Facebook och Instagram (@ShenanigansPressSvenska).

Och glöm inte att prenumerera på vårt nyhetsbrev för att få veta mer om nya släpp, erbjudanden, utlottningar och mycket mer!